KB131942

나의 마지막 엄마

나의 마지막 엄마

아사다 지로 장편소설

이선희 옮김

차례

40년의 이유 — 7

버림받은 자가 갈 곳 — 44

친구의 충고 — 76

여동생의 조언 — 93

단호한 한마디 — 108

꽃잎 배 — 139

우울한 월요일 — 159

푸르른 장마 — 171

개똥벌레 — 204

무위도식 — 239

신이 오는 날 — 270

보름달이 뜬 날 밤 — 298

계절을 앞서가는 꽃 — 326

때 이른 눈 — 358

옮긴이의 말 — 395

일러두기

· 본문의 주석은 옮긴이가 작성했습니다.
· 이 책에 쓰인 방언의 느낌을 살리기 위해 도호쿠 방언은 전라도 방언으로, 간사이 방언은 경상도
  방언으로 옮겼습니다.

40년의 이유

어머니가 기다리는 고향의 역 앞에 서서, 마쓰나가 도오루는 단풍으로 물든 산들과 둥글게 펼쳐진 하늘을 둘러보았다. 투명한 바람을 가슴 한가득 들이마시며 도시의 먼지를 토해냈다. 골프장 공기와는 차원이 다른 자연의 맛이 났다.

단풍이 절정에 이른 시기인데도 역 앞은 몹시 한산했다. 도호쿠 신칸센 열차가 평일임에도 만석이었던 걸 보면, 지방 철도로 갈아타고도 한 시간 남짓 걸리는 불편한 접근성이 이름도 제법 알려진 이 관광지를 완전히 쇠퇴하게 만든 것이리라. 아무리 관광 명소라 해도 편도 세 시간 안에 갈 수 있는 곳이 아니라면 이렇게 사람들의 머릿속에서 잊히는 게 아닐까?

같은 열차에서 내린 중국인 가족이 손님을 기다리고 있던 한 대뿐인 택시에 올라탔다. 젊은 아버지의 흥분한 모습으로 볼 때, 택시를 빌려 관광 명소를 돌아다닌 뒤 가까운 온천에라도 숙박하는 게 아닐까? 일본에 관해 상당히 잘 아는 사람이라야 할 수 있는 일이다.

문득 생각이 나서 회사에 전화를 걸었다. 연락 사항은 거의 문자 메시지로 받지만, 그는 반드시 음성으로 대답한다. 입으로 말하는 것보다 글자로 보내는 것이 더 번거로운 탓이다.

비서에게는 집안에 제사가 있어서 고향에 다녀온다, 라고 말해두었다. 진실이냐 아니냐는 둘째 치더라도, 개인적인 일로 자리를 비우는 것은 왠지 꺼림칙했다.

"급한 용건은 없습니다. 마음 편히 잘 보내고 오세요."

회의도 손님도 저녁 약속도 없는 이틀은 거의 기적에 가깝다. 그렇다면 차라리⋯⋯.

"그럼 미안하지만 전원을 꺼둘게. 주변 사람들이 신경을 쓰면 미안하니까. 내일 오후에는 켜두지."

한순간 당황하는 느낌이 전해지고, 이윽고 비서가 조용히 대답했다.

"알겠습니다."

주변 사람들이 신경을 쓴다는 말에서 이런저런 상상의 나

래를 펼치겠지만, 전임 사장이 확실히 보증한 만큼 일 처리에
는 빈틈이 없다.

부모도, 고향도 버린 남자가 40여 년 만에 고향에 왔다고
하면, 차마 다음 이야기는 물을 수 없으리라. 하물며 이름만
대도 아는 대기업 사장의 개인적인 사정 따위는.

그는 휴대전화의 전원을 끄고 버스 정류장으로 향했다.

"아이카와 다리에 갑니까?"

네, 라고 대답한 뒤 운전기사는 그의 모습을 뚫어지게 쳐다
보았다. 이 지역 사람도 아니고 관광객으로도 보이지 않는 승
객은 보기 드문 것이리라.

고향에 갈 때는 어떤 옷차림이 어울릴지 생각해 보지 않은
건 아니었지만, 외출할 때 입는 옷은 양복이나 골프복뿐이라
서 망설이지 않고 하얀 와이셔츠에 수수한 넥타이를 선택했다.

버스를 타는 건 몇 년 만일까? 집과 회사는 지하철역에서
가깝다. 더구나 6년 전에 임원으로 승진하고 나서는 회사에서
차를 내주었다.

운전기사가 시키는 대로 표를 받아서 좌석에 앉았다. 안
내판을 눈으로 좇았더니 아이카와 다리는 꽤 멀었고 차비도
비쌌다.

버스 안에는 병원에 들렀다 집에 가는 듯한 할머니 둘이,

서로 귀가 잘 안 들리는지 큰 소리로 말하고 있었다. 몸 상태에 관해서 말하는 것 같지만 사투리가 너무 심해서 알아들을 수 없었다. 부모도 고향도 버린 끝에 고향의 말조차 잃어버린 것이다, 라고 그는 생각했다.

한 시간에 한 편인 열차와 연계된 버스는 올 리가 없는 승객을 잠시 기다린 뒤, 막 잠에서 깨어난 듯 가볍게 몸을 떤 후에 천천히 움직이기 시작했다.

역 앞의 길가에는 음식점이나 기념품점이 나란히 자리하고 있었지만 거의 셔터가 내려져 있었다. 경기가 좋을 때 정비한 듯한 모습이 지금은 너무나 애처로워 보였다. 된바람에 몹시 시달렸는지, 산 중턱의 낙엽과 달리 가로수는 나뭇가지만을 남기고 메말라 있었다.

사람이라곤 개를 데리고 산책하는 노인뿐이었다. 쌀쌀한 아침과 저녁을 피해서 따뜻한 오후를 선택한 것처럼 보였다.

노인이라고 하지만 어쩌면 마쓰나가 도오루와 동년배일지도 모른다. 그도 예정대로 정년퇴직하고 나면 저런 식으로 평온한 노후를 보낼 수 있을 것이다.

차창 너머로 노인과 개를 바라보면서 그는 쓴웃음을 지었다. 어쩌면 중학교나 고등학교에서 책상을 나란히 하고 같이 공부했던 동급생이 아닐까 생각한 것이다. 물론 그럴 리는 없지만.

작은 시가지를 빠져나가자 추수를 끝낸 논밭이 펼쳐졌다. 타는 승객도 내리는 승객도 없는 정류장을 몇 개 지나치는 사이에 드디어 건물이 사라졌다. 그리고 풍경이 끝없이 펼쳐지면서 시골다워졌다.

금의환향이라는 사자성어가 불현듯 머릿속에 떠올랐다. 이 것이 정상적인 귀향이라면 그런 이야기가 될 것이다. 성공해서 떵떵거리게 되기 전에는 돌아오지 말라고 부모가 말했다느니, 출세할 때까지는 돌아가지 않겠다고 스스로 맹세했다느니. 아무리 그래도 40여 년은 조금 지나친 것 같지만.

애초에 마쓰나가 도오루에게 야심이라곤 털끝만큼도 없었다. 정말로 털끝만큼도 없었으니까 직장인으로선 돌연변이에 속할지도 모른다. 가족이라도 있었으면 출세하고 싶었을지도 모른다. 하지만 상대를 고르는 사이에 마흔이 되면서 연애 자체가 귀찮아지더니, 쉰이 넘어가자 이제 와서 뭘, 하고 포기했다. 본래 부지런한 성격에 손끝도 야물어서 집안일이 힘들기는커녕 취미에 가까웠다. 즉, '포기했다'는 표현은 틀리지 않았지만 맞는다고도 할 수 없다.

중년을 훌쩍 넘긴 남성이 혼자 산다고 하면 능력이나 식견보다 사회성을 의심받을 거라 생각했다. 그런데 뜻밖에도 회사의 인사정책은 공정해서, 대단한 실적을 올린 것도 아닌데 한가한 노후를 꿈꿀 틈도 없이 임원의 의자가 돌아왔다. 그룹 전체의 가공거래나 주가 조작 같은 불상사가 잇따라 드러나면서 그보다 조금 나이가 많은 베이비붐 세대의 임원들이 일시에 그만두고, 갑자기 떠밀리듯 승진한 것이다.

회사 실적을 만회한 전임 사장이 차기 사장 자리를 타진하러 왔을 때는 자신의 귀를 의심했다. 야심은 여전히 털끝만큼도 없었으나 고사할 이유도 찾을 수 없었다.

굳이 고사할 이유를 꼽는다면 창업한 지 120년 동안 독신 사장은 한 명도 없었다는 것이지만, 그것도 시대의 흐름이라고 하면 부자연스럽지 않았다. 오히려 연령과 성별에 관계없이 독신 직원이 많은 지금으로선 그런 면이 호감으로 작용한 듯했다.

완만한 언덕길을 넘어가자 도로의 가장자리에 저수지로는 보이지 않는 넓은 호수가 새파란 하늘을 담고 가로로 길게 누워 있었다. 버스의 그림자를 보고 깜짝 놀라 날아오르는 백조 떼를 눈으로 좇으면서, 잊어버린 고향으로 돌아왔다고 그는 생각했다.

'두 개의 강이 만난다'는 뜻의 아이카와相川 다리 정류장은 그 이름에 걸맞게 두 개의 작은 강이 합류하는 다리 옆에 있었다. 역에서 이곳까지 그럭저럭 40분이 걸렸다. 산자락에서 마을로 나오는 방향으로 어느 쪽이 본류인지 알 수 없는 맑은 여울물이 합쳐지고, 그 위에 이끼가 잔뜩 낀 돌다리가 걸려 있었다.

병원에 갔다가 집으로 돌아가는 할머니들은 이곳에서 조금 더 가는 모양이다. 지금쯤 아이카와 다리에서 내린 낯선 승객에 관해서 이야기꽃을 피우고 있을 것이다.

내륙과 연안을 잇는 옛날식 도로였다. 길가에 있는 몇몇 건물은 옛날 역참의 흔적처럼 보였다. 하지만 이미 쇠퇴했는지 사람의 기척은 느껴지지 않았다.

다리를 건너온 경트럭이 수상한 이방인을 발견하고 속도를 늦추더니, 눈 쌓인 정류장을 조금 지나서 멈추었다.

"아따, 이게 뉘기여? 도오 짱 아니당가?"

그 말을 듣고 돌아보자 햇볕에 새카맣게 탄 농사꾼이 운전석에서 몸을 내밀고 있었다.

어떻게 대답해야 할지 몰라서 마쓰나가는 "네에, 안녕하세요"라고 적당히 대꾸하며 웃음으로 얼버무렸다. 예전에 '도오 짱'이라고 불렸던 건 분명하다.

"자네, 마쓰나가 씨 댁의 도오 짱이제? 시상에, 이게 얼마 만인겨?"

난생처음 보는 노인이다. 예상치 못한 옛 지인의 출현에 가슴이 뛰었다. 이 마을에서는 누구나 가족처럼 지내나 보다 생각하니 어떻게 대꾸해야 좋을지 알 수 없었다.

"버스를 놓친 사램인지 알고 어디든지 디다줄라고 혔더니, 시상에, 어디서 본 얼굴이지 뭐당가? 자네는 한나도 안 변혔구마."

"40년 만입니다"라고 퉁명스럽게 대답하며 그는 노인의 수다를 가로막았다. 고맙다기보다 지긋지긋한 느낌이었다.

노인은 그의 안색을 살피고는 창문을 닫으며 말했다.

"어매가 목을 길게 빼고 기달리시는구마. 그나저나 벌써 40년이나 지났당가? 그라믄 도오 짱, 집에 가는 길을 잊어불었겄구먼."

마쓰나가는 주변을 둘러보면서 대답했다.

"네, 가물가물합니다."

"그러겄제. 없어진 집도 있고, 저짝 나무는 겁나게 커졌응께. 도오 짱, 잘 들으래이. 저 절의 모퉁이를 돌아서 똑바로 올라가믄 금방 감나무도 마가리야*도 보일 거여. 아무리 오랜만에 왔어도 그건 기억이 나겄제. 그럼 오랜만에 효도 많이 하고

---

* 曲り家. 일본의 전통 가옥 중 하나로, L자 모양의 주택. 본체와 마구간이 붙어 있다.

가드라고."

마지막에는 불효를 나무라는 듯한 말을 남기고 경트럭은
사라졌다.

도로의 북쪽에는 산이 가까이 다가와 있고, 완만한 경사면
에는 농가가 여기저기 흩어져 있었다. 빨간색과 노란색, 초록
색으로 물든 산골 풍경이다.

기억이 나겠제……. 아니, 역시 기억나지 않는다. 도로를 조
금 돌아가자 산골 마을에는 아까울 정도로 훌륭한 절이 있었
다. '조동종 자은사曹洞宗 慈恩寺'라는 이름도 기억나지 않는다.

돌담을 높이 쌓아 올린 걸 보면 홍수가 났을 때의 대피 장
소였던 걸까? 그렇게 생각하며 남쪽으로 시선을 돌리자 강물
이 흐르는 곳에는 제방이 쌓여 있고, 양쪽은 온통 나지막한 논
이었다.

노인이 가르쳐준 대로 토담 벽의 모퉁이를 돌아 좁은 언덕
길을 따라 올라가니, 옛날이야기에 나오는 것처럼 빨간 열매
를 주렁주렁 매단 감나무가 눈에 들어왔다. 그 너머에 역시 옛
날이야기에 나오는 것처럼 생긴, 띠지붕을 얹은 마가리야가
있었다.

모든 것을 다 잊어버렸지만, 그가 태어나고 자란 집인 모양
이다.

마당과 이어진 작은 밭에서 어머니가 일어섰다.

"왔구마! 왔구마! 드디어 왔구마!"

말은 미리 준비하지 않았다. 그는 오후의 햇살 속에서 오도 카니 서 있는 늙은 어머니를 잠시 바라본 뒤, 입술만 움직여서 말했다.

"저 왔어요."

어머니가 이런 사람이었을까? 하지만 40년 만의 귀향을 반겨주는 걸 보면 다른 사람일 리는 없을 것이다.

마치 하늘에서 내려온 듯한 어머니다, 라고 마쓰나가 도오 루는 생각했다.

"길을 헤매진 않았디야?"

"마침 지나가던 분이 가르쳐주셨어요."

어머니는 손차양을 만들어 남쪽으로 이어진 작은 길을 내려다보았다.

"미안허다, 나가 딜러가지 못혀서. 몇 시 버스로 오는지 몰랐시야."

어머니는 낡은 털모자를 벗고 정중히 고개를 숙였다. 작은 사람이 더 작아졌다. 흙투성이 목장갑을 낀 손에는 이제 막 뽑은 무가 들려 있었다.

설레는 마음을 주체할 수 없어서, 그렇지만 버스 정류장에서 맞이할 수는 없어서 도로가 내려다보이는 밭에 나와 있었던 걸까.

손에 든 무를 부끄러워하듯 껴안고 어머니는 말했다.

"니도 알다시피 어매 나이가 여든여섯이잖여? 인자 몸이 맘대로 움직이덜 안혀서, 밑에 있는 논은 젊은 사람들헌티 빌려 줬구만. 돌아가신 아부지헌틴 미안허제만, 여그서 무니 토란이니, 나가 묵을 것만 쪼께 키우고 있제. 소꿉질 같은 거여."

어머니가 사용하는 고향의 말은 버스 안에서 들은 할머니들의 말이나 집이 어디 있는지 가르쳐준 농부의 말보다 훨씬 알아듣기 편했다. 귀가 익숙해진 걸까? 아니면 어머니가 배려해 주고 있는 걸까.

"아무튼 계속 여그서 야그헐 순 없으니께 일단 안으로 들어가불자잉."

어머니가 밭두렁을 넘어서 그의 팔을 잡았다. 허리는 굽었지만 아직 정정했다.

"도오루. 뱁은 묵었냐?"

"아뇨, 아직 안 먹었어요. 기차를 갈아탈 때 시간이 좀 **빠빠**해서요."

햇빛과 바람이 새긴 깊은 주름 속에서 어머니는 빙긋이 웃었다. 어떠한 의도도, 어떠한 적의도 손톱만큼도 느낄 수 없는 웃음이었다.

"그럼 힛쓰미* 맹글어주까? 니가 좋아허는 음식이잖여?"

그게 어떤 음식인지, 그는 짐작도 할 수 없었다. 하지만 그
가 좋아하는 음식이라고 어머니는 말하고 있다.

"그러면 감사히 먹을게요."

어머니가 그의 양복 소매를 잡았다.

"도오루. 남헌티 말허듯 그런 서먹서먹헌 말투는 그만두니
라. 아무리 도쿄서 출세혔다고 혀도 여그는 니가 태어난 집이
고, 나는 니 어매니께."

그렇게 말하고 올려다보는 어머니의 어깨를 그는 저도 모
르게 꼭 껴안았다.

마가리야. 말과 같이 살았던 이 지역의 건축 방식이라는 것
정도는 알고 있다.

갈고리 모양으로 구부러진 집의 한쪽은 마구간이지만, 당
연히 요즘 시대에 말을 기르지는 않는다.

안채는 마구간보다 훨씬 넓으며 전체적으로 툇마루가 놓여
있다. 툇마루 끝에 놓여 있는 꼼꼼하게 손질된 단풍철쭉은 불

---

* ひっつみ. 이와테현의 향토 요리. 채소와 닭고기를 우려낸 육수에 얇은 밀가루 반
죽을 넣어서 끓인 음식.

타는 듯한 붉은색이다.

대문이라고 하기에는 너무나 아무것도 없는 입구에 '마쓰나가'라는 문패가 걸려 있다.

잊은 걸까, 이 모든 것을. 만약 잊었다면 이토록 아름다운 고향과 이토록 다정한 어머니와 이토록 그리운 집을 왜 깨끗하게 잊어야 했을까.

토방에 발을 집어넣고 그는 높은 천장을 올려다보았다. 수많은 나무가 커다란 띠지붕을 떠받들고 있었다.

"도오루, 으째 그르냐? 싸게 안으로 들어가서 불이라도 쪼이그라."

태어나고 자란 집이 신기한 것은 아니다. 그는 돌아오지 않는 기억을 뒤로 제쳐두고 어머니 뒤를 따라 안채로 들어갔다.

"늙은이 혼차 살기엔 쪼깨 널릅긴 허지만, 이 주변의 집은 어디든 똑같당께."

분명히 이렇게 넓은 집은 민가라기보다 저택이라고 할 수 있다. 안채의 토방만 해도 10평은 될 것이다. 귀틀 너머에는 다다미방이 이어져 있다.

"도오루, 어뗘? 옛날 그대로제?"

이 주변의 집은 어디든 똑같다고 어머니는 말했는데, 그 말은 곧 이 마을에는 모두 늙은이만 남았다는 뜻이리라. 소식이 끊긴 외아들이 언제 돌아와도 되도록, 어머니는 집에 손을 대지 않고 그대로 놓아둔 걸까.

생각이 거기에 미치자 송구스러움이 머리끝까지 차오르면서 신발을 벗는 것조차 망설여졌다.

"저는 불효자군요."

아궁이에서 활활 타오르는 불길을 멍하니 바라보면서, 그는 누군가에게 사과하듯 나지막이 중얼거렸다.

어머니가 옆으로 가까이 다가왔다.

"불효자는 무신. 넌 대학을 나와서 좋은 회사에 들어갔고, 지금은 그짝 회사서 최고로 높은 사장님이 됐잖여. 아부지도 돌아가실 때까장 얼마나 자랑스러워혔는지 모른당께. 인자 와서 일부러 돌아올 필요는 없었는디. 난 참말로 운이 좋은 늙은이여."

그는 더는 견딜 수 없어서 한 손으로 얼굴을 덮었다. 지금까지 버린 게 너무 많다. 잊어버린 게 너무 많다. 이렇게 뒤도 돌아보지 않고 비정하게 살면, 노력하지 않아도 능력이 없어도 누구든 성공할 수 있었을 것이다.

"야도 참, 다 큰 남정네가 훌쩍거리기나 허고. 보기 숭허게 으째 운다냐? 나가 울면 또 몰러도. 도오루, 이걸로 눈물 닦으래이."

어머니의 허리춤에 있던 수건에서는 햇살 냄새가 났다.

"아부지……."

불단에 향을 올리고 마쓰나가는 자그맣게 중얼거렸다.

이 흑백의 영정 사진을 본 기억은 없다. 불단이 있는 방의 상인방에는 조부모와 증조부모 같은 사람들과 함께 군복을 입은 젊은 남자의 사진이 걸려 있었다. 전사한 삼촌일까?

눈이 기억하지 못한다면 소리나 냄새는 어떨까? 마쓰나가 도오루는 그렇게 생각하며 합장을 한 채 귀를 쫑긋 세우고 코로 숨을 들이마셨다.

새의 울음소리. 장작이 튀는 소리. 다다미를 밟는 어머니의 기척. 그것 말고는 아무 소리도 들리지 않았다.

흙과 숲의 냄새. 아궁이에서 흘러나오는 연기. 향냄새와 불단에 있는 꽃내음. 어머니가 만드는 음식 냄새. 역시 그것 말고는 아무것도 냄새도 나지 않는다.

"도오루, 배고프제? 이짝으로 오니라."

3평과 4평짜리 다다미방이 4칸. 각각을 구분하는 건 맹장지와 널문뿐이라서, 가족 간에 프라이버시는 지킬 수 없으리라. 하지만 그런 경계를 없애면 넓은 공간이 되어서, 모임이나 제사가 있을 때는 요긴하게 사용했을 것이다.

하지만 그의 기억에 있는 것은 이 집이 아니다. 그가 젊었던 시절에는 이런 구조의 집들이 얼마든지 있었다. 비즈니스 호텔이 보급되기 전의 여관도 그러했고, 스키장이나 바닷가에 펜션이 등장하기 전의 민박집도 그러했다.

따라서 그의 마음속에서 그리움을 불러일으키기는 했지만 신기하지는 않았다. 물론 그 그리움은 개인적인 감정은 아니었다.

남향에 있는 4평짜리 방은 거실일까? 한가운데에 화로가 놓인 이로리*가 있고, 그 주변에만 반질반질한 마루가 깔려 있었다.

"전화라도 혀줬으면 미리 맹글어뒀을 텐데. 자아, 많이 묵으래이."

어머니는 커다란 그릇에 아들이 좋아했다는 음식을 담아서 권했다. 이 지역의 향토 요리일까. 토란과 우엉, 파를 듬뿍 넣은, 간장 맛의 밀가루 음식이다. 밀가루 반죽은 어머니의 손가락 모양으로 늘려져 있었다.

장지문 너머로 부드러운 오후의 햇살이 비춰지고, 숯불이 타오르는 화롯가는 따뜻했다.

---

* 囲炉裏. 농가 등에서 마룻바닥을 사각형으로 도려내고 난방용과 취사용으로 불을 피우는 장치.

"이게 힛쓰미군요."

"그려, 힛쓰미여."

밀가루 반죽을 손으로 쭉 '잡아당겨서' 힛쓰미라고 하는 걸까? 국물을 한 입 먹은 순간, 구수한 향기가 몸의 긴장을 풀어주었다. 맛이 있고 없음을 떠나서 도쿄에서 짊어지고 온 무거운 짐이 전부 하늘로 올라가는 듯한 맛이었다.

두 사람은 잠시 침묵 속에서 느지막한 점심을 먹었다. 어머니는 먹성이 좋은 사람인 듯했다.

"저기, 성함이⋯⋯."

그는 뜨거운 국물을 마시면서 넌지시 물었다. 배에 음식이 들어가자 조금은 정신이 돌아왔다.

"어매 이름을 묻는 아덜이 어디 있다냐?"

어머니는 웃으면서 대답했다.

"아뇨, 잊은 건 아닙니다. 성함 정도는⋯⋯."

"그런 서먹서먹헌 말투는 그만두그라."

그는 화로 옆에 그릇과 젓가락을 놓고 정식으로 말했다.

"그러면 불효자가, 태어난 고향을 버린 데다가 어머니 성함까지 잊었다고 생각해 주십시오."

"흐음⋯⋯."

어머니는 어이가 없는 얼굴로 한숨을 쉬고, 빠진 앞니로 단무지를 절묘하게 깨물었다.

"다시 한번 말혀보그래이."

헛기침을 한 번 하고 나서 그는 말을 수정했다.

"저는 40년이나 제멋대로 살다가 이 집도 어머니 성함도 잊어버렸어요. 말씀해 주세요."

이번에는 "흠" 하고 고개를 끄덕였다.

"치요여, 마쓰나가 치요."

"한자로 '일천 천千'에 '대신할 대代'를 쓰나요?"

"아녀. 한자가 읎이 그냥 히라가나로 치요라고 써븐단다. 어렸을 때는 가타카나로 쓸 수 있었제만 하나마키의 공장으로 일허러 갔을 때, 호적대로 써야 헌다고 혀서 그때부텀 히라가나로 치요라고 쓰제."

"언제 적 이야기인가요?"

"글씨다. 전쟁이 끝난 이듬해에 말이 끄는 마차를 타고 역까장 가서 기차를 탔었제."

어머니의 나이를 헤아려 보았다. 여든여섯이라고 했으니까 1946년에는 아직 어렸을 것이다. 고생을 많이 한 사람이라고 그는 생각했다.

"음식을 묵었으면 맛있다거나 맛없다거나 말을 혀야제. 애써 맹근 보람이 없잖냐."

"맛있어요. 말을 잃어버릴 만큼요."

"빈말이제? 도쿄에는 맛있는 게 얼매든지 있잖여?"

"그렇지 않아요."

어머니는 내민 그릇에 다시 음식을 담아 주었다.

"있잖여, 도오루. 골치 아픈 야그는 인자 그만허자꾸나. 난 니 얼굴을 보는 것만으로도 충분허니께."

어머니가 그의 입을 막았다.

새가 지저귀고 장작이 튀었다. 아무도 없고 아무것도 없는 곳에 왔다고 그는 새삼 생각했다.

"넌 으째 결혼허지 않았제?"

창문 너머로 어머니가 물었다. 안채에서 떨어진 뒷마당에 욕실을 만든 건 화재를 방지하기 위해서일까?

"도쿄에선 드문 일이 아니에요."

"남정네 혼자 사는 사람이 많다는 거여?"

"아뇨, 남녀에 상관없이 혼자 사는 사람이 많아요."

"시상에! 으째 혼자 산당가?"

옛날에 모습을 감춘 나무 욕조가 여기서는 아직 현역으로 일하고 있었다. 아무리 손질을 잘해도 이렇게까지 유지할 수는 없을 텐데. 나무를 조립한 상태를 보아하니 나이 많은 장인이라도 있는 걸까?

어머니는 욕실 밖에서 장작을 지펴주었다. 눈이 쌓이는 겨울에는 어떻게 하는 걸까?

"이제 됐어요. 너무 뜨거워요."

"그라믄 나도 같이 들어갈란다."

"네?" 하고 그는 깜짝 놀라 소리를 질렀다.

"하하하, 고로코롬 놀랄 거 없시야. 농담이니께."

뭐가 그토록 우스운지, 어머니는 한동안 웃음을 그치지 않았다.

그러는 사이에 낙엽 밟는 소리가 들리더니, 제대로 닫히지 않는 미닫이문이 열렸다.

"농담이죠?"

"농담이라고 혔잖여. 등 밀어줄 테니께 이짝으로 오니라."

"괜찮아요."

"괜찮지 안혀. 홀아비로 살믄 등에 때가 덕지덕지 끼었을 테니께."

모락모락 피어오르는 연기 속으로 얼굴을 들이밀고, 어머니는 또 호탕하게 웃었다.

그는 자식을 둔 부모의 심정 같은 건 모르지만, 지금은 마음을 단단히 먹고 어리광을 부리기로 했다.

발판 위에 양반다리를 하고 앉았더니, 어머니는 여전히 웃음소리를 날리며 맨손으로 등을 씻어주었다. 그는 조용히 눈을 감았다. 자식을 사랑하고 키워준 어머니의 손이었다.

　"시상에! 당최 환갑이 지난 남정네 등처럼 보이지 않는구로. 도쿄는 묵는 게 달라서 그렁가? 아니믄 사장님쯤 되믄 뭔가 특별한 거라도 허는 거여? 솔찬히 맨들맨들하구마잉."

　특별한 것이란 헬스클럽에 다닌다든지 마사지를 받는다든지, 그런 걸 가리키는 걸까. 한참 구식이지만 거실에 있는 티브이를 통해 그 정도 정보는 들어오리라.

　세상에서 일어나는 일들을 모두 알고 있으면서 어머니의 시간이 멈춰 있다면 그것은 매우 행복한 일이라고 그는 생각했다.

　"같이 목욕해도 돼요."

　어머니의 손이 멈추었다.

　"말이라도 고맙구마잉. 허지만 암만 아덜이라도 그건 창피시러워서 안 되야."

　비싼 유리그릇이라도 다루듯 아들의 등에 조심스럽게 따뜻한 물을 끼얹은 뒤, 어머니는 조용히 욕실에서 나갔다. 그다음에는 밤의 침묵만이 남아 있을 따름이었다.

"배고프제? 금방 뱁 지어줄 거구마."

"서둘 필요 없어요. 전 한잔하고 있을게요."

토방의 구석에 보일러가 있는 부엌이 있다. 아궁이에는 커다란 솥이 놓여 있었고, 밥이 지어지는 냄새가 났다.

버스에서 본 풍경으로 추측해 보면 햅쌀임이 틀림없다. 어느 지역이든 가장 좋은 쌀은 현지에서 소비한다고 들었다. 그렇다면 깜짝 놀랄 만큼 맛있는 밥을 먹을 수 있지 않을까?

훈제 단무지를 안주 삼아 화롯가에서 따뜻한 술을 마시는 사이에 졸음이 쏟아졌다. 팔을 베개 삼아 옆으로 누우니 그야말로 천국이 따로 없었다.

숯불은 생각보다 훨씬 따뜻했다. 풀을 먹인 유카타*와 방한용 실내복이 기분 좋게 몸을 감쌌다. 브라운관 티브이에서 흘러나오는 7시 뉴스도 귀에서 스르륵 빠져나갔다. 중동 지역의 정세나 중국의 국내 사정 등 전부 그가 놓치면 안 될 내용이었지만, 오늘만은 아무래도 상관없었다.

골치 아픈 얘기는 하지 말라…… 그 말을 듣고 나서 마쓰나가 도오루의 입이 무거워졌다. 즉, 이 집의 사정이나 어머니의 생활에 관해 입에 올려서는 안 된다. 그러면 마쓰나가가 할 수

---

* 浴衣. 집 안에서 또는 여름철 산책할 때 주로 입는 일본의 전통 의상.

있는 것은 어머니의 질문에 대답하는 것뿐이지만, 가끔 고향에 온 아들은 누구나 그렇게 한다고 생각하면 그것도 나름대로 마음이 편했다.

애초에 혼자 사는 것에는 이미 익숙하다. 젊은 시절부터 퇴근 이후의 만남은 피해왔고, 지금도 접대나 회식이 없는 날에는 서둘러 집에 가서 티브이를 상대로 술잔을 기울인다.

산의 나지막한 속삭임이 들렸다. 바람이 장난을 치는지, 낙엽이 닫힌 덧문을 때릴 때마다 그의 졸음은 어딘가로 날아갔다. 하지만 귀에 거슬리지는 않았다. 그를 졸음 속으로 유혹하는 것은 술이 아니라 고향의 편안함이었다.

"이런 산골짝이라서 입에 맞진 않겠제만."

어머니는 이영차, 하고 일일이 소리를 내면서 토방과 화롯가를 왔다 갔다 하더니, 꼬치에 뀐 민물고기들을 화로 옆에 세웠다.

"곤들매기군요."

"아녀, 산천어여. 저 아래짝에 양어장이 있구마. 뒷집 메누리가 거그서 일혀서, 퇴근할 때 가져다주었시야."

평소에는 필요한 물건들을 어떻게 구입할까? 아이카와 다리의 버스 정류장에도 가게다운 가게는 없었던 것 같은데.

"그런 건 걱정 말그라. 일주일에 한 번은 물건을 파는 트럭이 오고, 가끔은 나가 직접 운전혀서 장 보러 가니께."

"네? 직접 운전을 하세요?"

"야 좀 보래이. 늙으면 운전혀서는 안 되냐? 일흔이 넘으면 스스로 면허증을 반납혀야 한다지만, 그런 건 도시에서나 헐 수 있는 말이여. 이놈이고 저놈이고 다들 그러코롬 말허지만."

맞는 말이다. 역시 상자처럼 생긴 이 티브이는 어머니에게 이런저런 정보를 전해주는 모양이다. 그런데 도시 생활의 기준이 전국에 통하는 것은 아니다. 이 지역에 필요한 프로그램은 지방 방송국에서 만들어 보충해 주고 있는 걸까?

"이영차."

채소조림이 올라간 덮밥. 나이를 먹고 이런 음식이 좋아졌지만, 그래도 1인분을 만들 마음은 들지 않는다. 그렇다고 편의점 반찬을 사기는 망설여졌다.

"야아! 이거 최고인데요!"

"그라제, 그라제? 40년 만에 묵어도 맛은 변함이 없으니께. 옛날 맛이 떠올라서 다행이구마잉."

토란을 입에 머금은 순간, 끝을 알 수 없는 풍요로운 맛에 저절로 한숨이 새어 나왔다. 오랜 세월 수많은 이들이 고집스럽게 지켜온 맛처럼 여겨졌다.

"도오루, 어떠냐? 니 입에 맞냐?"

순간적으로 대답할 수 없어서, 연기가 빠져나가는 천장을 올려다보았다.

국내 최대의 시장점유율을 자랑하고 전 세계에 수출하고 있는 그의 회사가 갑자기 하찮게 여겨진 것이다.

"아니, 맛있어요. 이렇게 맛있는 건 처음 먹어봤어요."

어머니가 안도의 숨을 쉬었다.

"처음 먹어봤을 리가 있시야? 어렸을 때 겁나게 먹었던 건디…… 자아, 술을 더 마실라냐? 아니면 뱁을 먹을라냐?"

이렇게 사치스러운 저녁 식사가 또 있을까? 그는 생각할 것까지도 없이 "밥이요"라고 말했다.

밤이 넓다.

한도 끝도 없이. 왠지 불안할 만큼. 마치 우주 한복판을 정처 없이 떠다니고 있는 것처럼.

산의 속삭임도 벌레의 울음소리도 끊어졌다. 베개에서 느껴지는 것은 술기운을 통해 전해지는 심장의 고동뿐이었다.

순결한 고독이 기억뿐만 아니라 모든 상념까지 빼앗아 갔음을 깨달았다. 머리도 마음도 텅 비었다.

평소에 사용하는 가벼운 깃털 이불이 아니라 솜을 빼곡히 넣어 제법 묵직하게 느껴지는 솜이불이 기분 좋았다. 눈에 보이지 않는 힘이 자신을 보호해 주는 듯한 느낌이 들었다. 이런 밤이 거듭되는 사이 이 산골 마을은 이윽고 깊은 눈 속에 파묻히리라.

"아따, 찬물에 목욕을 혔더니 겁나게 춥구마잉."

방을 가로지르는 널문 너머에서, 잠자리로 들어가는 어머니의 기척이 있었다.

"왜요? 물을 데우지 않았어요?"

"쓰고 난 목욕물을 데우믄 안 되야. 여자들은 옛날부터 항시 차가운 물로 목욕혔시야."

그것은 괴롭힘 정도가 아니라 일종의 학대다.

"같이 주무시겠어요?"

몸집이 작은 어머니가 묵직한 이불 밑에서 몸을 웅크리고 있다고 생각하니, 가만히 있을 수 없었다.

"아무리 그래도 나이를 먹을 만큼 먹은 아들헌티서 온기를 받는 어매는 없시야. 아부지헌티서라면 기쁘게 받겄제만."

그렇게 말하고 어머니는 쿡쿡거리며 웃었다.

"걱정하지 말래이. 물난로가 있으니께 곧 따땃해질 거구마."

그는 이불 안을 발로 더듬었다. 물난로가 있다는 건 알아차리지 못했다. 얇은 모직물로 감싼 파도 모양의 물난로에 발뒤꿈치를 대니 적당한 온기가 전해졌다.

"잠이 안 오냐?"

"그게 아니라 잠자는 게 너무 아까워서요."

"허긴 워낙 조용허니께. 도쿄의 밤은 시끄럽제?"

콘크리트 갑옷을 입은 아파트의 침실에는 완벽한 정적이 내려앉는다. 하지만 그것은 밀실 안에 있는 가난한 조용함일 뿐이었다.

"어매가 잠자리 야그를 해주까? 혹시 기억허고 있냐? 니가 어렸을 때, 잠들기 전에는 항시 옛날야그를 혀달라고 조르곤 혔제."

어떻게 대답해야 좋을지 몰라서 망설이고 있자 어머니는 "해주까?"라고 재촉했다.

"얘기해 주시는 도중에 잠들지도 몰라요."

"그려도 갠찬혀. 어차피 잠자리 야그니께."

"그라믄 싸게 해주씨요."

그는 어머니의 말투를 어색하게 따라 하며 이야기해 달라고 졸랐다.

옛날 옛날에 이런 이야그가 있었단다.

땅거미가 어스름허게 깔린 저녁 무렵, 아이카와 역참에는 차가운 바람이 쌩쌩 몰아치고 있었제.

자은사의 주지 스님이 종을 여섯 번 치고 나서 문을 닫으려고 혔더니, 길 끝에 있는 돌부처님의 뒤짝에 어느 높은 집안의 부인인지, 머리가 새허연 할마니가 훌륭헌 비단옷을 입고 오도카니 서 계시지 뭐냐?

보아하니 자은사의 신도는 아닌 것 같고, 멀리 부잣집으로 시집간 사램이 조상의 무덤에 성묘라도 허러 온 게 아닐까 혀서 말을 걸었제만, 그저 암 말도 없이 멍허니 서 있었다더구마. 멍헌 얼굴로 아이카와의 집들을 둘러보며 "벌쎄 수십 년이나 지나서 기억허는 사램도 없겠구나"라고 나지막이 중얼거리믄서 말이야.

그란데 쪼깨 눈을 돌린 사이에 어디로 갔는지, 돌부처님 주변에 그림자도 없이 사라졌다는구마.

역참 사램들헌티 물어봤더니 분명히 할마니를 본 사람이 몇 명이나 있었는데, 그짝 주변을 왔다 갔다 하면서 똑같은 말을 계속 중얼거렸다고 하더구마.

그나저나 나이를 먹어서 노망이 난 부잣집 마님이 길을 잃어 분 거까? 그렇다면 찾아봐야 헌다고 모두 나가봤제만, 이야그를 듣고 나온 마을에서 가장 나이 많은 영감님이 큰 소리로 "그만두그라"라고 말렸다더구마. 눈을 요로코롬 부릅뜨고 "그만두그라!"라고 야단까지 치믄서 말이여.

있잖여, 도오루…… 그런 다음에 그 영감님이 뭣이라고 말혔는지 아냐?

그 말을 들은 순간, 이놈이고 저놈이고 모두 비명을 질러싸며 꽁지가 빠져라 도망쳤단다.

"그만두그라. 그 할마니는 어린 시절에 신이 데려가는 바람에 홀연히 사라진 분이다."

참말로 비참한 이야그가 아니당가? 이러코롬 늙고 나서 고향이 그리워서 찾아온 것 같구마잉.

그 할마니가 어디서 와서 어디로 돌아갔는지 암도 모른당께.

지금도 이 마을 사람들은 차가운 바람이 쌩쌩 부는 날 저녁 무렵이 되면, 머리가 새허연 할마니를 만날지도 모르니께 허둥지둥 집으로 돌아가는구마.

이 이야그는 이걸로다 끝이란다.

"도오루, 잠들었냐?"

마쓰나가는 대답하지 않았다.

"그라믄 편히 자그래이."

잠자리 이야기를 들을 수 있을 만큼 살짝 열려 있던 널문이 조용히 닫혔다. '벌써?' 하고 깜짝 놀랄 만큼 이내 어머니의 잠든 숨소리가 전해졌다.

산골 생활에 싫증을 내고 홀연히 모습을 감추는 젊은 사람들은 옛날부터 있었을 것이다. 생활고로 어린아이를 죽이거나 늙은 부모를·버리는 일이 버젓이 행해지던 가난한 시대에는 입이 하나 줄어드는 셈이었으니까 반드시 나쁜 일은 아니었을지 모른다. 신이 데려갔다고 생각하면 포기할 수도 있다. 어느 날 갑자기 돌아와도, 두 번 다시 만날 수 없어도, 신이 데려갔다고 생각하면 그걸로 설명이 된다.

잠자리 이야기를 빙자해 어머니는 자신도 그렇게 여기고 있다고 말하고 싶었던 게 아닐까. 적어도 그에게는 그 이야기가 남의 일처럼 여겨지지 않았다.

갑자기 모습을 감춘 어린아이가 늙어서 문득 고향을 떠올린다. 그런데 막상 고향에 찾아갔더니 이미 지난 세월의 무게가 그동안 쌓였던 그리움을 짓누르는 게 아닐까. 그래서 모든 걸 잊어버린 것으로 한다. 고향의 산들도, 태어나고 자란 집의 모습도, 어머니의 얼굴마저도.

끝도 없이 드넓은 밤이, 실은 있어야 할 것을 없애버린 텅 빈 공간이었음을 그는 새삼 깨달았다.

"오랜만에 고향에 왔는디 겨우 하룻밤 자고 가다니, 너머나 아쉽구마."

귀틀에 오도카니 앉아서 어머니는 아들을 배웅했다.

"또 와도 되나요?"

"그게 뭔 소리여? 여긴 니 집이잖여? 물론 어매 나이가 나이인 만큼 몇 년 후의 일은 잘 모르겠제만."

어머니가 준비해 준 선물은 햅쌀 한 되와 화롯가에서 훈제한 단무지였다. 아침 식사에 나온 된장국이 맛있다고 했더니 3년 전에 직접 담갔다는 된장도 잔뜩 싸 주었다.

차가운 공기가 가슴을 날카롭게 찌르는 아침이었다. 아궁이의 연기가 토방에 줄무늬를 만들었다.

도쿄행 신칸센은 오후에 있지만, 더는 있을 수 없다는 마음이 너무나 강했다. 그는 경트럭으로 역까지 배웅해 주겠다는 어머니의 제안을 끝까지 사양했다. 그러자 살짝 토라진 것처럼 어머니는 말했다.

"그라믄 여기서 헤어져 불자."

한 시간에 한 번 오는 버스를 놓쳐서는 안 된다. 묵직한 선물을 가득 채워 넣은 가방을 어깨에 메고 마쓰나가 도오루는 일어섰다.

"있잖여, 도오루. 어젯밤에 한 야그는 신경 쓰지 말그래이. 그저 생각나는 대로 말헌 것뿐이니께."

조금 마음이 편해졌다.

"저는 홀연히 사라진 게 아니에요."

"그려그려. 그라믄 조용히 나가그래이."

"네?"

"조심혀서 댕겨오라는 뜻이여."

아름다운 작별의 말이다.

"적어도 아부지 무덤에 인사는 허고 가야제."

"그건 다음에 할게요."

말도 안 되는 변명인 줄 알면서 그는 어머니의 제안을 거듭 거부했다. 어제부터 어머니는 몇 번이나 자은사에 있는 아버지 무덤에 성묘를 하라고 말했지만, 그것만은 도저히 마음이 내키지 않았다.

"고맙구로. 다음에 또 오그래이."

등에 말이 박혀서 되돌아보니, 어머니는 마루방에서 작게 몸을 웅크린 채 두 손을 바닥에 대고 있었다.

산들은 어제보다 한층 울긋불긋해진 것처럼 보였다.

차가운 바람이 길바닥에서 소용돌이쳤다. 하늘은 잔뜩 흐려서 지금이라도 하늘하늘 눈발이 날릴 것 같았다.

마치 꿈속에 있는 것처럼 발이 앞으로 나가지 않는다. 마른 풀로 뒤덮인 언덕길은 금방이라도 미끄러질 듯 위험하고, 어머니의 선물이 들어 있는 가방은 비틀거릴 만큼 무거웠다.

자은사의 토담을 따라 도로로 나오자 어제는 눈에 들어오지 않았지만 어머니의 잠자리 이야기처럼 이끼가 잔뜩 낀 돌부처님이 있었다.

문득 돌부처님 뒤쪽에 오도카니 서 있었다는, 머리가 새하얗게 샌 노파가 가슴에 떠올랐다.

어머니는 노파가 최고급 비단옷을 입고 있었다고 말했다. 어젯밤에는 한 귀로 흘려들었지만, 지금 생각하니 그것이 이야기의 핵심일지도 모른다. 인신매매단에게 납치되어 마을을 떠난 것인지 아니면 남의 집에 일하러 가서 돌아오지 않은 것인지는 모르지만, 어쨌든 소녀는 그 후에 다행히 비단옷을 입는 신분이 되었다. 그 덕분에 잃어버린 고향을 찾아올 마음이 들었겠지만, 사실 그녀는 인생을 잘살고 못살고에 상관없이 시간은 흐르는 법이라고 말하고 싶었던 게 아닐까.

"어? 도오 짱. 어제 왔는디 벌써 돌아가는가?"

돌계단 위에서 늙은 스님이 낙엽 쓸던 손을 멈추지 않은 채로 물었다.

겨우 꿈에서 깨어나니 또 꿈속인 듯한 생각이 들어서 그는 한숨을 쉬었다.

"이 마을도 늙은이만 남았구로. 울 아들도 이딴 절은 이어받을 맴이 없는 것 같어서, 앞으로 워째야 할지 큰절에 의논허는 중이구마."

그런 이야기는 듣고 싶지 않았다. 무덤에 성묘도 하지 않고 그냥 가냐고, 책망이라도 하는 듯한 말투였다.

"버스가 오고 있어서요."

그는 그렇게 말하며 절의 문 앞을 지나쳤다.

"치요 아줌씨가 솔찬히 좋아하며 무덤을 청소했는디."

"죄송해요. 버스가 왔어요."

그는 뒤를 돌아보고 손을 흔들었다.

"고맙구로. 다음에 또 오그래이."

어머니와 똑같은 말을 입에 담으면서 늙은 스님은 두 손을 모아 합장했다.

버스 승객은 어제와 마찬가지로 병원에 다니는 할머니들뿐이었다.

설마 하는 생각이 들었지만 두 사람 모두 입을 모아 "시상에! 시상에!"라고 말하며 깜짝 놀란 표정을 짓는 것으로 볼 때 우연임이 틀림없다.

"안녕하신가?"

낯선 사람에게도 인사를 건네는 것이 이 지역의 관습인 모양이다. 마쓰나가도 인사를 하고 나서 안쪽 자리에 앉았다.

자은사 스님이 합장을 하면서 버스를 배웅하고 있다. 시선을 올리니 절 뒤쪽의 언덕에 똑똑히 알아볼 수 있는 띠지붕이 있었다.

별다른 감회는 없었다. 단지 신비한 체험을 한 것뿐이다. 꿈이 아니라는 증거로 쌀이며 된장이며 단무지가 들어 있는 가방이 옆에 놓였다.

고향의 풍경이 지나간다. 또는, 고향이라고 믿었던 풍경이.

버스는 어제와 마찬가지로 승하객이 한 명도 없는 정류장을 그냥 지나치며 달렸다.

그는 휴대전화의 전원을 켜고 좌석에서 몸을 수그렸다.

"유나이티드 카드 프리미엄 클럽의 요시노입니다. 번거롭게 해드려 죄송하지만 가지고 계신 신용카드에 기재된 번호를 모두 입력해 주시기 바랍니다."

네 자리, 여섯 자리, 다섯 자리. 모두 열다섯 자리나 되는 신용카드 번호를 눌렀다. 귀찮기 짝이 없는 일이지만 '세계 최고의 스테이터스status'를 자부하는 만큼 당연한 보안 장치라고 할 수 있다.

"마쓰나가 도오루 님. 실례지만 본인이 맞으십니까?"

"그렇습니다."

"알겠습니다. 그러면 생년월일을 말씀해 주십시오."

대답한 뒤에 항상 약간의 공백을 두는 것은 아마 목소리를 식별하기 위함이리라라.

"유나이티드 홈타운 서비스를 이용해 주셔서 감사합니다. 조금 일찍 나오신 것 같은데, 뭔가 불편한 점이라도 있으셨나요?"

이런 복잡한 과정을 거치고 나서야 겨우 대화가 시작된다. 요시노라는 담당자는 '세계 최고의 스테이터스'란 이름에 부끄럽지 않게 전화 응대에 실수가 없다.

"아니, 아주 좋았습니다. 그런데 왠지 죄송한 마음이 들어서 일찌감치 나왔습니다."

"그러십니까? 만족하셨습니까?"

"물론입니다."

"그러면 현재 시각 11월 8일 오전 9시 32분에 서비스를 종료하는 걸로 해도 괜찮으시겠습니까?"

그는 좌석 안쪽에서 몸을 일으켰다. 작은 목소리로 말하고 있어서 운전기사도 뭐라고 하지 않을 것이다. 이야기는 곧 끝난다.

"그런데 재방문을 할 수 있나요?"

"물론입니다. 기쁘게 기다리겠습니다. 다만 몇 가지 원칙이 있는데, 빌리지 교체나 페어런츠 교체 같은 요청은 들어드릴 수 없습니다."

"그건 그렇겠죠. 고향이 두 개 있는 것도 아니고, 부모가 마음에 들지 않는다고 하는 건 말도 안 되니까요."

"네, 말씀하신 그대로입니다. 재방문 일정을 여쭤봐도 되겠습니까?"

"아뇨, 아직 정하지 않았습니다. 조만간 연락하지요."

"알겠습니다, 마쓰나가 도오루 님. 그러면 다음에 이용해 주실 때까지 기다리고 있겠습니다."

전화를 끊자 겨우 마음이 안정되었다. 너무나 완벽해서 무엇이 거짓이고 무엇이 진짜인지 알 수 없었다.

백조가 떼 지어 있는 호수를 지나간다. 이렇게 충만한 기분을 느낀 적이 있었던가, 하고 그는 기억을 더듬었다. 나이가 들면서 충만함을 느끼기는커녕 사소한 일에도 불만이 늘기만 했다.

차창에 비치는 얼굴에는 미소가 담겨 있었다. 왜 도망치듯 나왔을까, 하고 그는 새삼 후회했다.

고향이란 그런 것일지도 모르겠지만.

버림받은 자가 갈 곳

어머니가 기다리는 고향의 역 앞에 선 순간, 무로타 세이이치는 흙먼지를 품은 눈보라에 휩싸였다. 정체를 알 수 없는 새하얀 덩어리가 인기척이 끊어진 상점가로 다가왔다고 생각한 순간 꼼짝도 할 수 없게 되었다.

한순간이 몹시 길게 느껴졌다. 불의의 사고든 뇌졸중이나 심근경색 같은 병이든 목숨을 빼앗아 가는 재앙은 이런 식으로 엄습하는 게 아닐까 하는 생각이 들었을 정도였다.

괴물이 지나가고 눈을 뜨니 역 앞의 풍경은 너무도 태연한 모습이었다. 흐르는 구름의 틈새에서 연약한 햇살마저 비치고 있었다. 아무 일도 없었던 것처럼 차도 사람도 움직이기 시작했다.

눈이 많이 쌓인 것은 아니다. 가로수의 아래쪽에 약간 쌓여 있는 정도였다. 광장과 도로에는 물기가 없었다.

살벌한 풍경을 바라보는 사이에 얼어붙는 듯한 냉기가 발바닥에서 기어 올라왔다. 이런 대낮에도 물이 꽁꽁 얼 만한 추위임이 틀림없었다.

다운코트에 바닥이 두꺼운 트레킹화, 평소엔 입은 적도 없는 방한용 속옷까지 모두 새로 장만했지만, 그래도 불안함을 씻을 수 없었다.

원래 추위에 강하고 더위에 약한 체질이다. 가족들과는 에어컨의 설정 온도를 둘러싸고 일 년 내내 신경전을 벌였다. 그런 자신이 덜덜 떨 정도니, 보통이 아닌 추위였다.

버스가 경적을 울렸다. 운전기사는 '탈 거요, 말 거요?' 하고 재촉하는 표정이었다.

무로타는 손을 내저으며 운전기사의 호의를 거부했다. 특별히 서두를 필요는 없다. 배도 고프고 화장실에 들러서 볼일도 보아야 한다.

버스가 가버렸다. 만일을 위해 정류장의 시간표를 확인하니, 다음 버스를 타려면 한 시간이나 기다려야 했다. 무의식 중에 "이런!" 하는 목소리가 흘러나왔다.

더구나 노선도를 눈으로 더듬었더니 아이카와 다리까지는 상당히 거리가 있었다. 그의 입에서 또다시 "이런!" 하는 신음이 흘러나왔다.

그래도 요즘은 무슨 일에도 "이런!"이란 말로 끝난다. 언제까지 처리해야 할 일도 없고, 몇 시 몇 분까지 가야 할 회의도 없다. 일상 속 실수는 모두 자신에게 돌아오니까 "이런!"이란 말로 끝나는 것이다.

택시 기사가 무로타 세이이치의 모습을 간절한 눈빛으로 지켜보고 있었다. 한 시간에 한 번 있는 열차에, 그에 이은 역시 한 시간에 한 번 있는 버스. 그런 교통 사정 같은 건 꿈에도 모르는 도시 사람이 택시 기사의 눈에는 얼마나 반가운 먹잇감으로 보일까?

무로타는 재빨리 시선을 돌리고 역사 안으로 들어갔다. 우선 최근에 눈에 띄게 횟수가 잦아진 소변을 본 다음 대기실에서 메밀국수라도 먹자.

그렇다. 이제 꼭 해야 할 일은 아무것도 없고, 하지 않아도 되는 일만 눈앞에 놓여 있으니까.

"여보, 이것 좀 부탁해요."

여느 때처럼 둘만의 저녁 식사를 마친 뒤, 뒷정리한 식탁 위에 아내가 종이 한 장을 내려놓았다. 이혼신고서였다.

출가한 두 딸 중 어느 한쪽의 것이라고 생각해 순간 숨을 멈추었다. 이혼 이야기가 나올 만큼 부부 사이가 나쁘단 말은 들은 적이 없다.

"난 아무 말도 못 들었는데."

"말하지 않았을 뿐이에요."

"당신 멋대로 말하지 말고 차근차근 설명해 줘."

무로타 세이이치는 티브이 스위치를 껐다. 그답지 않게 몹시 당황했다. 큰딸도 작은딸도 이미 자식들이 있다. 그는 무엇보다 손자들이 불행해질까 봐 두려웠다.

"제대로 잘 보세요. 아이들은 아무 상관이 없어요."

항상 미소가 끊이지 않는 아내의 얼굴이 오늘따라 돌처럼 딱딱했다. 이혼신고서에 눈길을 떨구고 나서야 겨우 알아차렸다. 하긴 딸의 이혼신고서에 부모의 서명이 필요할 리가 없다. 그곳에는 이미 아내의 이름이 적혀 있었고 도장까지 찍혀 있었다.

"오늘 회사에서 당신 퇴직금이 들어왔어요. 그동안 수고 많았어요."

아내는 정중하게 고개를 숙였다. 그리고 망연한 얼굴로 입을 벌리고 있는 남편을 향해 아무런 감정도 보이지 않고, 마치

회의 석상에서 프레젠테이션을 하는 것처럼 당당하게 말했다.

"내가 예상한 것보다 금액이 크니 부동산이나 유가증권 같은 건 나누자고 하지 않을게요. 예적금과 퇴직금 합계액의 절반만 주세요. 당신에게도 나쁜 조건은 아닐 거예요. 내 결심은 흔들리지 않으니까 대화해 봐야 소용없어요. 나머지는 이쪽 변호사를 통해서 말해줘요."

아내가 카드 패를 돌리듯 내민 명함을 그는 보지도 않고 구겨서 버렸다.

"다시 한번 말하지만, 당신 멋대로 말하지 말고 차근차근 설명해 줘."

아내는 쌀쌀맞게 되받아쳤다.

"난 항상 멋대로 행동하는 당신에게 32년이나 맞춰줬어요. 차근차근 설명하는 시간은 단 1초도 아까워요. 아무튼 당신과 같은 공기를 마시고 사는 건 이제 지긋지긋해요."

내 멋대로 행동한 기억은 없다. 전근은 월급쟁이의 숙명이고, 도박을 하거나 여자가 있었던 적도 없었다. 그렇다면…….

남자인가, 라고 말하려다 되삼켰다.

"좋아하는 사람이라도 생겼어?"

"미안하게 됐네요. 그런 이유라면 좋았을 텐데요."

"그래서 이유를 묻고 있잖아."

아내가 그의 가슴을 가리켰다.

"이유는, 당신이에요."

무슨 뜻인지 알 수 없었지만 그래도 마음이 조금 편해졌다. 객관적으로 봐도 아내는 그 나이에 걸맞게 매력적이다. 그만큼 돈도 투자하고 노력도 하고 있다. 젊은 시절에는 미인이라고 할 정도는 아니었지만 쉰여섯이라는 나이는 그녀에게 잘 어울렸다.

이유는 당신이에요. 즉, 무로타 세이이치의 존재 자체가 이혼 사유라는 뜻이다.

그는 최근 10년 사이에 몰라볼 만큼 살이 쪘다. 코를 많이 골지만 침실은 각방을 쓰니까 그런 문제는 아닐 것이다. 32년을 같이 살다가 이제 와서 뭐가 싫다고 하면 어쩌란 말인가.

"남편의 눈으로 봐도 당신은 충분히 매력적이야."

"고마워요. 당신한테선 처음 듣는 얘기네요."

"하지만 접근하는 남자가 있다면 일단 의심부터 해봐."

"그런 거 아니에요."

"만에 하나 그런 거라면 난 당신뿐 아니라 내 인생의 절반을 빼앗긴 거나 마찬가지야."

머리가 돌아가지 않았다. 입술이 멋대로 움직이는 듯한 느낌이었다.

"아니라니까요."

아내는 단호하게 덧붙였다.

"당신이 싫은 거예요."

너무나 솔직하다. 날카로운 칼 같은 한마디에 무로타 세이이치는 공포를 느꼈다.

"그것이 정당한 이혼 사유가 돼?"

"재판까지 갈 생각은 없어요. 당신이 합의해 줘요."

"합의할 리가 없잖아."

"그럼 집을 나갈게요. 당신과 같은 공기를 마시고 싶지 않아요."

서늘함에 간담이 오그라들었다. 예금과 적금은 아내가 가지고 있다. 물론 오늘 들어왔다는 퇴직금도. 즉, 지금 상황에서는 아내가 압도적으로 우위에 있었다.

"맥주."

"직접 가져다 먹어요."

냉장고를 열고 아내에게 물었다.

"당신도 마시겠어?"

"난 됐어요. 술로 대충 얼버무릴 얘기가 아니에요."

답답한 마음에 주먹을 불끈 쥐었지만, 지금 손을 올린다면 훌륭한 이혼 사유를 만들어주게 된다.

"애들은?"

아무렇지도 않은 척하면서 물었다.

"물론 알고 있어요. 둘 다 내 편이에요. 뭐, 사위들은 깜짝 놀랐지만요."

"당연하지. 내일은 자기 차례라고 생각하면 어이가 없을 테니까."

말다툼은 하고 싶지 않았다. 지난 32년 동안 헤아릴 수 없을 만큼 말다툼을 했지만 말로 아내를 이긴 적은 한 번도 없었다.

그는 차가운 맥주로 목을 적시고 거실 소파에 앉았다. 눈을 치켜뜨고 노려보는 아내의 얼굴과 마주하고 싶지 않았다.

밤하늘의 별 그림이 그려진 타원형 벽시계가 밤 10시를 알리자 피터 팬과 팅커 벨이 춤을 추었다. 적어도 딸들이 은혼식 축하 선물로 이 시계를 사준 7년 전에는 평온한 가정이었고 화목한 부부였다.

"집을 나가면 어디로 갈 거야? 이제 와서 친정으로 가진 않을 테고."

"말도 안 돼요. 오빠에게 폐를 끼칠 순 없어요."

아버지가 남겨 준 이 집은 부지런히 손질한 덕분에 앞으로도 얼마든지 살 수 있다. 도심까지 한 시간밖에 걸리지 않는

60평짜리 땅은 제법 가치가 있을 것이다. 하지만 아내는 그렇게까지 요구하지는 않겠다고 한다.

"애들은……."

"아까 말했잖아요. 애들은 둘 다 내 편이에요. 그렇다고 당신을 적으로 생각하는 건 아니니까 안심해요."

"지금 장난해? 대학 등록금을 대주고 결혼까지 시켜줬으니, 이제 아버지는 필요 없다는 거야? 정년퇴직해서 돈을 못 버는 남자는 쓰레기에 불과하냐고!"

"여보, 진정해요."

그래도 아내는 냉정했다. 대본이라도 있는 게 아닐까 의심될 만큼 말은 정확했고 행동거지에도 흐트러짐이 없었다.

"애들은 내 결정과 상관없어요. 단지 내 의견에 찬성해 주었을 뿐이에요. 당신과 나만 헤어지는 거예요."

아내의 주장은 논리적으로도 윤리적으로도 그리고 법적으로도 이해할 수 없었다.

본래 생판 남인 부부가 종족 번식과 노동의 의무를 마치고 아이들을 둥지에서 떠나보냈다면 더 이상 같이 살 이유는 없다…… 라는 생물학적 논리로밖에 받아들일 수 없었다.

"우리 차분히 대화하지 않겠어?"

그는 최대한 여유 있는 미소를 지으며 말했다.

"아니에요. 그러면 오히려 얘기가 복잡해져요. 난 먼저 잘 테니까 혼자 생각해 보세요."

"여보, 잠깐만! 이건 너무하잖아?"

아내는 그의 말을 귓등으로도 듣지 않고 거실에서 나갔다. "목욕물은 받아 놓았어요"라는 비정한 목소리만을 복도에 남긴 채.

혼자 생각해 보려고 해도 머리가 돌아가지 않았다. 황혼이혼이라는 단어는 알고 있었지만, 가까운 사람 중에 그런 사례가 없어서인지 일종의 도시 전설처럼 생각했다. 하지만 아무래도 지금 이 상황은 현실인 모양이다.

지금까지 끊지 못했던 담배에 불을 붙이고, 혹시 이게 원인이 아닐까 생각했다.

아니, 아내의 단호한 모습으로 볼 때 담배는 원인의 극히 일부분일 수는 있어도 전부는 아니다. 아내는 더 본질적인, 남편의 존재 자체에 대해 혐오감을 느끼는 듯했다. 한마디로 말하면 '같은 공기를 마시고 싶지 않을 만큼'.

스마트폰을 움켜쥐었으나 딸들에게 이유를 물어볼 용기는 나지 않았다. 거실이 몹시 넓게 느껴졌다. 지은 지 40년이나 지난 낡은 집이지만, 아버지에게서 물려받고 나서 몇 번 리모델링을 한 덕분에 노후를 보내기에는 충분했다. 앞으로 이 집에서 20년을 더 산 다음, 마지막에는 집을 팔아 간병 시설이 딸린 아파트로 옮길 생각이었다. 물론 아내와 같이.

그리고 여생을 함께하다가 같은 무덤에 들어가는 것 말고는, 무로타 세이이치의 머릿속에 다른 미래는 없었다.

요즘 들어 메밀국수가 좋아졌다.

라면도 우동도 아니라 메밀국수다. 살짝 시장기가 돌면 잠시도 망설이지 않고 서서 먹는 메밀국숫집에 들어갔고 점차 여기저기 유명한 가게를 찾아다니다가 결국은 시청에서 주최하는 '메밀국수 만들기 강좌'까지 다녔다.

하지만 슬프게도 집에서 솜씨를 발휘할 기회는 없다. 가족은 아무도 없고, 그렇다고 친구를 초대하면 이렇게 된 경위를 말할 수밖에 없으니까.

"도호쿠의 메밀국수는 도쿄 사람의 입맛에 잘 맞는군요."

빈말이 아니었다. 진한 장국은 도쿄 방식에 가깝다.

"그런가요? 이런 촌구석에선 드실 만한 게 메밀국수밖에 없구만요."

대기실 카운터를 혼자 맡은 듯한 여성은 피부가 하얗고 콧날이 오뚝해서 나이를 가늠할 수 없었다. 더구나 자신의 미모를 모르는 듯한 순수한 모습이 그녀의 나이를 더욱 불확실하게 만들었다.

그는 쓸쓸한 역 앞의 풍경을 유리창 너머로 바라보면서 소박한 메밀국수 맛을 만끽했다. 나이가 들면서 음식에 대한 집착이 더욱 강해졌다.

활기가 사라진 역 앞의 도로 끝에서 가끔 눈보라가 밀려왔다. 그때마다 대기실 유리창은 희뿌옇게 흐려졌지만 금세 아무 일도 없었던 것처럼 원래의 풍경이 되살아났다.

갑자기 생각이 나서 스마트폰을 꺼냈다.

"유나이티드 카드 프리미엄 클럽의 요시노입니다. 번거롭게 해드려 죄송하지만 가지고 계신 신용카드에 기재된 번호를 모두 입력해 주시기 바랍니다."

귀찮기 짝이 없었다. 열다섯 자리나 되는 번호를 누르지 않으면 요시노라는 담당자와 대화할 수 없는 것이다.

하지만 자기 처지에 어울리지 않는 '세계 최고의 스테이터스'임을 감안하면 불평할 수도 없었다. 35만 엔이라는 거액의 연회비를 내고 서비스를 받는 사람들은 나름대로 강력한 보안 장치를 요구할 테니, 그로 인한 번거로운 절차는 당연하다 여길 것이다.

"무로타 님. 실례지만 본인이 맞으십니까?"

"네, 본인입니다."

"알겠습니다. 그러면 생년월일을 말씀해 주십시오."

"간단한 용건입니다만."

"죄송합니다. 미리 설명해 드린 것처럼 이건 프리미엄 클럽의 규정이라서요."

그는 약간 조바심을 내면서 생년월일을 말했다.

"유나이티드 홈타운 서비스를 이용해 주셔서 감사합니다. 용건을 말씀해 주십시오."

이제야 겨우 대화가 시작됐다.

"지금 고마카노역에 있는데 버스를 놓쳐서요. 한 시간에 한 대밖에 없다는 걸 몰랐거든요. 늦게 가면 그쪽에 폐가 되지 않을지……."

즉시 요시노의 부드러운 목소리가 돌아왔다.

"그건 걱정하지 마십시오. 이 스테이지는 오늘과 내일 이틀 동안 무로타 세이이치 님 전용이니 마음껏 사용하시면 됩니다. 홈타운의 페어런츠 쪽에서 무로타 님의 시간에 맞춰서 대응하겠습니다. 신경 쓰실 필요는 하나도 없습니다."

"아아, 그래요? 제 행동에 맞춰주신다는 거군요."

"그렇습니다. 고객님 마음에 드실 때까지 고향을 체험하시는 게 유나이티드 홈타운 서비스의 테마이니 마음껏 즐기시기 바랍니다."

"그렇군요. 그러면 이런 연락을 할 필요도 없는 건가요?"

"말씀하시는 대로입니다. 모든 걸 맡겨주십시오. 급한 경우에만 연락하시면 됩니다."

"제가 잘 몰라서 귀찮게 해드렸군요. 다른 멤버와 달리 저는 얼마 전까지 하찮은 월급쟁이였거든요."

요시노라는 담당자의 입가에 미소가 번지는 모습이 보이는 듯했다.

"프리미엄 클럽의 멤버는 누구든 품위 있고 상식적인 분입니다."

어? 매뉴얼에 이런 표현까지 있는 걸까? 그는 요시노의 대응에 혀를 내둘렀다.

"무로타 님, 그 밖에 또 궁금하신 게 있으신가요?"

"아닙니다. 그럼 마음껏 즐기겠습니다."

"멋진 귀향이 되시기 바랍니다."

전화를 끊은 뒤, 그는 팔꿈치를 카운터에 기대고서 유리창 너머의 풍경을 멍하니 바라보았다.

느닷없이 휘몰아쳐 시야를 뒤덮는 눈보라가 펄럭이는 비단 커튼처럼 보였다.

"오메나, 오늘은 눈보라가 겁나게 몰아쳐뿌네요."

나이를 알 수 없는 여성이 나지막이 속삭인 사투리는 꼭 프랑스어처럼 들렸다.

버스에 먼저 타고 있던 손님은 고등학생들뿐이었다. 도쿄에서는 이미 사라진, 금색 단추가 달린 학생복과 세일러복이다. 추위에 익숙해서인지 코트를 입지 않은 학생도 많았다.

시가지를 빠져나가자 사방이 온통 눈 풍경으로 변했다. 정류장에 도착할 때마다 승객이 줄어들었다.

본사 부장으로 승진하자마자 신용카드 회사에서 프리미엄 클럽 안내장이 도착했다. '세계 최고의 스테이터스'를 자칭하는, 이른바 블랙카드였다. 승진할 때마다 골드카드, 플래티넘 카드의 안내장이 온 걸 보면 회사 인사이동 결과가 새어 나가고 있었던 것이리라. 물론 개인 정보라는 단어조차 없었던 시대에는 신경도 쓰지 않았지만.

제약회사 영업부장에게 고객 접대는 매우 중요한 업무다. 거품 경제의 전성기때뿐만 아니라 거품이 꺼진 후에도, 의사나 병원 관계자와 술자리를 갖거나 뒤풀이를 하는 날들이 이어졌다.

프리미엄 클럽 멤버의 특전에는 '자가용 비행기 이용'이나 '폐점 후의 명품관 쇼핑'처럼 입을 다물 수 없는 항목들이 적혀 있었다. 물론 월급쟁이 생활과는 인연이 없는 혜택들이다.

이제 허세로 블랙카드를 가질 나이는 아니다. 그런데 재미로 안내장을 읽는 사이에 현실적인 특전이 눈에 들어왔다.

급한 회식에 대비해 일류 레스토랑의 테이블이나 요정의 좌석을 항상 확보해 둔다고 한다. 또한 갑작스러운 출장이나 여행에 대비해 호텔이나 여관의 객실도 똑같이 마련해 두고 있다고 한다.

이것은 쓸모가 있겠다고 판단했다. 고객의 예정에 따라 숙박지나 연회석을 준비해 두는 것은 영업맨의 사명이다. 35만 엔의 연회비는 그의 주머니에서 나간다고 해도 그렇게 부담 되지는 않는다. 물론 카드회사도 그런 사정을 잘 알고 있어서 자나 깨나 접대에 여념이 없는 영업부장에게 카드를 권한 것 일 게다.

프리미엄 클럽 블랙카드의 활약은 놀라울 정도였다. 호텔 이나 레스토랑만이 아니라 골프 라운딩부터 성수기의 항공권 까지, 급한 요청에 대응하지 못한 적은 한 번도 없었다. 그의 실적에도 크게 기여했고, 요술방망이의 존재를 모르는 부하 직원들로부터는 한없는 존경을 받았다.

하지만 그것이 무로타 세이이치의 한계였다. 순발력과 넉 살로 높은 실적을 올리는 영업맨의 표본이기는 해도 큰 판세 는 읽지 못한 것이다. 그렇다고 누구를 탓할 수도 없다. 결국 그의 그릇이 작았던 것뿐이니까.

저출생 고령화에 따라 의료비가 증가했다. 국가에선 약품 가격 인하를 요구하면서 동시에 가격이 저렴한 후발 약제 사용을 추진했다. 그 결과, 국내 시장이 축소되면서 기존의 신약 업체는 해외 기업에 합병되거나 대형 업무제휴 말고는 성장의 길을 잃어버렸다.

그의 눈에는 그런 업계의 동향이 보이지 않았다. 회사가 원하는 인재는 세계적인 시야를 가진 젊은 엘리트와 획기적인 신약을 개발하는 연구원뿐이었다.

실적과 커리어만으로 본다면 50대 중반에는 이사 겸 영업본부장으로 승진해야 했지만 회사에서는 그를 교토시 교외에 있는 간사이 유통 센터장으로 보냈다.

좌천은 아니었다. 월급쟁이로서 남은 인생을 보내기엔 적당했기에 무로타 세이이치는 자신에게 알맞은 장소를 얻었다고 생각하기로 했다.

두 딸은 이미 출가했고 건강에도 문제가 없어서 당연히 주말부부로 살기로 했다. 그는 교토 시내의 아파트에서 출퇴근하다 주말에는 도쿄로 돌아왔다. 가끔 아내가 교토로 내려와서 유명한 절을 돌아다니곤 했다. 나름대로 평온한 나날이었다고 생각한다.

그때부터 프리미엄 클럽의 블랙카드가 무용지물로 전락했지만 해약할 마음은 들지 않았다.

　인생의 도달점이자 영광의 증표인 '세계 최고의 스테이터스'는 만 61세가 되기 전날까지 가지고 있을 작정이었다. 정년퇴직이라는 인생의 분기점을 맞이할 그날까지.

　이윽고 그날이 찾아왔다. 계열사 임원으로 가고 싶다는 그의 꿈은 이뤄지지 않았고, 인사부에서 제시한 길은 현재의 센터장으로 2년 동안 재취업하는 것이었다. 단, 월급은 한숨이 나올 만큼 내려간다. 물론 그것은 규정에 따른 것이지만 "어차피 한직이니까 지금의 3분의 1이면 충분하지?"라는 말이 들리는 듯했다.

　버스가 앞으로 갈수록 눈은 더욱 깊어졌다.

　빛도 그림자도 없이 오직 한 가지 색밖에 없는 세계는 가슴에 독毒으로 다가왔다. 여름에 접어들 무렵 정년을 맞이하고 그 뒤 6개월이 지났는데, 아직도 현실을 받아들일 수 없었다. 40년이나 근무한 직장과 32년이나 부부로 살아온 아내가 동시에 자신의 인생에서 사라진 것이다.

　하얀색을 덧칠하듯 눈은 끊임없이 내렸다. 차량이 통행하며 아스팔트에 쌓인 눈이 단단해지자 타이어체인 소리와 진동이 잠잠해지면서 오히려 승차감이 좋아졌다. 어느새 승객은 한 명도 보이지 않았다.

부부는 어차피 남이니까, 사랑도 정도 사라지고 생리적 혐오감이 커졌다면 그보다 더한 이혼 사유는 없으리라. 어쨌든 '같은 공기를 마시고 사는 건 이제 지긋지긋'한 것이다.

남은 인생을 원한으로 채우고 싶지 않았고, 32년의 가정생활도 후회하고 싶지 않았다. 그래서 변호사를 찾지 않고 아내가 원하는 대로 해주었다.

하지만 한 가지 용서하기 힘든 일이 있었다. 이혼 이야기를 꺼내기 전에 아내는 그럴듯한 핑계를 대면서 퇴직금을 일괄 수령하자고 주장했다. 요즘 세상에는 회사를 믿을 수 없다는 둥, 만약 망하거나 장차 유럽의 제휴기업으로 넘어가는 사태가 발생하면 연금으로 대체한 퇴직금을 한 푼도 돌려받지 못할 수도 있다는 둥.

아이를 낳기 전까지 대형 은행에 다녔던 아내는 경제 사정에 빠삭해서, 고금리 시대에는 예금을 절묘하게 운용해 주었다. 그런 만큼 아내의 말에는 설득력이 있었다.

퇴직금을 대부분 기업연금으로 대체하는 이유는 정년퇴직 이후 늘어난 평균수명과 세금 문제 때문이다. 따라서 퇴직금의 일괄 지급을 요구하는 사람은 거의 없다. 주택 대출금이나 개인적인 채무의 변제, 또는 창업 자금 때문에 요청하는 경우가 가끔 있는 정도라고 했다.

아내가 파놓은 함정이었다. 예적금과 함께 3000만 엔이 넘는 퇴직금까지 손에 넣은 아내는 남은 인생의 선택권을 장악한 것이다.

자신보다 머리가 좋은 사람인 줄은 알았지만 비정한 사람인 줄은 몰랐다. 그래도 부동산과 유가증권까지 요구하지 않은 것은 마지막으로 남긴 온정이었을까.

"다음은 아이카와 다리, 아이카와 다리입니다."

녹음된 공허한 목소리가 목적지에 도착했음을 알려 주었다. 유리창에 맺힌 물방울을 치워도 집 같은 건 보이지 않았다. 뭔가 착오가 있어서 눈밭에 혼자 버려지는 일은 상상만 해도 끔찍하다.

배낭 안을 더듬어 서류를 꺼냈다. 카드회사에서 받은 '유나이티드 홈타운 서비스'의 안내장이다.

고마카노역에서 버스로 약 40분(겨울철에는 눈으로 인해 다소 지연될 수도 있습니다), 아이카와 다리 정류장에서 하차. 택시나 렌터카를 이용하시는 경우에는 아이카와 다리 정류장 근처에 있는 자은사 앞에서 내리시면 됩니다.

안내장의 설명은 지나치지도 모자라지도 않았다. 이 서비스의 주제가 귀향인 만큼, 설렘으로 가득 찬 멤버의 마음을 깨뜨려선 안 된다는 배려이리라.

"손님, 아이카와 다리에서 내리시는 거 아니당가요?"

운전기사의 목소리에 흠칫 놀라서 그는 황급히 하차 벨을 눌렀다. 하지만 아이카와 다리 정류장까지는 아직 멀었다.

검은색 바탕에 은색 문장紋章이 찍힌, 너무나 '스테이터스'가 느껴지는 봉투가 도착한 것은 이제 슬슬 프리미엄 클럽을 해약하려고 생각했을 무렵이었다.

당신에게, 고향을.

헤드카피만 봤으면 지방 특산품의 통신판매라고 여겼을 것이다. 하지만 프리미엄 클럽에 그런 기획은 어울리지 않는다. 고급 별장의 분양 광고인가 하면서 팸플릿을 펼쳤다. 물론 고급 별장은 그와 관계가 없지만, 그런 어리석은 꿈으로 가득 찬 제안은 일종의 눈 호강이나 마찬가지였으니까.

당신에게, 고향을.

1971년, 매사추세츠주 콩코드, 켄터키주 엘리자베스타운, 애리조나주 메사 등 세 군데를 거점으로 시작한 유나이티드 홈타운 서비스는 현재 미국

전역에서 32개 빌리지와 100명이 넘는 페어런츠를 보유한 대형 프로젝트로 성장했습니다.

유나이티드 홈타운 서비스는 별장 사업도 홈스테이도 아닙니다. 잃어버린 고향을 부활시켜서, 지난 날들로 돌아가는 라이프 스토리를 제공합니다.

이번에 미국에서 성공한 프로젝트를 일본에 도입하게 되어 프리미엄 클럽 멤버에게만 특별히 제공해 드리려 합니다.

당신에게, 고향을.

유나이티드 홈타운 서비스에 관한 문의와 신청은 고객님 전속 담당자에게 해주시기 바랍니다.

……아이카와 다리 정류장에서 버스가 멈추었다.

무로타 세이이치는 동전을 골라 요금을 내고 텅 빈 버스에서 내렸다. 다행히 눈은 그쳤지만 얼음 조각이 바람에 흩날리고 있었다.

일단 자은사를 찾아야 한다. 버스 정류장의 처마 밑에서 담배에 불을 붙이고 도로의 양쪽을 둘러보니, 몇몇 민가가 나란히 있는 길 끝에 절처럼 보이는 커다란 지붕이 있었다.

1박 2일에 50만 엔, 세금 별도. 무로타 세이이치는 그 가격이 싼지 비싼지 알 수 없었다. 독특한 테마 여행이라고 하면 비싸고, 안내장에 있는 것처럼 '라이프 스토리'를 제공한다면 그 정도는 감당할 만한 것 같기도 했다.

무엇보다 아내와 헤어지고 딸들과도 거의 연락이 끊어진 순간, 금전 감각을 잃어버렸다. 예적금과 퇴직금의 절반이 사라졌으니 이제 인생 계획을 다시 짜야 했지만, 가정이라는 그릇이 없어진 순간 더 이상 돈의 가치를 알 수 없게 되었다.

그는 담배 연기를 토해내면서 원한도 복수도 없고, 인간적인 굴레에서도 풀려나는 그런 곳으로 돌아온 것이라고 마음먹기로 했다. 그렇게 생각하지 않으면 50만 엔이란 가격은 너무 비싸니까.

"아따, 이게 뉘기여? 세이 짱 아니당가?"

길 맞은편에서 경트럭이 멈추고 창문이 내려갔다. 솜옷을 입고 털모자를 쓴 노인이 얼굴을 내밀었다.

"자네, 무로타 씨 댁의 세이 짱이제? 시상에, 이게 얼마 만인겨?"

혹시 엑스트라인가? 그렇다면 이것은 상상을 초월하는 접대가 아닐 수 없다. 생각해 보니 신청서 항목은 매우 자세한 것까지 적어야 했고 그중에는 어린 시절의 호칭도 있었다.

"이야, 그동안 격조했습니다. 건강해 보이셔서 다행입니다."

영업을 오래 한 탓인지, 순간적으로 인사말이 튀어나왔다. 인사를 받으면 상대가 누구인지 몰라도 아는 척하면서 재빨리 대응하는 것이 영업맨의 철칙이다.

예상한 대로 노인은 살짝 당황한 표정을 지었다.

"자네 어매가 목을 길게 빼고 기달리시는구마. 언능 집에 가보랑께."

노인은 창문을 닫으려고 하다가 잊었던 대사를 덧붙였다.

"세이 짱, 혹시 집에 가는 질을 잊어분 거 아니당가? 저짝을 보래이, 절의 모퉁이를 돌아서……."

"자은사 말씀이군요."

"그려, 그려. 거그까지 가면 여기구나, 하면서 생각날 거여."

거기에 가면 금방 알아볼 수 있는 집이 있다는 뜻이리라.

"감사합니다. 고생이 많으십니다."

그렇게 말하고 고개를 숙이자 노인은 입술을 일그러뜨리며 미소를 짓더니 "그라믄 가보래이"라고 인사를 했다. 경트럭이 자은사의 문 앞을 지나갈 때 울린 경적은 페어런츠에게 고객이 도착했음을 알려주는 신호인 걸까.

가슴이 쿵쾅거렸다. 그는 넘어지지 않도록 조심하며 얼어붙은 길을 걷기 시작했다.

문득 한계부락*이라는 저주스러운 말이 머릿속에 떠올랐

---

* 65세 이상 실버 세대의 비중이 50퍼센트가 넘는 마을.

다. 노인들만 남아서 사회 공동체를 유지할 수 없는 마을을 가리키는 말이다.

한 시간에 한 대뿐인 버스 안에서 흔들리는 사이에 통학하는 고등학생들도 모두 내렸다. 결코 통학할 수 없는 거리는 아니지만 이 마을에는 아이들도, 아이들의 부모에 해당하는 세대도 없는 게 아닐까.

눈 밑의 길은 꽁꽁 얼어 있었다. 그는 한 걸음 한 걸음 조심스럽게 걸었다. 지나가는 차도, 지나가는 사람도 없었다. 들리는 것은 피리 같은 바람 소리 그리고 추위와 기대감으로 쿵쾅거리는 자신의 심장 소리뿐이었다.

도쿄에서 나고 자란 무로타 세이이치에게는 고향이라고 할 만한 곳이 없었다. 조부는 군마, 조모는 니가타 출신이었지만, 양쪽 모두 고향과의 인연은 이미 끊어졌다. 즉, 부모 세대에 이미 고향이 없는 것이다. 도쿄 사람 중에는 그런 경우가 드물지 않다.

땅값이 급등하기 시작한 무렵, 아버지는 도쿄 시내의 손바닥만 한 땅을 팔고 교외로 옮겼다. 그 순간 무로타 집안의 고향은 완전히 없어졌다.

유나이티드 홈타운 서비스라는 기묘한 제안에 그가 관심을 가진 배경에는 돌아갈 고향에 대한 달콤한 향수가 있었다. 그에게는 고향이라는 존재 자체가 이룰 수 없는 꿈이었던 것이다.

그리고 한 가지 이유가 더 있었다.

예전에 2년 동안 혼자 미국에 부임한 적이 있었다. 그 당시 세계적으로 주목받은 바이오 기술을 둘러싸고 선진 의약품 회사와 제휴 방식을 모색하는 게 그의 사명이었다.

나중에 돌아보니 그것은 그의 역량을 펼칠 수 있는 좋은 기회였다. 하지만 애석하게도 언어의 장벽으로 인해 성과를 올리지 못한 채 돌아와야 했다. 고작 2년이었지만 그래도 그때의 그는 미국을 온몸으로 느꼈다. 파워풀하고 다이내믹하며 그런데도 금욕적인 미국을.

그는 추상적인 팸플릿의 내용을 구체적화하여 상상해보았다. 세계에서 가장 부지런하고 능력 있는 비즈니스맨이 짧은 휴가를 효율적으로 보내려고 한다면, 마이애미의 햇빛과 라스베이거스의 소란을 선택하진 않을 것이다. 오히려 그들이라면 1박 2일에 5천 달러의 비용을 주고라도 가공의 고향으로 돌아가고 싶어 하지 않을까?

물론 노무관리가 잘 정비된 유럽에서는 그런 발상이 있을 수 없다. 만약 미국과 똑같은 프로젝트를 적용할 곳을 찾는다면 노동환경이 비슷한 일본뿐이리라.

"자네, 세이 짱 아니당가? 한동안 못 보는 사이에 솔찬히 살이 쪘구만."

자은사의 돌계단 위에서 눈을 쓸면서, 주지 스님 같은 노승이 웃는 얼굴로 말했다.

"아하, 안녕하세요. 그동안 격조했습니다."

또 멋대로 입이 움직였다. 영업맨의 슬픈 습성도 한몫했지만, 이렇게 된 바에 자신도 상대의 서비스를 한껏 즐기자는 마음이 든 것이다. 뉴욕에서 매사추세츠의 홈타운으로 돌아간 고객이라면, 또한 장난을 좋아하는 기질을 가진 미국인이라면 이 정도는 할 것이다.

스님도 역시 의표를 찔렸는지, 눈 쓰는 손을 멈추고 한순간 할 말을 찾았다.

"치요 아줌씨가 겁나게 좋아하면서 무덤을 청소하등마. 내일이라도 성묘하러 오래이. 아부지도, 할아부지도, 할마니도 기뻐하실 거여."

치요 아줌씨, 라는 건 페어런츠의 이름이리라. 즉, 아버지는 이미 세상을 떠났고 늙은 어머니가 도쿄에 상경한 아들을 애타게 기다리고 있다는 설정인 듯했다.

절의 모퉁이를 돌아서, 라고 경트럭을 탄 노인은 말했다.

"저기…… 저 길이었던가요?"

"그려, 그려. 눈이 겁나게 내렸응께 길이 헷갈리는 것도 무리는 아니제. 자아, 싸게 가보래이. 어매가 기달리시다 꽁꽁 얼겠구마."

아무리 오랜만에 찾아온다고 해도 태어나고 자란 집을 잊을 리는 없다. 순간적으로 생각한 말이든 아니든, 대단한 배려가 아닐 수 없다. 경트럭이 울린 경적은 이 스님에게 보내는 신호였던 모양이다.

작은 네거리에는 머리에 눈을 인 돌부처님이 있었는데, 약간 기울어진 부처님의 얼굴은 그의 고향 집이 어딘지 가르쳐 주는 것처럼 보였다.

돌담의 모퉁이를 돌자 꼼꼼하게 쓸어낸 눈 사이로 난 작은 길이 삼나무가 빼곡한 산으로 이어져 있었다. 완만한 오르막 끝에 과연 고개를 끄덕이게 만드는 집이 있었다. 그림에서만 존재하는 듯한 산골의 마가리야였다.

멀리서 그 모습을 확인한 순간, 무로타 세이이치의 마음은 틀에 박힌 듯한 스토리로 뛰어들었다. 직장에서 쫓겨나고 아내와 자식에게도 버림받은 뒤, 빈털터리가 되어서 고향으로 돌아왔다.

옅은 먹색 하늘을 가로지르는 감나무 밑에서, 몸집이 작은 어머니가 발을 동동거리며 기다리고 있었다.

"왔구마! 왔구마! 드디어 왔구마!"

그렇게 말하며 두 손을 흔드는 어머니의 모습을 본 순간, 그는 앞으로 고꾸라질 것처럼 언덕길을 뛰어올랐다.

"잘 와불었다. 서두를 것 읎어. 여기는 니 집이니께."

어머니의 맑은 목소리가 바람을 타고 뒷산에 메아리쳤다. 흩날리는 얼음 부스러기를 맞으면서 어머니는 환한 웃음으로 그를 맞아주었다.

"저기, 어머니……."

나 얼마나 힘들었는지 몰라, 하며 하소연하려고 했는데 말이 나오지 않았다.

어머니와 마주하고 숨을 고른 뒤, 무로타 세이이치는 정신을 가다듬었다.

"무로타입니다. 잠시 신세를 지겠습니다."

어머니는 주름진 눈을 동그랗게 뜨고 조용히 머리를 가로 저었다.

"세이이치, 신세는 무신. 어매헌티 그렇게 말허는 사램이 어딨다냐? 잘 와불었다, 참말로 잘 와불었어."

어머니는 엄지장갑을 낀 손으로 무로타의 곱은 손을 꼭 잡았다.

"인자 안 좋은 기억은 다 잊어불고, 맴 편히 지내다 가래이."

띠지붕에서 미끄러져 땅으로 떨어진 눈이 툇마루 끝을 요 새처럼 에워싸고 있었다. 어머니 손에 이끌려 걸음을 내디딜 수록 그윽한 냄새가 짙어졌다.

"세이이치, 잘 들으래이. 무신 일이 있어도 어매는 니 편이 구마."

입구의 굵은 기둥에는 '무로타'라고 이름이 새겨진 문패가 걸려 있었다.

참말로 조용한 밤이구로.

바람은 그쳤고 새들도 보금자리로 돌아갔고 아궁이의 불도 잘 타오르고 있시야. 그란디 너무 조용혀서 잠이 안 온다면, 어 렸을 때처럼 어매가 잠자리 이야그를 들려줄까잉?

옛날 옛날에 이런 이야그가 있었구마.

아이카와 마을의 할마니와 할부지는 세는 나이로 예순 살의 섣달그믐날이 되면, 산질에서 20리나 더 들어간 도코요가하라 란 곳에 버려졌제.

아직 논밭에서 일헐 수 있는 사램도 있고 몸을 움직일 수 읎 어서 밥만 축내는 사램도 있제만, 예순 살이 되면 버려지는 게 마을의 규칙이라서, 지 발로 싸게 걸어가는 사램도 있고, 울며 불며 아덜의 등에 업혀서 끌려가는 사램도 있었다등마.

도코요가하라는 조릿대와 참억새도 자라들 않는 산속이라서 눈이라도 내리면 거중 목숨이 끊어지는데, 개중에는 볏짚으로 오두막을 짓고 참마며 산에서 나는 나물 같은 걸 묵고 목숨을 부지허는 사램도 있었단다.

그런 아이카와 마을에 겁나 효자가 한 명 있었제.

어매는 일찌검치 세상을 떠났지만 아부지는 건강혀서 열심히 일혔구마. 아무리 건강혀도 예순 살의 섣달그믐이 되면 도코요가하라에 버리는 수밖에 없었지.

그란디 오늘은 아침 일찍 자은사의 주지 스님이 나오셔서 영험헌 불경을 읊조려 주셨시야. 그라고 촌장님이 오셔서 이별의 선물로 쌀을 한 됫박이나 주셨구마.

그 아부지는 걸어가겄다고 혔제만, 효자인 아덜은 고집을 부리며 아부지를 업고 집을 나섰제.

가는 도중에 아부지가 말하기를,

"나는 인자 곧 죽을 테니께 이 쌀은 니가 묵그라."

아덜이 그랄 수 읎다고 말혔더니,

"그라문 메누리헌티 먹이고 손자들헌티 먹이거라."

마지막에는 부자가 함께 목 놓아 울믄서, 눈 쌓인 도코요가하라에 도착혔제. 그곳에는 볏짚으로 지은 오두막이 있었고, 살아 남은 할마니와 할아부지가 이러코롬, 이짝으로 오씨요, 이짝으로 오씨요, 라며 손을 흔들었시야. 그 사램들은 이별의 선물로 받은 쌀을 노리고 있었던 거구마.

그걸 알아차린 아부지는 더더욱 쌀을 가져가믄 안 된다고 생각허고, 얼굴을 감쌌던 수건에 쌀을 절반 담어서 아들헌티 내밀었제.

"이 수건은 아부지의 유품이여."

효자 아덜은 묵직한 수건을 품에 넣고는 역시 목 놓아 울면서 산을 내려갔다등마.

이 주변에는 연말이 되면 젊은 사램들이 늙은이의 집을 찾어가서, 쌀 다섯 홉을 놓고 가는 풍습이 있시야.

하지만 늙은이만 남게 된 지금, 어느새 그런 풍습도 읎어지고 말았지만 말이시.

아이구마. 세이이치, 잠들었냐?

그라믄 좋은 꿈 꾸그래이.

이 이야그는 이걸로다 끝이란다.

친구의 충고

"그래? 그거 꽤 재밌는 얘기인데? 좀 자세히 말해봐."

고향에 다녀온 이야기를 넌지시 건네자마자 아키야마가 재빨리 달려들었다.

"믿어?"

마쓰나가 도오루는 옛 친구의 안색을 살폈다.

"믿고 말고 할 게 뭐 있어? 네가 싱거운 소리나 할 사람이 아니란 건 내가 제일 잘 아는데."

가슴에 박혀 있던 무거운 돌덩이가 내려간 듯한 느낌이 들었다. 꿈같은 귀향에 대해 말한 것은 이번이 처음이었다.

"미 짱, 내가 아니라 이 서비스를 믿느냐는 거야."

"그런 걸 따져서 뭐 해? 요즘 세상엔 온통 믿을 수 없는 이야기투성이잖아?"

아키야마는 풀사이드에서 쉬는 사람들이 돌아볼 만큼 호쾌하게 웃더니, 바로 큰 소리로 "죄송합니다!" 하고 말해서 사람들을 미소 짓게 만들었다.

이곳은 도심 호텔의 회원제 스포츠클럽이다. 마쓰나가는 종종 속세를 벗어난 듯한 이곳에서 주말 하루를 보냈다.

거품 경제가 절정에 달하던 시절에는 입회비와 보증금만으로 1000만 엔이 넘었고, 지금도 꽤 문턱이 높다. 회원과 동반자만 이용할 수 있고, 회원이 되기 위해서는 기존 회원이 추천해 주어야 한다. 사우나나 풀사이드에서 저명한 사람을 보아도 못 본 척할 수 있을 만큼 양식 있는 사람이 아니면 회원이 될 수 없는 것이다.

기묘하게도 이 별천지의 회원 자격은 역대 사장에게 이어지고 있었다. 회사가 호텔의 대주주이기 때문인지, 아니면 거품 경제 시절에 받았던 보증금을 돌려줄 바에야 사장이 바뀔 때마다 명의를 바꿔주는 편이 낫다는 호텔의 판단 때문인지. 어쨌든 마쓰나가 도오루에게는 예상치 못한 특전이었다.

비치 체어에 몸을 맡긴 채 아키야마는 유리창 너머로 들어오는 겨울의 햇살을 받았다. 가운으로 감싼 육체는 탄탄했다.

도저히 마쓰나가와 같은 나이로는 보이지 않았다. 마음이 내키는 대로 자유롭게 살면 육체도 늙지 않는 걸까?

돈도 시간도 주체하지 못할 만큼 있는 고급 한량이라고나 할까? 마쓰나가의 추천으로 회원이 된 이후 주말 하루는 반드시 이 수영장에서 지내는 아키야마 미쓰오는 고등학교 시절부터 그의 가장 친한 친구다.

"유나이티드 프리미엄이라면 나도 회원이긴 해. 그거잖아, 연회비가 35만 엔이나 되는 황당한 거."

"그렇다면 안내장이 갔을 텐데."

"글쎄. 그런 우편물은 뜯지도 않고 버리거든. 포인트가 어떻다든지 할인이 어떻다든지, 생각만 해도 골치 아파서 말이야."

"당신에게, 고향을······."

마쓰나가는 유나이티드 홈타운 서비스의 홍보 문구를 중얼거렸다.

"그게 뭐야?"

"안내장 제목이야. 마음이 끌리더군."

사방이 온통 유리로 되어 있는 실내 수영장은 넓은 정원과 마주하고 있다. 고층이 아니라 땅에 발이 붙어 있는 감각이 마음에 들었다.

회원은 대부분 연장자라서 헬스클럽의 기구들도 그렇게 힘들지 않다. 클리닉에는 의사가 상주하면서 건강을 관리해 준다. 식사는 호텔 주방에서 직접 가져다주며, 실내 골프장에서는 티칭 프로의 레슨도 받을 수 있다.

"지나가는 마을 사람도, 절의 스님도 다 한패라는 거야?"

"한패란 말은 듣기 거북하군. 연극 속 인물이라고 생각해 줘."

우뚝 솟아 있는 야자나무는 진짜다. 높은 천장에 그려진 푸른 하늘을 자세히 보면 그 사이에 스프링클러가 숨어 있다. 구석구석의 디자인마다 애교가 넘친다.

"그렇다면 네 개인 정보를 모조리 가지고 있다는 거군."

"그래. 하지만 자칭 세계 최고의 스테이터스라고 하니 믿어도 되겠지."

"이보세요, 사장님. 너무 안이한 거 아닌가요?"

"혼자 사는 사람의 개인 정보는 뻔할 뻔 자잖아? 어차피 내 몸뚱이 하나의 정보니까."

"하여간 태평하다니까. 하긴 뭐, 넌 그래서 출세한 거니까."

마쓰나가는 적어도 자신보다는 더 태평하게 사는 친구의 옆얼굴을 슬쩍 쳐다보았다. 우아하고 나른한 이 스포츠클럽 풍경에 이토록 잘 어울리는 사람은 없을 것이다.

아키야마 미쓰오는 도쿄 번화가에 번듯한 건물을 몇 채나

가지고 있다. 하지만 임대와 관리 업무는 관리회사에 통째로 맡기고 본인이 뭔가를 하는 것 같지는 않다.

그것만으로도 훌륭한 고급 한량이지만, 더욱 부러운 점은 모든 재산을 부모로부터 상속받았다는 것이다. 세계 최고의 스테이터스를 자랑하는 카드회사에게는 이상적인 고객이다.

부모에게서 물려받은 재산을 늘리려고 하지도 않지만 줄이는 일도 없다. 진짜 부동산업이란 그런 것이 아닐까?

"그나저나 그 어머니의 이름은 뭐야? 역시 마쓰나가야?"

"당연하지. 입구에 문패도 걸려 있었어. 이름은 치요야. 마쓰나가 치요."

아키야마는 오후의 와인을 내뿜고는 가운의 소매로 입가를 닦았다.

"네 진짜 어머니는 미인이셨잖아? 설마 마쓰나가 치요란 이름은 아니었겠지?

"마쓰나가 다카코였어. 한자로 '효도 효孝' 자에 '아들 자子' 자를 썼지."

"그런데 효도를 하기도 전에 돌아가셨군. 그때 연세가 어떻게 되셨더라?"

"쉰둘."

"아직 한창때셨잖아? 어머님 밥을 많이 얻어먹었는데, 장례식에도 못 갔어."

"신경 쓸 거 없어."

"내가 설마 이제 와서 신경 쓰겠어? 좌우지간 마쓰나가 다카코 씨가 마쓰나가 치요 씨로 바뀐 거, 아들인 너는 아무렇지도 않아?"

어땠더라, 하고 마쓰나가는 그날의 기억을 더듬었다.

친어머니와 '마쓰나가 치요'라는 노파를 겹쳐서 생각하지는 않았다. 아직 젊고 아름다운 모습으로 세상을 떠난 어머니는 도쿄의 주택가에서 태어나고 자란 사람으로, 마쓰나가 치요 씨와 공통점이 하나도 없었던 탓일까.

"어머니 생각은 털끝만큼도 하지 않았어. 조금도 비슷하지 않았고."

아키야마는 와인을 홀짝거리면서 머나먼 눈길로 수영장의 맞은편을 보였다.

"그래, 시골 풍경과는 어울리지 않는 분이었지. 그렇다면 뭐야? 도시의 아재들이 동경할 만한 고향을 마련해 놓고, 그림에 그린 듯한 어머니를 캐스팅했다는 거야? 그건 정말 굉장하군! 그리고 넌 거기에 푹 빠져서, 친어머니는 털끝만큼도 생각하지 않았고."

"그렇게 되겠지. 그 무대는 일본인에게 고향 하면 떠오르는 곳이야. 신칸센에서의 접근성이며, 시골 풍경이며, 오래된 민가의 모습이며, 그 모습을 보면 누구든 그런 마음이 들 거야. 지금 생각하니 기가 막히게 설계했군."

"'당신에게, 고향을'이라……. 왠지 마음이 끌리는데? 나도 한번 가볼까? 그런데 비용은 얼마야?"

비치 체어에서 몸을 일으킨 마쓰나가는 아키야마를 향해 가까이 오라고 손짓했다.

"1박 2일에 50만 엔, 세금은 별도. 교통비는 자기가 부담해야 하고."

"뭐?"

아키야마의 목소리가 높아졌다.

"너무 비싸잖아? 너, 경비로 처리할 수 있어?"

"그걸 어떻게 경비로 처리해? 개인적인 여행이잖아? 물론 국내 여행치곤 꽤 비싸지만, 고향에 가서 어머니에게 용돈을 준다고 생각하면 돼."

"아무리 그래도 그 돈을 내고 갈 마음은 들지 않는군."

"뭐야? 그게 억만장자가 할 소리냐?"

보기와 달리 아키야마는 손익 계산이 빠르다. 재산이 아무리 많아도 임대업자는 그래야 하는 것이리라.

그는 6년에 걸쳐 가까스로 대학을 졸업한 뒤, 취직도 하지 않고 아버지 일도 돕지 않은 채 미국으로 건너갔다. 미국이 아득히 먼 나라였던 시절이다. 전문학교에 다니며 사진작가 되겠다고 했지만 그 말을 믿은 친구는 한 명도 없었다.

그로부터 약 10년 동안 아키야마가 미국의 어디에서 어떻게 살았는지는 모른다. 그런데 10년 후, 그는 놀랍게도 맨해튼에서 사진작가가 되어 있었다.

마쓰나가 도오루가 뉴욕으로 출장 갔을 때, 우연히 상사 주재원을 통해 그의 소식을 알게 되었다. 낡은 상업용 건물에 있는 스튜디오에서 상품 샘플 등을 촬영하는 일본인 카메라맨이 있다는 것이었다. 아키야마란 이름을 들어도 한순간 믿을 수 없었지만, 그 자리에서 전화를 걸어 확인하고는 서로 미친 듯이 좋아했다.

동화책에 나올 법한 마음씨 좋은 부잣집 할아버지였던 아키야마의 아버지는 감이 뛰어난 분이었는지 땅값이 폭등하기 전에 건물을 마구 사들여 막대한 부를 쌓았다. 현명하게도 경기가 좋아졌을 때에 건물을 팔지 않고 건실하게 임대업을 계속한 것이다. 이윽고 땅값은 떨어졌으나 임대료는 그대로 유지되었고, 결과적으로 좀처럼 찾아보기 힘든 '거품 경제의 승자'가 되었다.

그런 아버지가 갑자기 돌아가시자 외아들인 아키야마는 금발의 아내와 놀랄 만큼 사랑스러운 쌍둥이 딸을 데리고 귀국했다.

지금은 아버지에게서 물려받은 아파트 최상층을 어퍼 웨스트사이드의 펜트하우스처럼 리모델링해서, 완전히 일본인이된 아내와 유유자적하게 살고 있다. 아름답게 성장한 쌍둥이딸 중 한 명은 미국으로 건너갔고 한 명은 결혼해 홋카이도의목장에서 산다. 손자는 네 명 있지만 "난 아직 할아버지가 아니야"라는 말이 그의 입버릇이다.

마쓰나가가 아는 아키야마의 인생은 대충 이렇다. 그가 아는 사람 중에서는 최고의 인생이라고 생각한다.

"그럼 그다음 얘기는 사우나에서 들을까?"

말을 끝내기도 전에 아키야마는 가운을 벗어 던지고 수영장으로 뛰어들었다. 자유인이기는 해도 천박하지는 않다. 오히려 세상사에 얽매이지 않는 그의 담백한 모습을 마쓰나가는 좋아했다.

누에콩처럼 생긴 수영장 건너편에 로커룸이 있고, 그 앞쪽에 목욕 공간이 있다. 헤엄칠 마음은 들지 않아서 마쓰나가는풀사이드를 돌아서 걸어갔다.

그는 문득 생각했다. 아키야마가 50만 엔의 비용을 비싸다고 말한 것은 고향이 필요하지 않기 때문이 아닐까? 지금까지 자유롭게 살아온 그에게는 돌아갈 곳에 대한 동경 같은 건 없지 않을까? 그렇기 때문에 이 '홈타운 서비스' 이야기를 재미있게 들을 수 있는 게 아닐까?

그렇게 생각한 순간, 마쓰나가 도오루는 처음으로 타인의 행복이 부러워졌다.

"그러고 보니 너희 아버지는 한 번도 만난 적이 없었네."

어두컴컴한 사우나실에서 땀을 흘리며 아키야마가 말했다.

"일중독이었으니까. 고도경제성장기에 흔히 볼 수 있는, 일밖에 모르는 월급쟁이였지."

"네가 그 뒤를 이어받은 거야?"

"이어받긴! 난 비교도 할 수 없어. 아버지는 주말도 반납하고 오직 일에만 매달렸는데, 그 덕분에 아들은 주5일 근무에 야근 제로. '일해라'가 아니라 '쉬어라'가 구호인 세대지."

두 사람은 난로 위에 돌을 쌓아 올린 이 클래식한 사우나를 좋아했다. 최신 원적외선 사우나보다 실온은 높았지만 온몸이 따끔할 만큼 건조한 공기가 기분 좋았다.

생각해 보니 사우나 목욕탕이 처음 만들어진 건 그들이 대학을 다닐 때였다. 그들은 종종 수업을 땡땡이치고 사우나에 갔다. 당시 사우나는 사치였으므로, 용돈을 마음대로 쓸 수 있는 아키야마가 가끔 돈을 내주었다.

"아버지는 몇 살에 돌아가셨는데?"

"예순하나. 정년에 회사를 그만두고 남은 인생을 유유자적하게 살겠다고 말씀하시던 찰나였어."

"어머니는 쉰둘에 아버지는 예순하나? 원래 그렇게 단명하는 집안이냐?"

"시대가 다르잖아? 그동안 의학이 비약적으로 발전했으니, 우리는 여든에 죽어도 일찍 죽었다고 할 거야."

"혼자 사는 사람은 일찍 죽는대. 남자는 특히 그렇고."

이런 말을 해줄 사람은 전 세계에서 이 녀석뿐이다. 이해관계가 없는 옛 친구는 고마운 존재다.

"미 짱, 난 말이지, 이제 슬슬 가족묘를 없애버릴까 생각 중이야."

"무슨 말이야?"

"사촌이나 친척에게 폐를 끼치는 것도 좀 그렇잖아. 우리 집안의 무덤은 정리하고, 내가 죽으면 뼈는 바다에라도 뿌려 달라고 할까 해."

"지금 제정신이야?"

아키야마가 땀투성이가 된 얼굴을 마쓰나가에게 향했다.

"그딴 생각은 집어치워. 네가 원래 빈틈없는 성격이란 건 알지만, 저세상에 간 다음 일까지 고민할 필요는 없잖아? 내 말 잘 들어. 이렇게 말하면 뭣하지만 어차피 결말은 뻔하잖아? 그다음은 될 대로 되겠지 뭐."

그렇게 말하곤 무슨 생각을 했는지 아키야마는 잠시 입을 다물었다.

"아~ 잠깐만. 설마 그럴 리는 없겠지만~."

나이에 어울리지 않는 근육질의 등을 구부리고 아키야마가 신음하듯 말했다.

"왜 그래? 어지러워? 그만 나가자."

앞으로 내민 마쓰나가의 손을 뿌리치고 아키야마는 등을 꼿꼿이 세웠다.

"괜찮아, 사우나에서 뒈지지는 않아. 그나저나 너, 그 뭐라든가 하는 고향 마을에서 성묘가 어쩌고저쩌고했지?"

"그래, 아버지 무덤에 인사하고 가라더라. 아무리 그래도 그건 립 서비스겠지."

"하지만 입구엔 마쓰나가라는 문패가 걸려 있었다면서? 그렇다면 마쓰나가 집안의 묘비까지 준비해 두었다고 해도 이상할 게 없어."

마쓰나가는 웃음을 터트렸지만 이내 웃음소리가 시들었다. 자칭 '마쓰나가 치요'의 말이 립 서비스였다고 해도, 오는 길에 마주친 자은사의 스님까지 입을 맞추지는 않았으리라. 그 노승은 분명히 "치요 아줌씨가 겁나게 좋아하면서 무덤을 청소하등마"라는 식으로 말했다.

"어때?"

"그건 아닐 거야."

설마 마쓰나가 집안의 무덤까지 준비해 놓았을까?

"그렇게까지 꼼꼼하게 준비했다면 50만 엔은 너무 싸."

솟구치는 땀이 차갑게 느껴졌다. 발포 스티로폼을 사용해 임시로 만들었을까? 아니면 비바람에 깎이고 패인 오래된 묘비를 갖춰놓았을까?

"미 짱, 나가자. 머리가 어떻게 될 것 같아."

그 말을 끝으로 마쓰나가는 사우나실을 나와서 몸도 씻지 않고 욕탕에 뛰어들었다. 머리까지 물속에 넣고 얼굴을 씻었다. 정체를 알 수 없는 귀신에게 홀린 듯한 심정이었다.

"마쓰나가, 역시 넌 너무 순진해. 카드회사가 너에 관해 하나부터 열까지 전부 알고 있는 거 아니야? 아아, 기분 좋다."

조심스럽게 욕탕으로 들어오면서 아키야마가 말했다.

"순진한 게 아니라 지금의 내 처지는 공인이나 마찬가지잖아. 주소와 전화번호 말고는 인터넷에도 전부 나와 있고."

"아내도 자식도 없고, 조만간 무덤을 정리하려고 마음먹었다는 것도?"

"설마 그런 것까지는……."

"난 지금 그 '설마'를 말하고 있는 거야."

아이카와 마을의 가을 풍경이 가슴속에서 생생하게 되살아났다. 지금은 이미 깊은 눈 속에 파묻혀 있을 것이다.

충분히 만족하고 감동했다. 아침 일찍 허겁지겁 나온 것은 그 만족과 감동을 그대로 가져오고 싶어서였다. 오래 눌어붙어 있으면 어머니라는 사람도 피곤해서 허점을 드러낼지 모르고, 아니면 자신이 쓸데없는 말을 해서 그 완벽한 가상현실을 스스로 파괴할 것만 같았다.

버스에 타자마자 프리미엄 클럽 담당자에게 전화한 것은 그 만족과 감동을 최대한 빨리 전하고 싶어서였다.

눈물이 날 만큼 소중한 고향을 체험했다. 35만 엔의 연회비도, 1박에 50만 엔의 비용도 결코 비싸다고 여기진 않는다.

다만, 이 훌륭한 서비스에는 한 가지 단점이 있었다.

이 만족과 감동을 누구에게도 말할 수 없다는 점이다. 그 말을 한다는 것은 자신이 있지도 않은 고향을 돈으로 사려고 하는 고독한 사람임을 고백하는 거나 마찬가지니까. 만약에 아키야마처럼 자유롭고 관대한 친구가 없었다면 자기 혼자만의 비밀로 간직할 수밖에 없었을 것이다.

그렇다. 홈타운 서비스 이용자는 그 체험을 다른 사람에게 말하지 않는다. '세계 최고의 스테이터스'를 자부하는 프리미엄 클럽의 멤버는 나름대로 사회적 지위도 있을 테니까.

그렇다면 이 서비스에는 더 깊은 뜻이 있을지도 모른다. 고향이 없는 회원에게 망향의 꿈을 꾸게 해줄 뿐만 아니라 고독한 늙은 회원에게는 편히 잠들 수 있는 땅을 제공한다. 물론 서비스를 받는 사람은 누구에게도 의논하지 않는다. 적어도 무덤을 정리하고 바다에 뼈를 뿌리는 것보다 훨씬 평온하고 바람직한 방법이라고 생각하리라. 어쨌든 고향의 흙으로 돌아가는 거니까.

아키야마가 말한 '설마'란 말은 그런 이야기겠지만, 마쓰나가는 그다음 단계를 논의할 생각이 없었다. 그건 어디까지나 개인적인 문제니까.

둘 다 사우나와 냉수마찰을 거듭할 나이는 아니다. 적당히 차가워진 몸을 옆에 있는 욕탕에 담갔다. 탄산가스를 섞은 미지근한 물이 요즘 유행이라고 한다.

욕탕에는 그들 말곤 아무도 없었다. 머리 위에는 여전히 가짜 하늘이 펼쳐져 있고, 남쪽 나라의 바람이 종려나무 잎을 흔들며 지나가고 있었다.

"미국에서 히트해서 일본에서도 시작한 것 같아."

그 점에 관해 어떻게 생각하는지 아키야마에게 물어보고 싶었다. 20년 넘게 미국에서 살았고 금발의 아내까지 얻은 사람이다. 지금까지도 일에 도움이 되는 미국의 풍토나 관습을 이것저것 물어보았고, 일상에서 사용하는 좋은 표현들도 그에게 배웠다.

"옛날부터 흔히 있었던 일이지만 미국에서 히트한 건 역시 일본에서도 히트하더군. 통신판매도 그렇고 대형 아웃렛도 그렇고, 작은 나라에는 필요 없을 줄 알았는데 역시 히트했어."

"그러면 이 서비스도?"

"글쎄, 이건 어떨까? 이건 정신적인 면이 더 크지 않을까? 애초에 국민성이 다르잖아."

기분 좋은 얼굴로 눈을 감은 채 아키야마가 주장한 가설은 매우 흥미로웠다.

홈타운hometown. 홈 빌리지home village. 또는 네이티브 플레이스native place.

그 어떤 말도 일본어의 '고향'이란 말과는 뉘앙스가 다르다. 즉, 영어로 된 그 단어들은 모두 '태어난 곳'을 가리킬 뿐, '고향' 같은 정신적인 면은 들어 있지 않은 것이다.

그 이유에는 역사며 풍토며 식문화며 여러 가지가 있겠지만 결정적으로 다른 것은 한쪽은 가족주의이고 한쪽은 개인

주의라서가 아닐까. 일본인에게 '고향'은 조상의 땅을 뜻하지만 미국인에게 '홈타운'은 태어난 곳이나 부모가 사는 마을을 뜻한다고 한다.

"하지만 나도 그렇고 너도 그렇고, 우리에게 고향 같은 건 없잖아? 도쿄가 홈타운이라고 할 수도 있지만, 시타야의 건물이나 우시고메의 아파트를 고향이라고 생각하진 않으니까."

마쓰나가 도오루는 얼굴도 모르는 미국인의 귀향을 머릿속에 떠올렸다.

그들은 모두 현실주의자니까 그날의 자신처럼 마음까지 빼앗기는 일은 없지 않을까? 40여 년 만에 고향으로 돌아간 불효자라는 스토리를 스스로 날조할 리는 없는 것이다.

아마 그들은 홈타운으로 지정된 마을의 풍경에 친밀감을 느끼고, 페어런츠에게 환대받으며 어린 시절로 돌아간 듯한 기분에 젖는 것뿐이리라.

"어쩌면 히트할지도 몰라."

아키야마가 중얼거렸다. 배려가 없는 것처럼 보이지만 실은 사려 깊은 친구다.

"하지만 마쓰나가. 어떤 일이 있어도 무덤은 사지 마. 그런 곳이라면 성묘해 봤자 아무 소용없으니까."

여동생의 조언

"오빠, 그건 아니지. 오빠 멋대로 결정하지 마!"

거실 문을 난폭하게 열고 들어온 마사미가 날카롭게 소리를 질렀다.

인터폰 모니터에서 씩씩거리는 여동생의 얼굴을 보고 없는 척을 하려고 했지만 깜빡 잊고 현관문을 잠그지 않았다.

"이런, 깜빡 잠들었네."

무로타 세이이치는 소파에 몸을 묻은 채 시치미를 뗐다. 동생이 왜 펄펄 뛰며 달려왔는지 대강 짐작이 되었다. 올해가 가기 전에 무덤을 청소해 두겠다고 동생에게서 연락이 왔을 때부터 불길한 예감이 들었다. 하지만 상심한 오빠를 배려해서 자신이 청소하겠다는데, 그러지 말라고 할 수는 없었다.

무로타 집안의 묘소는 그의 집에서 가까운 절에 있었다. 관동대지진인지 도쿄대공습인지, 어쨌든 번화가에 있던 절이 불에 타서 교외로 이전한 것을 계기로 할아버지가 돌아가셨을 때부터 급작스럽게 단가*가 되었다.

그의 부모가 이곳에 집을 지은 이유는 성묘가 편하기 때문이기도 했다. 동생은 결혼하자마자 여기서 전철역이 두 정거장 떨어진 곳에 아파트를 구입했다. 그러고 보면 도쿄 사람은 도심에서 방사형으로 펼쳐진 전철 노선 중 하나를 택하여 그 선상에 가족과 친척이 사는 습성이 있는 듯했다.

"있잖아, 오빠……."

마음을 바꿔먹은 것처럼 말투를 바꾸고, 동생은 무로타의 맞은편에 앉았다.

"부부 사이에 무슨 일이 있었는지는 모르겠지만, 올케언니도 너무 심한 거 아니야? 나도 그렇고 남편도 그렇고, 완전히 아닌 밤중에 홍두깨였어. 그러니까…… 오빠, 지금 내 말 듣고 있어?"

동생이 티브이 스위치를 껐다.

---

* 檀家. 일정한 절에 속해 시주하며 절의 재정을 돕는 집.

"듣고 있어. 걱정 끼쳐서 미안해. 하지만 마사미. 엎지른 물은 다시 주워 담을 수 없잖아? 이제 와서 어떻게 할 수 있는 일도 아니고……."

"그래, 이미 지난 일은 말하지 않을게. 그보다 무덤을 옮기겠다니, 그게 무슨 말이야? 이와테현의 어느 촌구석이라니, 도대체 무슨 연고가 있어서 그런 데로 옮긴다는 거야? 제대로 좀 설명해 줘."

불길한 예감이 적중했다. 보리사*에 전화를 걸어 이장에 관해 문의한 게 탈이었다. 며칠 후에 동생이 무덤을 청소하러 갔으니 그 이야기가 나오지 않을 리가 없었다.

"딸들은 이미 출가해서 딴 집안 사람이 됐으니 우리 무로타 집안은 나로 끝이야. 내 멋대로 하지 말라고 하지만, 무로타라는 성을 쓰는 사람은 이제 나밖에 없으니까 내 멋대로 해도 상관없잖아?"

"아아, 정말 돌아버리겠네" 하고 말하면서 동생은 두 손으로 얼굴을 덮었다.

"무덤은 내가 지킬 테니까 걱정 붙들어 매. 우리 애들에게도 지키라고 할게. 무로타 집안이 끝이라니, 그게 할 말이야?

* 菩提寺. 한집안에서 대대로 장례를 지내고 조상의 위패를 모셔 명복을 빌고 천도와 축원을 하는 개인 소유의 절.

올케언니가 그렇게 훌륭한 여자였어? 헤어졌다고 해서 오빠
가 이렇게 자포자기할 만큼? 난 계속 조마조마했어. 언젠가
이렇게 되지 않을까 해서."

　고등학교 교사인 마사미는 말주변이 보통이 아니다. 어머
니를 닮아서 성격도 강하다.

　"그럴 필요 없어. 앞으론 딸들에게도, 물론 너에게도 폐를
끼치고 싶지 않아. 그리고 구체적으로 어떻게 하겠다는 게 아
니라 절에 의논해 본 것뿐이야."

　표현이 좋지 않았나 생각할 틈도 없이 마사미의 입에서 비
난이 쏟아졌다.

　"구체적으로 생각하지 않았다고? 그럼 이와테현의 하나마
키 쪽이라는 건 또 뭐야? 오빠, 혹시 출장 간 곳에서 애인이라
도 만든 거 아냐? 그걸 들켜서 올케언니랑 싸운 거라면, 난 언
니가 왜 집을 나갔는지 충분히 이해할 수 있어."

　"차라리 그런 거면 좋겠다."

　"그렇다면 제대로 설명해 봐. 왜 그런 곳에 할아버지랑 할
머니, 아버지, 어머니의 뼈까지 가지고 가려는 건데?"

　"간단히 말하면, 내가 거기 무덤에 들어가고 싶어서 그래.
그러려면 할아버지도 할머니도, 아버지도 어머니도 데려가야
하잖아? 무로타 집안의 사람은 이제 나밖에 없으니까."

"그걸로 설명이 된다고 생각해? 있잖아, 난 오빠 편이야. 절대로 화내지 않겠다고 약속할 테니까 사실대로 전부 말해 줘."

여동생은 참으로 골치 아픈 존재다. 야단칠 수도 때릴 수도 없고, 애교라도 부리면 어떤 부탁도 들어주어야 한다. 더구나 이쪽이 잔소리 들을 차례가 되면 어떤 사람의 말보다 뼈를 때린다.

커피를 타면서 마사미는 너저분한 부엌을 정리해 주었다. 예순에 가까운 여자가 우는 모습을 보니 가슴이 시렸다.

이렇게 해서 무로타 세이이치는 동생에게 기묘한 이야기를 하나도 빠짐없이 들려주게 되었다.

있잖아, 난 오빠 편이야.

그 한마디가 가슴을 찔렀다. 특별히 사이좋은 남매는 아니었다. 성격도 너무 달랐다. 그는 느긋하고 우유부단한 아버지의 유전자를, 동생은 정이 많고 기가 센 어머니의 유전자를 물려받았다. 서로 가정을 가진 상태에서 부모가 세상을 떠나자 어느새 소원해졌다. 그런데 동생의 그 한마디는 육친의 정을 느끼게 하기에 충분했다.

그는 그 말과 똑같은 말을 들은 적이 있다. 눈에 파묻힌 마가리야와 주름이 자글자글한 노파의 얼굴이 이내 떠올랐다.

'세이이치, 잘 들으래이. 무신 일이 있어도 어매는 니 편이구마.'

그 순간 그는 가공의 고향에 파묻혀 버렸다. 옴짝달싹도 할 수 없게 만드는 매혹적인 말이었다.

화롯가에서 먹은 향토 요리는 이 세상의 음식이 아닌 것처럼 맛있었다. 눈 오는 날에 욕조에서 몸을 녹이고, 술을 즐기고, 서글픈 이야기를 들으면서 잠이 들었다.

물론 모든 게 가짜라는 사실을 잊은 것은 아니다. 구태여 비유하자면 잘 만들어진 성인용 테마파크를 체험하고 있다는 것 정도의 자각은 있었다. 다만 테마파크에서 정신없이 노는 어린아이처럼, 그런 사실을 알고 있어도 깊이 빠져든 것이다.

다음 날 아침에는 눈이 그치고 맑은 하늘이 펼쳐졌다. 햇살이 비치는 툇마루에서 어머니와 이야기하는 느긋한 시간은 벽시계의 바늘을 의심할 만큼 서둘러 지나갔다.

'무로타 치요'라는 사람이 가상의 어머니라는 사실은 알고 있었다. 하지만 그 사람은 그에게 무슨 일이 있어도 네 편이라고 말해주었다. 그런 사람이 진짜 어머니면 어떻고 가짜 어머니면 어떤가.

무슨 일이 있어도…….

회사에게 버림을 받아도, 아내와 딸들이 떠나도, 예금의 절반이 사라져도, 이 요새 같은 낡은 집과 어머니가 있는 한 자신은 괜찮다고 여겨졌다.

점심때가 되자 처음 보는 시골 아낙네가 메밀국수를 가져왔다.

"뒷집 메누리란다. 니가 도쿄로 상경헌 다음에 시집온 사램이제."

시골이라 이웃집 숟가락 숫자까지 알 정도로 친하게 지내는 모양이다. 어머니 말이 사실인지 거짓인지도 생각하지 않은 채 "어머니를 신경 써 주셔서 감사합니다"라고 말하며 고개를 숙였다. 그러자 아낙네는 수줍은 미소를 지으며 "아유, 아니랑께요"라는 말을 남기고 돌아갔다.

"공부를 잘허는 아들이 있는디, 도쿄에 있는 대학에 갔제. 어차피 다시는 돌아오지 않겄제만 어쩔 수 읎지 뭐. 아덜이 너무 잘난 것도 생각혀 볼 문제여."

어머니에게 야단맞은 듯한 느낌이 들어서 무로타 세이이치는 대꾸할 말을 찾지 못했다.

뒷집 며느리가 만든 메밀국수는 향도 좋고 면발도 탱탱해서, 그가 취미로 만들었던 국수는 발끝에도 미치지 못했다.

"그럼 무덤에 성묘허러 갈까?"

전날 밤부터 무덤에 가자고 했지만 이것만큼은 말뿐일 거라고 생각했다. 그런데 어머니는 서둘러 성묘하러 갈 준비를 시작했다.

"세이이치, 뭐 허냐? 아부지가 기달리고 있구마."

그러고 보니 어제 자은사 앞에서 만난 스님도 성묘가 어쩌고저쩌고 말했다. 왠지 찜찜했지만 거절할 이유는 없었다. 오히려 어떤 식으로 되어 있는지 흥미가 솟구쳤다.

무덤에 가는 길에 들은 어머니 말에 따르면 예전에 아이카와 마을은 훌륭한 역참 마을이었다고 한다. 1980년대 말까지는 초등학교도 있었다고 하니까 그 이후에 인구가 급격히 줄어든 모양이다.

그래서 그런지 문 앞에서 바라본 자은사는 주변의 풍경에 어울리지 않을 만큼 당당한 고찰이었다. 본당의 큰 지붕은 눈 덮인 산처럼 보였다. 오른쪽에 있는 요사채* 입구에는 멋진 박공지붕**까지 있었다. 다만 어딘지 모르게 쓸쓸한 마을에 맞춰서 쇠락하고 있는 것처럼 보이기도 했다.

늙은 스님이 참배길에 쌓인 눈을 쓸고 있었다. 아직은 겨울의 초입이라서 괜찮지만, 눈이 잔뜩 쌓이면 어떻게 할까?

"여기도 늙은이만 남았제. 울 아들도 이런 절을 이어받을 맴이 읎어서, 앞으로 워쩌케 혀야 헐지 큰절에 의논허는 중이구마."

절 뒤에 있는 묘지로 향하는 스님의 말투가 연극의 대사처

---

* 스님이나 관계자, 신도들이 생활하는 방이 있는 곳.
** 건물의 모서리에 추녀가 없이 용마루까지 측면 벽이 삼각형으로 된 지붕.

럼 들렸다. 연기를 못해서 그런 걸까? 아니면 직업상 거짓말
에 익숙하지 않은 걸까?

스님은 뒤도 돌아보지 않고 낡은 옷을 입은 등판만 보이며
계속 걸었다. 준비된 연기자는 아닐 것이다. 카드회사로부터
일을 받은 선량한 마을 사람이 열심히 손님을 접대하고 있다
고 생각하니 미안한 마음이 부풀었다.

스님을 격려하듯 어머니가 스님의 등을 향해 말했다.

"허지만 스님, 농사를 이어받을 사램도 읎으니까 쓰네 짱이
스님이 되지 않겠다고 하는 건 어쩔 수 없지라. 요즘은 스님의
숫자도 겁나게 줄어들었다는디, 큰절에 의논한다고 해결책이
있을지 모르겠구만요."

이런 말은 정해진 대사가 아니지 않을까?

"글쎄요. 요즘은 스님도 남아도는 게 아니라서, 어디든 자기
절을 지키는 게 고작일 거여요. 하지만 워쩌케 혀서라도 이 무
덤을 황폐허게 혀서는 안 되겠지라. 이 아이카와에 절은 여그
뿐이니께요."

이 또한 본심임이 틀림없다. 진실과 거짓이 뒤섞인 대화에
무로타 세이이치가 끼어들 틈은 없었다.

본당의 뒤쪽에 넓은 묘지가 있었다. 어제 버스 정류장에 내
렸을 때 경트럭의 운전석에서 그를 불러 세웠던 노인이 그곳

에서 삽질을 하며 길을 만들고 있었다.

"시상에, 수고가 많고만요. 야야, 세이이치. 뒷집 어르신이구마. 니가 집에 온 걸 아시고 눈을 쓸어주고 계셨구만."

점심때 메밀국수를 가져다준 '뒷집 메누리'의 시아버지인 모양이다. 이 사람도 역할을 맡은 연기자가 아니라 진짜로 이 마을 사람인 것이다.

"버스 정류장에서 뵀지요?"

무로타는 웃는 얼굴로 인사를 건넸다. 어떻게 대해야 할지 몰라서 난감했지만 가장 자연스러운 말을 선택했다. 뒷집 영감님은 갑자기 대답이 궁했는지, 털모자를 벗어서 꾸벅 고개를 숙였다.

"하아, 이런 촌구석까징 잘 오셨습니다."

그 즉시 어머니가 그의 말을 가로막았다.

"이렇게 청소까징 해주고, 정말 고맙당께요. 인자 울 세이이치도 인사를 혀야지요. 울 영감이 목을 길게 빼고 기다리고 있응께요. 수고 많았어라."

오솔길을 조금 걸어가니 이파리를 떨군 밤나무 밑에 '일생불리총림'*이라고 새겨진 훌륭한 무덤이 있었다. '무로타가家'

---

* 一生不離叢林. 선종의 수행 도장에 있으면서 평생 불교 수행에 전념하겠다는 뜻.

라곤 어디에도 쓰여 있지 않았다. 그 대신 '무로타 세이이치', '무로타 치요'라고 이름을 적어놓은 작은 나무탑이 있었다.

아하, 나름대로 머리를 잘 썼군.

"여보, 세이이치가 회사를 정년퇴직허고 돌아왔어라. 칭찬해 주씨요. 그동안 의사 선상님이나 병원에 좋은 약을 겁나게 갖다줘서 환자들을 많이 구했어라. 이보쇼, 잘했다고 칭찬혀 주씨요."

어머니는 무덤 앞에 향과 꽃을 올리면서 말했다. 스님이 경을 읊어주었다.

그의 인생에 그렇게 대단한 업적은 없었다. 하지만 어머니의 목소리가 깨끗이 씻어주니, 그렇게 살아왔을지도 모른다는 생각이 들었다.

제약회사 영업사원이라는 직업도, 유통센터 책임자라는 한 직도 사람의 목숨과 관계가 있다는 사실을 무로타 세이이치는 처음 깨달았다.

합장하는 동안 몸과 마음이 떨렸다. 어머니의 손길이 떨리는 등을 어루만져 주었다.

자신이 지금 무엇을 한탄하고 있는지 알 수 없었다. 다만 허무한 현실에 비해서 이 거짓 세계는 너무나 아름답고 풍요로웠다.

얼굴도 모르는 아버지에게 그동안의 불효를 사죄한 뒤, 그는 맑은 겨울 하늘을 올려다보면서 어머니와 스님에게 자신의 속마음을 말했다.

"저를 이 무덤에 넣어주실 수 있나요?"

어머니가 대답했다.

"시상에나! 그건 당연헌 일이잖여?"

스님이 침착한 얼굴로 합장했다.

"절은 결코 망허들 않으니께 걱정 말드라고. 모든 건 부처님께서 이끌어주실 거구만."

정원에도 거실에도 어둠이 스며들고 있었다.

"대충 말하자면 이래."

말없이 고개를 한 번 끄덕이더니, 동생은 검게 염색한 머리칼에 손을 집어넣고 잠시 생각에 잠겼다. 맞벌이하는 교사 부부는 경제적으로 꽤 넉넉하다. 그래서 그런지 동생의 행동에서는 우아한 여유가 느껴졌다.

이야기를 듣는 사이에 동생은 냉정함을 되찾았다. 그런 점도 어머니를 많이 닮았다. 엉뚱한 면도 있지만 한번 마음먹으면 조금도 흔들리지 않았던 어머니…….

"평범하게 생각하면 이상한 신흥종교 같아. 일단 확인하겠는데, 그런 건 아니지?"

쉽게 믿기 힘든 이야기니 의심하는 게 당연하다.

"조동종 절이야."

"어머나! 우리 집안과 똑같잖아?"

"우연이겠지만. 그래서 이장도 쉽게 할 수 있을 거야."

"그건 아직 진행하지 말아 줘. 어쨌든 오빠가 출장지에서 애인을 만들지 않았다는 건 잘 알았어."

그는 가방 안에 있던 '유나이티드 홈타운 서비스'의 안내장이 문득 떠올라 프리미엄 클럽의 카드와 같이 내밀었다. 이런저런 설명을 하는 것보다 그게 훨씬 빠를 테니.

"흐음. 당신에게, 고향을. 마음이 끌리는 말이네."

동생은 연신 고개를 끄덕이면서 안내장을 한 줄 한 줄 찬찬히 뜯어보았다.

"이게 블랙카드라는 거야? 처음 봤어. 역시 엘리트 회사원은 다르구나."

땅거미가 깔리는 창문 불빛에 비추며 동생은 신용카드를 뚫어지게 바라보았다.

"플라스틱이 아니네."

"티타늄 합금이야. 무거워서 사용하기 힘들 테니 플라스틱 카드도 주더군. 사용 한도액이 없어서 벤츠도 살 수 있지."

"카드를 사용할 수 있다고 해서 오빠가 진짜로 벤츠를 살 수 있는 건 아니잖아?"

"포인트는 영원히 없어지지 않으니까 오래 살아서 포인트로 벤츠를 사는 방법도 있어."

"그건 오빠답네."

"즉, 그런 자격이 주어지는 카드의 서비스니까 믿을 수 있단 뜻이야."

흐음, 하고 동생은 소파 등받이에 머리를 맡겼다.

"세계 최고의 스테이터스지. 연회비는 35만."

"흐음" 하고 다시 한번 감탄한 다음, 동생은 펄쩍 뛰어오르듯 몸을 일으켰다.

"매년 35만 엔씩 내는 거야?"

"계좌에서 자동으로 빠져나가."

"오빠. 세계 최고의 스테이터스냐 아니냐는 둘째치고, 그건 정상이 아니야. 왜 곱하기를 못 해? 어릴 때랑 달라진 게 조금도 없잖아? 이제 알았어, 올케언니가 왜 도망쳤는지. 덧셈과 뺄셈밖에 못하는 남편과 앞으로 남은 날들을 연금으로 살 수 있을 리가 없잖아!"

"마사미, 아까 내 편이라고 했잖아? 절대로 화내지 않겠다고 해서 모든 걸 사실대로 말했는데……."

두 사람은 어두컴컴한 거실에서 잠시 마주 보았다. 어떻게 말할지 한참 생각한 끝에, 동생이 일어서서 코트를 걸쳤다.

"저녁 하러 가야 해. 오빠, 알아? 우리 남편도 이제 곧 정년이야. 앞으로 하루 세 끼 꼬박꼬박 밥을 해주고 집에서 얼굴을 봐야 한다고 생각하면 벌써부터 앞이 캄캄해. 그 깔끔하고 성실하며 손도 별로 가지 않는 우리 남편조차도 말이야."

동생은 그의 말을 어디까지 이해한 걸까? 아무리 자기편이라고 해도 너무 안이하게 모든 걸 말했다고, 무로타 세이이치는 후회했다.

거실에 불을 켜고 동생은 마지막 말을 토해냈다.

"오빠, 잘 들어. 난 오빠 편이긴 하지만 바보 편은 될 수 없어. 무로타 집안의 딸로서 무덤 이장에는 동의하지 않아. 그렇게 고향이 필요하면 오빠 혼자 그쪽 무덤에 들어가면 되잖아. 그건 오빠 마음대로 해. 말리지 않을 테니까. 그럼 잘 지내."

단호한 한마디

북쪽 지방의 봄은 한꺼번에 찾아온다고 듣기는 했지만, 막상 그 풍경을 마주하니 세상에 이런 행운이 또 있을까 하는 생각이 들었다.

마을 곳곳에는 벚꽃과 매화가. 산기슭에는 목련과 산수유가. 길가에는 개나리와 조팝나무, 그리고 꽃잔디가 끊임없이 피어 있었다. 꽃 하나하나를 눈으로 좇을 수 없을 만큼 차창 밖은 꽃으로 흘러넘쳤다.

며칠 일찍 왔거나 늦게 왔으면 이 정도로 꽃이 흐드러지게 피지는 않았으리라. 그렇게 생각하니 이 행운이 어머니가 준 선물이라는 느낌이 들어서 가슴이 먹먹해졌다.

도쿄에 꽃이 한창 피었을 때, 어머니가 세상을 떠났다. 바라 건대 빨리 꽃의 곁으로 가고 싶구나, 라고 입버릇처럼 말했으 니까 그 소원은 이루어졌을 것이다. 급히 입원했을 무렵 꽃망 울이 맺혔던 벚꽃이 임종할 때에는 창밖에서 흐드러지게 피 어 있었다.

소박한 장례식을 마친 뒤 교토에서 열리는 학회 전날에 휴 가를 냈다. 그런데 우연히 그날이 눈이 시릴 만큼 아름다운 봄 날이었던 것이다.

멀리 떨어진 산봉우리는 지금도 눈을 이고 있었고 하늘은 티끌 하나 없이 맑았지만, 그 하얀색과 파란색이 꽃 색깔을 위 협하는 일은 없었다. 자연은 더할 수 없이 조화로웠다.

시내 병원에서 오전 진료를 받고 왔는지 두툼한 옷을 입은 노파 두 명이 목소리를 높여서 이야기를 나누고 있었다. 혈압 이 어떻다든지 혈당치가 어떻다든지, 단어는 알아들을 수 있 었지만 워낙 사투리가 심해서 내용은 이해할 수 없었다. 만약 자신이 외래를 담당했다면 제대로 문진도 할 수 없었으리라.

고마카노역에서 버스를 탄 지 어느새 30분이 지났다. 노선 안내도에 따르면 아이카와 다리까지는 두 정류장이 남았지만, 정류장의 간격이 멀어서 어느 정도 시간이 걸릴 것이다.

겨울에는 세상이 온통 눈 속에 파묻히고, 버스는 한 시간에 한 대밖에 없다. 이런 곳에서 고령자가 병원에 다니는 건 상당히 힘들 것이다.

거기까지 생각하고 고가 나쓰오는 불현듯 자신이 늙었음을 깨달았다. 어머니가 세상을 떠나고 딸이라는 안일한 자리를 잃어버린 순간, 예순이란 나이의 무게가 온몸을 뒤덮었다. 항상 의식할 만큼 깊은 통증은 없더라도, 하루에 두서너 번은 물에 흠뻑 젖은 옷을 억지로 입은 것처럼 기분 나쁘게 전신을 내리눌렀다.

귀에 익숙지 않은 사투리에서 얼굴을 돌리고, 그녀는 창밖에 펼쳐진 봄의 풍경을 바라보았다.

벚꽃. 매화. 목련. 산수유.

이 풍경이 유난히 아름다워 보이는 것은 그동안 꽃구경을 할 틈도 없이 일에만 파묻혀 있었기 때문일지도 모른다.

개나리. 조팝나무. 꽃잔디.

의지할 데 없는 늙은 여자로 추락할 때까지. 오직 의사라는 자격증 하나에 매달려서.

아버지는 30대 중반에 세상을 떠났다. 학생 신분으로 군대에 끌려갔는데, 민간인으로 돌아오고 나서 의학부에 들어갔다고 하는 걸 보면 의지가 강한 사람이었나 보다.

병명은 장결핵이라고 들었지만, 아버지 말고는 그런 병으로 돌아가신 사람을 본 적 없다. 항결핵제가 등장하면서 폐결핵과 함께 거의 사라진 병이 아닐까.

　간호사인 홀어머니 손에서 자라면서 그녀는 장차 어머니와 같은 직업을 가지겠다고 마음먹었다. 하지만 고등학교에 들어가자 욕심이 생겨서 의사가 되기로 마음을 바꿨다.

　사립대학 학비는 도저히 힘들더라도 국공립 대학 의학부라면 어떻게 해줄 수 있지 않을까 해서 어머니에게 의논했다.

　하지만 어머니는 두 손 들고 반대했다. 학비 문제는 둘째치더라도 수지타산이 맞지 않는 직업이라는 것이다. 혹독한 근무 환경과 수련의 생활, 아버지처럼 병에 옮을 위험 등을 어머니는 끝도 없이 늘어놓았다. 베테랑 간호사의 눈에 비친 의사라는 직업은 그런 느낌인 듯했다.

　그런데 며칠 후, 야간 근무를 마치고 녹초가 되어 집에 오자마자 어머니는 말했다.

　"나 짱, 넌 의사가 되거라."

　어머니의 마음이 왜 바뀌었는지는 모른다. 깨질 것처럼 위태로운 결심으로 보여서 아무것도 물을 수 없었다.

　당직 의사나 동료에게 의논한 걸까? 아니면 야간 근무의 정적 속에서 혼자 생각한 걸까? 어쨌든 고가 나쓰오가 인생을 정한 순간은 대학 입시도, 의사 국가시험도 아니라 어머니의 허락을 얻은 순간이었다.

수지타산이 맞지 않는 직업.

어머니의 그 한마디는 그녀의 마음속에 계속 자리 잡고 있었다.

6년 동안의 대학 생활과 2년 동안의 임상 수련의 생활. 재수도 유급도 하지 않고 의사가 되었으나 대학병원에 들어간 그녀의 수입은 대기업에 들어간 동창생보다 훨씬 적었다. 연구를 거듭하고 논문을 부지런히 써서 박사학위를 취득했지만, 의학박사라는 직함은 그렇게 대단한 커리어가 아니었다.

일주일에 한두 번은 당직이라서 밤새 근무해야 했다. 시간표는 벌집처럼 규칙적으로 빼곡히 채워져 있었다.

그런 똑같은 시간표 속에서도 재주껏 연애도 하고 결혼도 하며 출산하는 의사들을 그가 나쓰오는 흉내도 낼 수 없었다. 기회가 없었던 건 아니지만 몇 번 있었던 그런 기회들도 전부 나중에야 되돌아보고 알아챌 수 있던 것뿐이었다.

어머니는 예순 살까지 현역 간호사로 일했다. 그리고 직장을 떠난 순간, 어이 없을 만큼 갑자기 늙어 버렸다. 일흔 살부터는 치매가 시작되었는데 워낙 고집이 세고 성격이 강한 사람이라서 그런지 손이 많이 가고 사람을 힘들게 했다.

간병 생활에 들어간 후에는 홀어머니에 외동딸이라는 처지가 처음으로 힘들게 여겨졌다. 그런 생활에서는 사회적 지위도, 어느 정도의 경제력도 아무런 힘을 발휘하지 못했다. 어머니에게 필요한 것은 딸과 같이 있는 시간뿐이었다. 하지만 의사에게는 그럴 시간이 없었다.

인간의 평균수명에는 통계상의 의미밖에 없다. 그런 사실은 그녀도 알고 있었다. 따라서 그것을 기준으로 생명을 논해봐야 아무런 의미가 없다. 중요한 것은 남겨진 사람들이 얼마나 최선을 다했는지, 그리고 어떻게 그 죽음을 받아들였는지에 따라서 '좋은 죽음'의 행태가 정해지는 것이라고 생각한다.

그녀에게 남은 건 후회뿐이었다. 일에 치여 요양시설에 가서 어머니를 보는 것도 쉽지 않았다. 치매 어머니를 어머니로 여기지 않고, 예전에 어머니였던 사람이라고 여겼다. 자주 찾아가지 않았던 것보다 그런 마음을 품은 자신을 더 용서할 수 없었다. 마음속 어딘가에서 어머니를 귀찮은 존재로 여겼던 자신을. 아무리 기나긴 간병 생활에 지쳐 있었다 하더라도.

"아따, 이게 누구당가. 나 짱 아니여? 고가 아줌씨의 딸, 나 짱 맞제?"

아이카와 다리 정류장에 내린 순간 그렇게 말을 거는 사람이 있었다.

버스가 떠난 뒤, 마치 장막이 걷힌 것처럼 도로 맞은편에 한 여성이 서 있었다.

"나여, 나. 허긴 이렇게 말하믄 모를랑가? 니 동창생인 사사키 사치코여. 같이 핵교에 댕겼잖어."

무슨 일이 일어난 건지, 고가 나쓰오는 이해할 수 없었다.

마을의 만물상 같은 곳일까? 낡은 가게의 선반에 술병이 늘어서 있고, 약간의 식료품과 생활용품도 한 줄로 진열돼 있었다. '사사키 주류점'이라고 쓰인 간판만이 기묘하리만큼 화려했다. 상점가가 쇠퇴할 때 마지막으로 남는 것은 주류점이라는 이야기가 떠올랐다.

더구나 아이카와 다리 정류장에서 이어지는 집들은 상점가라고 부를 수도 없을 만큼 황폐했다. 사사키 주류점 말고는 전부 문을 닫은 지 오래인 듯했다.

"아줌씨가 나 짱이 집에 온다고, 온 동니방니 돌아댕기믄서 말씀하시거던. 그래서 나도 버스가 도착헐 때마다 가심 두근거리며 기달리고 있었제. 그나저나 나 짱, 도저히 동갑맹키로 보이들 않네이."

그제야 겨우 깨달았다. 유나이티드 홈타운 서비스는 지금부터 시작되고 있는 것이다.

사사키 사치코가 동창생이라곤 생각되진 않았다. 하지만 화장도 하지 않고 미용실에도 가지 않으며 옷차림에도 신경 쓰지 않으면 자신도 이런 모습이리라.

"안녕하세요. 참 멋진 곳이네요. 눈이 닿는 곳마다 온통 꽃들이 가득하고."

고가는 미소로 대꾸했다. 이런 말밖에는 특별히 할 말이 없었다.

"니가 태어나고 자란 고향에 와서, '안녕하세요'가 뭐여? 혹시 나 짱, 너무 오랜만에 와서 집을 잊어분 거 아녀?"

"아, 네."

역시 그렇게밖에 대답할 수가 없었다. 유나이티드 홈타운 서비스의 설명은 매우 간단해서, 버스를 탄 다음 아이카와 다리 정류장에서 내려서 자은사라는 절을 찾아가라고밖에 쓰여 있지 않았다.

불친절한 것은 아니다. 프리미엄 클럽 담당자에게 받은 메일에는 "전부 이쪽에 맡기시고 맘 편히 가시면 됩니다"라고 쓰여 있었다. 서비스는 완벽하니까 자신들에게 전부 맡기면 된다는 뜻일 것이다. 최고의 대접에는 설명이 필요 없다.

사사키 사치코는 똑바로 뻗어 있는 길 끝을 가리켰다.

"나 짱, 잘 들으래. 저짝에 절이 보이제?"

"아아, 네. 자은사 말이죠?"

"그려, 그려. 시상에, 안직도 기억허고 있구마. 그 자은사 모퉁이를 돌아가면 되야. 내가 어매헌터 전화 넣어둘랑께."

사치코가 말하는 '어매'가 자신의 어머니를 가리킨다는 걸 알아차리고, 고가 나쓰오는 저도 모르게 숨을 죽였다.

프리미엄 클럽 담당자는 메일에서도 전화에서도 항상 '페어런츠'라고 말했다. 또한 '고향'이라고 하지 않고 '빌리지'라는 단어를 사용했다.

영단어는 일본어가 가지고 있는 본래의 뜻을 희석한다. 그래서 '페어런츠'란 말에서는 유학생의 신원보증인이나 하숙집 부부를 가리키는 듯한 뉘앙스를 느끼게 된다. '부모 대신'이나 '가족처럼 신뢰할 수 있는 사람들'처럼.

고가는 갑자기 무서운 생각이 들었다. 낯선 어머니가 기다리고 있다. 선량한 마을 사람이 소꿉친구로 분장한 것처럼, 아마 고향 집에는 완전히 '어머니'로 변장한 사람이 고객이 도착하기를 기다리고 있으리라.

가게 안쪽에서 사치코의 큰 목소리가 들렸다.

"아아, 아줌씨세요? 사사키 주류점이어라. 나 짱이 지금 막 도착했응께 위에서 손을 흔들어주시씨요. 올 가게에서 맥주라도 들려 보낼 거구만요. ……네? 아녀요, 아녀요. 돈을 받으면 그건 강매지라. 환영허는 뜻으로 지가 드리는 거구만요."

사치코는 전화를 끊고는 냉장고에서 캔맥주를 꺼내 비닐봉지에 담았다.

"나 짱, 이건 나가 주는 환영 선물이여."

"그렇게 많이 주다니. 돈 드릴게요."

"아이참, 환영 선물이랑께. 치요 아줌씨는 의외로 술을 잘 드시거던."

다시 숨이 막혔다. 돌아가신 어머니의 이름이 '치요코'였던 것이다.

고가는 맥주를 받고 미소가 끊이지 않는 사치코를 바라보았다. 소탈한 표정에선 거짓을 찾아볼 수 없었다. 정해진 대사를 늘어놓는 것처럼 보이지도 않았다.

홈타운 서비스 신청서에는 질문 사항이 귀찮을 만큼 세세하게 나열돼 있었는데, 대부분은 어린 시절의 에피소드나 어렸을 때 앓았던 병이나 다친 곳, 좋아하는 음식이나 취미, 습관 같은 것이었다. 유출되면 곤란할 만한 개인 정보는 없었다.

신용카드사의 회원이 되었을 때도, 골드에서 플래티넘으로 등급이 올라가 마침내 '세계 최고의 스테이터스'라는 홍보 문구를 자랑하는 프리미엄 클럽의 멤버가 되었을 때도, 호적 등본을 제출하는 절차는 없었다.

애초에 현실감이 없는 특전뿐인 블랙카드 같은 건 갖고 싶지 않았다. 다만 독신 의사라는 불확실한 처지에도 최고 단계의 신용이 있어야 하는 블랙카드가 발급될지 알고 싶었다. 그 정도의 관심뿐이었던 만큼, 조금이라도 귀찮았다면 신청조차 하지 않았을 것이다.

그녀는 다시 마음을 추슬렀다. 그렇다, 분명히 그 세대에는 '치요千代'라는 이름이 많았다. '영원'이라는 뜻을 축복하는 말이기도 하고, 어쩌면 천대 팔천대 계속되라는 국가國歌의 가사에서 가져왔을지도 모른다.

헤어지기 직전에 사치코가 간절하게 말했다.

"나 짱, 니는 참말로 예쁘구로."

"고마워, 사 짱."

맥주를 줬다거나 단순한 인사말에 고마워한 것은 아니다. 의지할 데 없는 사람에게 이렇게까지 고향을 마련해 주다니……. 그 사람들의 마음이 고마워서 고가 나쓰오는 온 마음을 담아 사치코를 꼭 껴안았다. 그러자 사치코의 등에서 힘이 빠져나갔다.

"편안히 있다 가그라. 치요 아줌씨는 외로분 사램잉께."

진실한 속삭임으로 들렸다.

"아따, 나 짱. 시상에, 이게 얼마 만인겨? 오랜만에 효도허러 왔구만."

경트럭을 타고 지나가던 농부가 주름투성이의 얼굴에 환한 웃음을 담으며 말했다.

"지금 막 메밀국수를 갖다줬는디, 많이 드시요."

짐칸에서 며느리로 보이는 여성이 그렇게 말하며 손을 흔들었다.

"높은 곳에서 내리다봐서 미안하구로. 내일이라도 조상님 무덤에 인사허러 오래이. 참말로 잘 왔다, 나 짱."

자은사의 문 앞에서는 늙은 스님이 고가를 보고 합장했다.

벚꽃. 매화. 목련. 산수유. 핑크색과 하얀색과 노란색의 그러데이션.

개나리. 조팝나무. 꽃잔디. 마을 사람들은 한가로운 봄에 녹아들어 있었다.

두려워할 건 하나도 없다고, 고가 나쓰오는 스스로에게 말했다. 돌아가신 어머니의 머리칼이 핸드백 안에 들어 있었다. 주변머리 없는 딸 하나를 삶의 보람으로 생각하며 살아온 어머니의 영혼과 함께 고향으로 돌아온 것이라고 여기기로 마음먹었다.

이렇게 화창한 봄날에. 꽃과 햇살과 바람의 축복을 받으며,

이렇게 아름다운 봄날 오후에.

그렇게 생각하니 가슴속까지 맑아져서, 머리에서 떠나지 않는 어머니의 마지막 모습조차 괴롭게 느껴지지 않았다.

딸로서가 아니라 의사로서 어머니를 보낸 자신의 행동을 후회했다. 하지만 오히려 어머니가 바라던 마지막 모습이었다고, 그녀는 걸으면서 생각을 고쳐먹었다.

나 짱, 넌 의사가 되거라……. 미래에 대한 허락을 얻은 그날, 어머니와 암묵의 계약을 맺은 것이다. 나중에 헤어지는 마지막 순간에 울며 매달리는 일은 하지 않겠다고.

그것이 많은 사람의 죽음과 함께하는 의사의 책무니까. 수많은 자식들에게 수많은 어머니들의 죽음을 담담하게 선고해온 자신이, 본인의 어머니가 돌아가셨다고 해서 한탄하는 것은 이상하니까.

그날 밤의 당직의는 수련의를 마친 지 얼마 되지 않은 젊은 의사였다.

명찰에 적혀 있었던 모리야마라는 이름은 기억하고 있다. 임종에 입회한 경험이 별로 없다는 것은 억지로 의사다운 냉정함을 가장하려고 하는 몸짓만 보아도 알 수 있었다.

그가 긴장하는 이유는 한 가지가 더 있었다. 집중치료실에서 계속 잠들어 있는 환자의 딸은 의사, 그것도 예전에 대학 병원 순환기 내과의 준교수를 지냈으며 지금은 전문병원에서 임상의로 일하고 있는 베테랑이다. 의사는 환자를 공평하게 대해야 한다……. 당연한 일이지만 어머니가 긴급하게 입원한 시민병원에는 예전부터 아는 의사도 있어서, 고가 나쓰오의 경력은 담당의는 물론 당직의에게도 전해졌을 것이다.

외박 허가를 받고 요양 시설에서 집으로 돌아온 날 밤이었다. 약간 감기 기운이 있었던 어머니는 저녁 식사를 마치고 침대에 들어간 순간 의식을 잃었다. 호흡이 불안정하고 맥박도 느렸다. 구급이송병원으로 가장 가까운 시민병원을 미리 지정해 놓은 선택은 옳았다.

CT 화상을 보고 한눈에 중증 폐렴이란 걸 알았다. 치매 환자는 자각 증상을 호소하지 않는 경우가 많다. 기관 내 삽관을 할 때, "나 짱" 하고 외친 어머니의 목소리가 귀에 달라붙었다. 어머니가 믿는 사람은 오직 그녀뿐이다. 물론 의사로서가 아니라 딸로서.

집중치료실에서 잠든 채 보름을 견딘 어머니는 마지막 밤을 맞이했다.

"오전 1시경부터 활력 징후가 떨어졌고, 고령이시기도 해서 오시라고 했습니다."

모리야마 선생이 정중하게 말했다. 하얀 가운으로 덮인 어깨에서 긴장감이 배어 나오고 있었다.

"다른 가족은 언제 오십니까?"

매뉴얼대로다. 즉, 가족의 합의를 얻어서 인공호흡기를 떼야 하는 상황이다.

"아뇨, 나 혼자예요. 모리야마 선생, 심호흡을 하세요."

"죄송합니다"라며 모리야마는 숨을 크게 쉬고 어깨의 힘을 뺐다.

"커튼을 열어주시겠어요?"

간호사가 닫힌 커튼을 열자 창문 너머에서 벚꽃이 쏟아질 것처럼 흔들렸다. 벚꽃이 집중치료실의 불빛을 받는 게 아니라, 그 생명의 빛이 밀실을 비추는 것처럼 여겨졌다.

고가 나쓰오는 어머니의 몸에 이어진 활력 징후를 읽었다. 혈압은 쇼크 상태를 보이고, 심전도의 파형은 일자로 쭉 이어져 있었다.

"연명은 원하지 않아요. 인공호흡기를 떼어주시겠어요?"

그녀는 단호하게 말했다. 본래는 모리야마가 묻거나 제안해야 하지만 망설이는 모습을 더는 볼 수 없었다. 소리를 내어 말하고 나니 연명치료를 거절하는 것이 어머니의 의사가 아니라 자신의 요청이었음을 깨닫고 입술이 추워졌다. 그녀는 지금 어머니를 '죽여 달라'고 말한 것이다.

그녀는 어머니의 손을 잡았다. 모리야마가 말없이 인공호흡기의 스위치를 껐다. 배가 부두를 떠나듯 생명이 멀어졌다.

"그동안 고마웠어요."

그녀는 젊은 의사를 향해서 말했다. 지금까지 수도 없이 들은 말이지만, 자신이 입에 담는 것은 처음이었다.

모리야마가 말없이 고개를 숙였다. "제 힘이 미치지 못했습니다"라든지 "삼가 고인의 명복을 빕니다"라고 대답하기엔 아직 경험이 부족했다.

"확인해 주세요."

우두커니 서 있는 모리야마에게 그녀는 그렇게 지시했다. 사망 확인은 결코 소홀히 해서는 안 된다.

모리야마는 어머니의 동공을 들여다본 뒤, 가슴에 청진기를 대고 심장 박동을 확인했다.

"오전 3시 12분입니다."

그녀는 처음으로 임종에 입회했을 때, 의사의 손목시계는 이 순간을 위해서 있는 것이라고 생각했다. 그 정도로 모든 노력이 허무하게 느껴졌다.

적어도 어머니의 삽관을 빼주고 싶었지만 그 일은 자신의 영역이 아니었다. 집중치료실을 나와서 긴 복도를 정처 없이 거닐었다. 그렇게 머지않은 미래에 자신이 어느 병원 침대에서 죽음을 맞이할 때에는 의사가 승낙을 얻어야 할 육친이 없다. 슬퍼해 줄 친구는 있었지만 가족으로서의 부담까지 지우고 싶지는 않았다.

집중치료실로 돌아오자 어찌 된 일인지 사람은 아무도 없었다. 어머니의 허물과 역할을 마친 인공호흡기만이 병풍처럼 에워싼 밤 벚꽃 앞에 조용히 놓여 있을 따름이었다.

그 순간, 인간도 자연의 일부라는 사실을 고가 나쓰오는 깨달았다.

자신의 고향이라면 길을 헷갈릴 이유가 없다. 나쓰오는 잘 아는 길처럼 절의 모퉁이를 돌아서 민들레로 둘러싸인 언덕길을 올랐다. 마을 사람들의 시선이 자신에게 쏠려 있는 듯한 생각이 들어 그녀는 등줄기를 꼿꼿이 세웠다.

야야, 야야, 하고 부르는 목소리에 고개를 들었더니, 언덕 위에 있는 마가리야의 툇마루에서 두 손을 흔드는 사람이 보였다.

"왔구마! 왔구마! 드디어 왔구마!"

그녀는 걸음을 멈추고 똑같이 손을 흔들었다. 사치코가 연락해 준 '어매'란 걸 알았기 때문이었다. 그렇다면, 홈타운 서비스의 게스트로서 고개를 숙이기보단 오랜만에 고향에 온 딸이 되어야 한다고 판단했다.

그나저나 세계 최고의 스테이터스라더니, 이렇게 대규모일 줄은 상상도 못 했다. 사치코나 마을 사람들의 명연기도 그렇고 '어매' 또한 어머니 역할을 충실히 해내겠지만, 지금 그녀에게 그 대본은 너무나 괴로웠다.

이쯤 되자 그녀는 여기에 온 것이 후회되었다. 하지만 여기까지 온 이상 되돌아갈 수는 없다.

카드회사가 고객의 근황까지 알고 있을 리는 없다. 그렇다면 서비스를 철저하게 준비했을수록 자신은 더 큰 상처를 입지 않을까? 지금이라도 프리미엄 클럽의 담당자에게 전화해서, 지금 취소할 수는 없어도 연출을 적당히 해달라고 전해야 하지 않을까?

"나쓰오, 잘 왔구로. 편히 쉬었다 가그라."

뒷산에 메아리치는 목소리가 고가 나쓰오의 가슴에 화살처럼 박혔다.

머리에 수건을 쓴 사람은 어머니 나이와 비슷할까? 하지만 몸은 훨씬 작고 얼굴은 새까맣게 그을렸다.

그녀는 산골 마을을 무대로 한 최고급 리조트를 상상했다. 그런 곳이 연극적인 연출이나 과장된 서비스를 제공한다는

것도 알고 있다. 그래서 조금 전에 만난 사사키 사치코도, 경
트럭을 탄 농부와 며느리도, 늙은 스님도 그런 유형의 엑스트
라라고 여겼다.

그렇다면 그 다음에는 멋진 시설을 갖춘 고택처럼 보이는
산장이나 나이를 알 수 없는 세련된 여주인이 기다리고 있어
야 한다.

하지만 마당으로 발을 넣고 보니 집은 지은 지 수백 년은
된 듯한 진짜 마가리야였고, 툇마루 기둥에 매달려 그녀를 맞
이한 사람은 머리에 수건을 쓰고 앞니가 빠진, 아무리 봐도 낡
은 이 집의 진짜 주인으로 보이는 노파였다.

고가 나쓰오는 어머니라는 사람에게 가까이 다가갔다.

"전 빈손으로 왔어요. 이건 주류점에서 주셨고요."

어떻게 말해야 좋을지 알 수 없었다. 어머니란 사람은 맥주
를 받아 들고 함박웃음을 지었다.

"사 짱이 항시 잘 챙기주고 있시야. 그란디 4대째 이어진 사
사키 주류점도 사 짱으로 끝난당께, 슬프긴 허제만 어쩔 수 읎
제. 요놈은 우물에 넣어서 시원허게 혀두자꾸나."

집 안에 우물이 있는 걸까? 어머니라는 사람은 복도 안쪽으
로 사라졌다. 등은 굽었지만 허리와 다리는 튼튼해 보였다.

"으째 그러코롬 멀뚱멀뚱 서 있디야? 싸게 들어오그라. 니

집이잖여?"

안쪽에서 노래하는 듯한 목소리가 들렸다. 음악 같은 말이
었다.

그녀는 전화기를 핸드백 안에 넣었다. 담당자에게 연락할
타이밍을 놓쳤다. 이미 무대에 올라와 버렸다.

그녀는 툇마루에 살짝 걸터앉았다. 아래쪽으로 자은사의
커다란 지붕이 보였다. 본당 뒤로는 청정한 묘지가 펼쳐져 있
었다. 아무래도 인구가 줄어드는 마을 같지만 그렇다고 절 문
을 닫을 수는 없었을 것이다.

이렇게 뒤쪽에서 보면 도로 옆에 있는 집에서는 삶의 기척
을 느낄 수 없었다. 하지만 신기하게도 그런 폐가가 풍경을 해
치지는 않았다. 모든 것이 앞다투어 피는 봄꽃이나 새싹을 내
보내고 있는 나무들과 조화를 이루고 있었다.

눈이 부셔서 눈꺼풀을 닫았더니, 따뜻한 봄 햇살이 온몸을
감쌌다. 그동안 햇볕과 인연이 없는 삶을 살았다는 사실을 깨
달았다.

"선상님······."

소리를 듣고 되돌아보니, 툇마루 끝의 햇살 속에 어머니인
사람이 단정히 앉아 있었다.

"고가 선상님······."

아마 '고가 선생님'이라는 뜻이리라. "네"라고 대꾸했지만 말이 이어지지 않아서 잠시 서로를 바라보았다.

"뭣이당가, 회사선 이런 말을 허믄 안 된다고 몇 번씩 못을 박었지만, 모리는 척허는 건 맴이 편틀 안혀서 미리 사과를 혀야겠구만요."

웃는 것인지 한탄하는 것인지 알 수 없었다. 하지만 성실함이 전해졌다. 어머니인 사람은 지금 금기를 깨뜨리려고 하는 것이다.

"저기…… 전 괜찮으니까 억지로 하실 필요는 없어요."

"아녀라. 그라믄 맴이 찜찜혀서 견딜 수 읎당께요."

고가는 무의식 중에 주변을 둘러보았다. 어딘가에 카드회사에서 설치한 카메라나 마이크가 있는 게 아닐까.

"걱정헐 거 없어라. 회사에선 나를 믿고 있응께요."

어머니인 사람은 머리에 쓴 수건을 벗어서 일 바지의 무릎앞에 조용히 내려놓았다. 비록 흙먼지를 뒤집어썼지만 이 집 주인에 어울리는 청결한 사람이었다.

"삼가 고인의 명복을 빌어라우."

그렇게 말하더니, 어머니인 사람은 툇마루에 두 손을 짚고 깊숙이 머리를 숙였다.

"네? 알고 계셨어요?"

"회사서 들었어라. 고런 사정을 알고 잘 대접허라고 혔는디, 워찌케 혀야 좋을랑가 몰러서……."

"평소처럼 해주시면 돼요. 불만을 말하거나 그러지 않을 테니까 안심하시고요."

고개를 들고 어머니인 사람은 연민이 담긴 눈으로 고가 나쓰오의 얼굴을 바라보았다.

"네에, 고가 선상님은 훌륭헌 의사 선상님이라드만요. 의사 선상님들은 대치로 근엄허신 분들인디……."

불쑥 어머니의 입버릇이 떠올랐다.

"좋은 의사는 근엄해 보이지 않아."

근거 없는 자존심을 가질 만큼 의사는 한가한 직업이 아니라는 뜻이다. 이 어머니란 사람의 말은 고가의 가슴을 뜨겁게 만들었다. 어머니에게 칭찬받은 듯한 생각이 들었다.

"그람믄 고가 선상님, 다른 때맹키로 헐 텡께 무례헌 부분이 있다믄 용서혀 주시구랴."

맑고 따뜻한 웃음을 마주한 순간, 어머니인 사람은 그녀의 엄마로 바뀌었다.

"시상에나, 에순에 의사를 그만두는 거다냐? 맙소사, 참말로 아깝구로. 정년도 아닌디 위째서……."

아직 확실하게 정한 건 아니다. 기력을 잃어버린 것뿐이다. 그런데 앞으로 느긋하게 일하자니 지금까지의 커리어가 오히려 방해되었다. 전문병원의 근무 환경은 혹독하고, 그렇다고 이제 와서 옛날의 보금자리인 대학병원으로 돌아갈 마음은 없었다.

연줄을 이용해 다른 대학의 빈 교수 자리를 노리는 게 최선이겠지만, 그렇게까지 할 만큼 출세욕도 없다.

화롯가에서 어머니와 주거니 받거니 하는 사이 맥주가 메마른 마음에 촉촉이 스며들었다.

"의학이 너무 빨리 발전해서 제 아날로그 머리론 도저히 따라갈 수가 없어요. 현장에서 벌어지는 일은 아무것도 모르면서, 논문의 숫자만 내세우는 권위적인 의사는 되고 싶지 않고요."

그녀 멋대로 불평을 늘어놓아도 어머니는 대충 이해하는 모양이었다. 머리가 좋은 사람인가 보다.

어머니가 내준 낡은 트레이닝복은 어머니 사이즈가 아니다. 화롯가에서 편안히 앉아 있으니, 실로 고향으로 돌아온 기분이 들었다.

"에순이라믄 나쓰오, 을매 안 남았잖냐?"

"하하하, 여름이 되면 그렇죠. 여름에 태어나서 이름에 '여름 하夏'자가 들어가요. 이름만 보고 다들 남자인 줄 알아요."

"그릏다믄 여름에 의사를 관두는 거여?"

"일손이 부족해서 당장 관두지는 못해요. 올여름에 말하면 정작 관두는 건 일 년쯤 후일 거예요. 그런 다음에는 아르바이트 자리라도 구하려고요."

"아르바이트라니, 병원 청소라도 허게?"

"네? 그게 아니라 의사 아르바이트요. 일주일에 하루나 이틀 정도요."

어머니는 찡그린 얼굴을 풀더니 안도의 한숨을 내쉬며 가슴을 쓸어내렸다.

화롯가에는 놀라우리만큼 맛있는 산나물 요리가 놓여 있었다. 하나하나 입으로 가져갈 때마다 이 사람은 천재가 아닐까 하는 생각이 들었다.

두릅과 오갈피순 튀김. 유부와 어묵을 넣은 고비나물조림.

"이건 뭐예요?"

쌉싸래한 향기가 혀를 감싸는 나물이었다.

"머위를 된장에 무치서 구운 거구만. 쌉싸래헌 맛이 겨울의 독을 몸 밲으로 내보내주제."

된장에 무친 미나리. 간장에 무친 파드득나물. 마치 봄의 온기를 먹고 있는 듯했다.

어린 죽순은 껍질째 화롯불에 구웠다.

"이짝 주변에는 커다란 죽순은 읎고 다 요로코롬 째간헌 것 뿐이여."

입에 넣고 오물거리자 죽순 특유의 향이 코로 빠져나갔다.

"있잖여, 나쓰오."

"왜요?"

작은 죽순을 숯불 위에 굴리면서 어머니가 조심스럽게 말했다.

"암만 혀도 에순은 너무나 빠르들 않다냐?"

누군가가 어머니의 입을 빌려 자신을 설득하려는 것 같다는 생각이 들었다.

"일반 회사에서는 정년퇴직이 예순이에요. 저도 이제 편하게 살고 싶어요."

"고건 너머 이기적인 생각이여."

그 한마디에 눈물이 솟구쳤다. 이렇게 단호하게 야단쳐 주는 사람은 이제 없다.

"이기적인가요?"

그녀는 울상을 지으며 연기 너머를 바라보았다. 지금 그녀를 야단치는 사람은 어머니의 영혼이 아니다. 젊은 시절의 아버지가 편안히 양반다리를 하고 앉아서 술을 마시고 있었다.

"이기적이다마다. 여름에 태어났다믄 여름에 죽어도 상관 읎제만, 여름에 의사를 그만둘 이유는 읎어야."

그녀는 전쟁터에서 돌아와 의사가 되기로 결심한 아버지를 동경했다. 그런 아버지의 뜻을 이어받았다는 사실을 어느새 까맣게 잊어버렸다.

"고맙습니다."

낡은 트레이닝복을 입은 채 무릎을 나란히 하고, 그녀는 진심으로 고개를 숙였다.

그날 밤은 어머니와 베개를 나란히 하고 잠자리에 들었다.

달은 뜨지 않았어도 장지문은 푸르스름한 별빛에 물들었다. 완벽한 정적 속에서 생명의 소리가 들렸다. 귀의 안쪽에서 심장이 쿵쾅거리고 피가 흐르는 소리까지 전해졌다.

"내일은 느긋허게 있다 가그라."

단순한 립 서비스가 아니라 어머니는 진심으로 그렇게 말하고 있다. 이 집에서 혼자 살면 사람이 그립지 않을까.

"저도 느긋하게 있고 싶지만 교토에서 학회가 있어요."

"시상에, 참말로 바쁜가 보구마이. 의사 선상님잉께 어쩔 수 읎겄제. 신칸센을 타고 간다냐, 뱅기를 타고 간다냐?"

신칸센을 갈아타면 꼬박 반나절이 걸린다. 하지만 하나마

키에서 이타미까지는 하늘길이 열려 있다. 9시 20분 비행기를
타면 오후 학회에는 여유 있게 도착할 수 있다.

"그라믄 나가 공항까장 바래다 주꾸마."

"네? 아직 운전을 하세요? 위험해요."

"갠찬혀, 갠찬혀. 사고 난 적은 안죽 한 번도 없어. 버스와
전철을 갈아타믄 심들잖냐."

"택시를 부를게요."

"그라문 돈이 솔찬히 들잖여? 그라고 고런 것보담⋯⋯."

어머니는 말끝을 흐렸지만 '조금이라도 같이 있고 싶다'는
마음의 중얼거림이 들린 듯했다.

이 사람의 모성은 진짜다. 홈타운 서비스라는 대규모 거짓
을 지탱하고 있는 것은 연출이나 연기력, 무대장치만이 아니
다. 그런 것들보다 훨씬 중요한 건 이 노파의 진심이 아닐까.

그렇다면⋯⋯ 이것은 '거짓'이 아니다.

"엄마."

별빛의 어둠 속을 향해서 고가 나쓰오는 말을 건넸다.

"와?"

"이야기 좀 들려주세요, 딱 한 가지만요."

"잠자리 야그 말이냐? 그라믄 딱 한 가지만이구마."

곧 어둠의 끝에서 맑고 투명한 어머니의 목소리가 물방울

처럼 똑똑 떨어졌다.

옛날 옛날에 이런 이야그가 있었구마.

그해는 유난시롭게 굶주림과 목마름이 심헌 해였제. 이짝 근방에는 워디나 굶어 죽는 사램들의 시체가 널려 있었다더구마. 겨울 동안 땅에 묻혀 있던 시신이 눈 밑에서 나타나서 썩어도, 그저 못 본 척함서 내버려 둘 수백이 없었제. 가까시로 살어남은 농부들은 누굴 묻어주기는커녕 논과 밭을 경작헐 심도 읎었시야.

그란디 봄이 되믄 모든 사램이 간절히 바란 것맹키로 꽃이 피제. 매화도 벚꽃도 목련도, 사방에 온통 꽃이 피었구마. 더구나 그해는 특뱅히 아름다웠다더구마잉. 죽은 사램들이 거의 매화나 벚꽃, 목련의 뿌렝이 밑에서 죽어서 좋은 거름이 되았기 때문이겄제.

그라든 어느 날의 일이었구마. 아이카와의 역참에 한 무사님이 솔찬히 지친 모습으로 나타났시야. 무사님을 따르는 하인은 암도 읎고, 아름다운 각시와 귀여운 딸내미를 델꼬 있었제. 한눈에 보고 성과 영주를 베린 무사님이란 걸 알었구마.

굶주림과 목마름은 더욱 심혀져서, 농부들은 논과 밭을 베리고 여그저그로 도망쳤제. 영주헌티서 임금을 받지 못한 무사님도 성을 베리고 도망치는 사램이었시야. 그려서 당시에는 여그 저그로 묵을 걸 찾아댕기는 수백이 읐었제.

아이카와의 농부도 굶어 죽든지 도망치든지 혀서 절반 정도로 줄어들었제만, 그려도 이 근방서는 상황이 나은 편이었제. 그려서 마을 사람들은 아이카와 다리 밑에서 축 늘어져 있는 무사님헌티 묵을 걸 갖다주었구마.

"무사님, 무사님, 마죽이구만요. 이거라도 드시구랴."

허지만 무사는 고개를 여피로 휙 돌리고,

"이 무례헌 놈 겉으니! 난 그지가 아니다!"

그런 말을 허니께 멕이고 잎어도 멕일 수가 읐제. 허지만 마을 사람들은 또다시 다리 밑에 묵을 걸 갖고 갔구마.

"무사님, 무사님. 그룽다믄 적어도 부인과 따님은 묵게 해주시구랴. 여자가 굶주리는 건 가여워서 두고 볼 수 읐응께요."

"이 무례헌 놈, 물러서그라! 내 처자헌티 함볼로 말 걸지 말그라!"

필시 여그서 죽을 생각이구로. 그러코롬 생각헌 마을 사람들은 자은사의 스님헌티 가서 사정혔제. 이번에는 스님이 달려가서 설득혔구마잉.

"무사님, 무사님. 무사님이 이러코롬 다리 밑에서 죽는 건 참말로 수치시러운 일이구만요. 절로 가십시더. 그라믄 지가 아니라 부처님이 구혀줄 것이오."

"이 시상엔 신도 부처도 읎다. 기냥 내버려 두그라!"

아무리 배가 고파도 그지 짓은 헐 수 읎다고 무사님은 주장했제.

그란디 말이시, 메칠이 지나 마을 사램들이 모습을 살펴보러 갔더니, 아이카와 다리 밑에서 무사님만 잠든 것맹키로 죽어 있는 게 아니것냐?

각시가 눈물도 흘리지 않고 말허기를, 무사님은 말라 빠진 쪼께의 뱁도, 나무의 새싹도, 고비도, 죽순도, 여하간 간에 기별이라도 갈 만헌 건 죄다 각시와 딸내미헌티 멕이고 자신은 갱물만 묵었다더구마.

무사님이 자신을 희생혀서 각시와 딸내미를 살렸다고 마을 사램들이 감탄허는 사이에, 각시는 죽은 무사님의 상투를 짤르드니 따님과 함께 으디론지 가불었지 뭐냐? 떠나기 전에 유품인 칼을 자은사의 스님헌티 맡기면서 "이걸로 공양을 해주시써요" 허고 말씸허셨다더구마.

그 후에 각시와 따님이 워쩌케 되았는지, 살았는지 굶어 죽었는지는 몰러. 그른데 자은사 스님의 말씸에 따르믄 고로코롬 훌륭헌 무사가 남긴 목숨은 부처님도 함불로 허시지 않으셨을 거라고 허더구마잉.

지금도 아이카와 다리 옆엔 째깐 사당이 있제. 여그선 "슨베님"이라고 불르는디, 그 앞에서 빌믄 이 마을을 떠난 아덜이나 딸이 배곯들 않는다고 허드라고.

그래서 마을 사램들은 모다 아침과 저녁에 그 앞에서 기도를 올리는구마.

사사키 씨 댁의 사 짱도, 뒷집 영감님도, 자은사의 스님도.

나도 요새는 그짝에 가서 기도허고 있구마. 우리 아덜내미도, 우리 딸내미도 배곯는 일은 읆으야 허니께.

나쓰오, 니도 그렇고.

인자 그리 열심히 살덜 안혀도 됭께 배불리 실끗 묵고 편안허게 살그래이.

닌 지금까장 겁나게 잘 살었어. 아무도 칭찬혀 주덜 안혀도 어매가 힘껏 칭찬혀 주꾸마. 그걸로 충분혀, 나쓰오.

이 이야그는 이걸로다 끝이란다. 시상에, 잠자리 야그를 듣고 우는 바보가 어딨당가? 눈물 뚝 혀!

꽃잎 배

옛 제자를 따라서 간 레스토랑은 교토의 기온 거리 한가운데에 흐르는 시라카와강 언저리에 있었다.

강기슭의 벚꽃은 이미 초록빛 나뭇잎으로 뒤덮여 있었는데, 강물 위에는 어찌 된 일인지 군데군데 벚꽃잎이 모여서 꽃잎 배를 만들고 있었다. 상류 어딘가에 천엽벚나무 숲이라도 있는 걸까? 그렇다면 내일은 일찍 일어나 강물을 거슬러 올라가 아직 본 적 없는 천엽벚나무라도 찾아볼까, 하고 고가 나쓰오는 생각했다.

"데리고 나와줘서 고마워. 내가 아직 대학병원에 있는 줄 아는 사람들이라, 이야기가 맞물리지 않지 뭐야? 일일이 설명하기도 귀찮고."

일 년에 한 번 있는 순환기학회에 꼭 참석하는 것은 옛날부터 아는 의사들과 친분을 나누고 싶어서가 아니라 최첨단 연구 상황을 알고 싶어서다.

"다들 대학병원 의사가 엘리트라고 생각하니까요. 선생님은 관록이 있어서 저도 교수님이 되신 줄 알았거든요."

"관록이라……. 그야 이제 곧 예순이니까 나이만 보면 그렇겠지만."

"네? 예순이요?"

"오사나이 선생, 자네에게 나이를 속여서 뭐 하겠어? 그러다 보니 대학에 나보다 훨씬 어린 준교수가 둘이나 있어서 있기 불편했거든."

오사나이 히데코는 우수한 의대생이었다. 그렇기에 대학병원에 남아서 학위를 취득한 뒤 미국으로 유학을 가는 엘리트 코스를 밟아야 했고, 고가 나쓰오도 자신이 이루지 못한 꿈을 맡기기 위해 그렇게 지도했다.

하지만 오사나이는 아버지가 경영하는 클리닉의 '젊은 의사'로 너무나 간단히 안주해 버렸다. 그리고 성실한 남편과 결혼해 두 아이를 낳았다.

성적이 우수한 학생은 머리도 좋은 법이다. 빛나는 목표를 향해 경쟁하기보단 조부가 세운 동네 병원의 의사가 되는 편이 안락하다는 사실을 알고 있다. 적어도 행복을 확인할 수 있는 인생임은 틀림없다.

시라카와강의 강물 위로 계속 꽃잎이 떠내려갔다. 하나의 꽃잎 배가 떠나면 이윽고 또 하나의 꽃잎 배가 다가왔다.

연회장을 빠져나와 재빨리 검색해서 찾은 레스토랑치고는 대성공이다. 마침 저녁 식사 손님이 나갈 즈음이라서, 시라카와강에 손이 닿을 듯한 창가 자리가 비어 있었다.

이탈리안 레스토랑이라는 것도 센스 있는 선택이었다. 교토라서 향토 요리를 고르는 건 너무나 뻔하고, 교토의 미각은 수준이 높아서 무엇을 선택해도 틀리지 않는다.

"가족들은 잘 있어?"

고가는 식전주를 마시면서 물었다. 오사나이의 아버지는 같은 대학 선배로, 예전부터 아는 사람이었다.

"네. 진찰은 아버지가 하고 아이들은 어머니가 봐주세요."

고가는 고개를 끄덕였다. 우수한 의사가 행복에 안주했다곤 생각지 않는다. 약해진 심장을 되살리게 하는 사명은 어디에서든 똑같으니까.

전채를 입으로 가져간 뒤, 역시 교토의 미각은 다르다고 생각했다. 레스토랑의 세련된 인테리어나 유리창 너머로 펼쳐지는 야경 때문이 아니라도 교토는 참 좋다.

"있잖아, 얼마 전에 어머니가 돌아가셨어."

미소가 사라지지 않도록 하면서 고가는 넌지시 말했다. 그러자 오사나이가 칼과 포크를 테이블에 내려놓고 자세를 바로 했다. 물론 어머니와 면식은 없지만 고가의 상황은 잘 알고 있었다.

"몰랐어요."

"그렇게 놀랄 필요 없어. 여든여섯에 편안히 가셨으니까. 그런데 오사나이 선생, 막상 그때가 되니까 의사라고 해도 할 수 있는 일이 하나도 없더라. 편안히 가셨다고 생각하고 스스로를 달래는 수밖에 없었어."

교토는 참 신기한 도시다. 시라카와강의 건너편 기슭에는 수많은 사람이 웃고 떠들고 있는데 소란스러움이 전해지지 않는다. 레스토랑 손님들의 말소리도 마치 속삭이는 것 같아서 귀에 거슬리지 않는다. 그런데도 강물 소리는 선명하게 들린다. 이곳이 수도였던 기간은 약 천 년. 그 세월에 비하면 지금 있는 한순간은 하찮은 것이라고 말하는 듯한 고요함이 이 도시를 뒤덮고 있는 듯했다.

역사나 전통과는 인연이 없는 이탈리안 레스토랑도, 레스토랑 안을 흐르는 느린 박자의 재즈 음악도, 그것들의 수준이 높으면 높을수록 교토라는 지역과 잘 어울렸다.

"미안해. 적절한 화제가 아니었어."

오사나이는 입을 꼭 다물었다. 언제나 생명에 관여하고 있는 탓인지, 의사는 개인적인 생사에 관해 말할 때는 물론이고 들을 때도 요령이 없다. 죽은 자에 대한 작별의 말도, 유족을 위한 위로의 말도 잘 모르는 것이다.

이 침울한 공기를 어떻게 하면 밝게 바꿀 수 있을까? 부자연스럽지 않게 화제를 바꿀 수 있는 것은 한 가지밖에 없었다.

"그래서 좀 울적해서, 학회에 오기 전에 하루 휴가를 내서 아주 독특한 경험을 하고 왔어."

고가 나쓰오는 누군가에게 말하고 싶어서 견딜 수 없었던 '유나이티드 홈타운 서비스'에 관해서 이야기하기 시작했다.

오늘 아침에 있었던 일이 아득한 옛날 일처럼 여겨졌다.

어머니인 사람, 즉 '고가 치요'라는 사람은 동이 트기 전부터 아침 밥상을 차리고, 경트럭을 직접 운전해서 고가 나쓰오를 그 지역에서 가장 가까운 공항까지 배웅해 주었다.

그 배려는 도저히 서비스의 일부라곤 여겨지지 않았다. 겨우 하룻밤을 자고 떠나는 딸과 조금이라도 같이 있고 싶어 하는 어머니의 마음이라고 느껴졌다.

"선물은 짐이 될 텡게 도쿄의 집으로 보내두마잉."

쌀과 된장 등을 골판지 상자에 넣으면서 어머니는 너무도 아쉬운 듯이 말했다.

학회를 빼지고 하루 더 있을까 하는 생각이 들었다. 프리미엄 클럽의 카운터에 연락하면 아마 가능하겠지만, 1박 2일에 50만 엔이라는 가격에 얼마가 더해질지 생각하니 망설이지 않을 수 없었다.

"있잖아요, 엄마. 또 와도 될까요?"

짐을 꾸리는 어머니의 손길이 멈추었다.

"그게 무신 말이야? 당연히 되다마다. 여근 니 집이잖여."

정교하고 세밀한 대화였다. 딸과 어머니는 가짜 무대에 준비된 각본에서 벗어나지 않도록 조심하면서 말을 이었다.

"하지만 나쓰오. 은제든지 와도 되제만 나도 준비를 혀야 허고, 손님이 있을랑가도 모리고."

"손님이 자주 와요?"

"그게…… 그렇게 자주 오지는 않제만 행여나 마주치기라도 허믄 일이 복잡해지잖냐?"

그건 그렇다. 오랜만에 고향에 왔더니 낯선 형제자매가 있다…… 그건 상당히 껄끄러운 일이 아닐 수 없다. 카드회사의 담당자가 달려와서 중재해 줄 것 같지도 않고, 손님마다 다른 성을 말하고 문패까지 바꾸는 어머니는 혼란의 소용돌이에 빠질 것이다.

"지금까지는 그런 일이 없었어요? 갑자기 보고 싶어서 훌쩍 올 것 같은 생각도 드는데."

"아따, 고건 쪼께 봐주랑께. 다들 여그에 올 때는 미리 연락을 허는구마."

물론 사전에 연락하는 것은 어머니가 아니라 카드회사의 카운터이리라. 갑자기 고향에 오고 싶으면 선약이 없는 한은 받아 준다고 들었다.

어머니는 이 무대의 분위기를 해치는 듯한 말은 결코 하지 않는다. 회사에서는 상당히 신뢰하고 있으리라.

"운전은 괜찮으세요? 제가 해도 되지만 그러면 돌아오실 때가 걱정이 되어서요."

"갠찬혀, 갠찬혀, 걷는 것보담 안전하구마. 그라믄 인자 슬슬 가봐야겠구만."

어머니는 거무칙칙하게 그을린 기둥을 올려다보더니, 시선을 옮겨서 낡은 시계를 바라보았다.

그런 동작 하나하나가 이 집과 잘 어울렸다. 태어나서, 또는 시집을 오고 나서 지금까지 계속 살았던 것이리라. 그렇다면 세계 최대의 회원 수를 자랑하는 유나이티드 카드나 그 회원 중에서 엄선한 프리미엄 클럽과는 어디서 어떤 식으로 연결된 것일까 하는 의문이 솟았다.

여든이 넘었는데도 이토록 정정하고, 이토록 유능한 할머니를 어떻게 찾아내서 홈타운 서비스의 주인공을 맡도록 가르친 걸까? 생각하면 끝이 없다.

얼굴을 보고 정면으로 물어보면 어머니는 뭐라고 대답할까. 아마 그렇게 무례한 손님은 없을 것이다. 프리미엄 클럽의 멤버라는 현대의 귀족들은 모두 기분 좋게 속아줄 테니까.

차의 조수석에 올라타면서 고가 나쓰오는 고향 집을 간절한 마음으로 돌아보았다.

이 집에서 태어나 좋은 의사가 되기 위해 도쿄에 있는 대학으로 진학했다. 사립대학의 학비는 힘들지만 국공립이라면 어떻게 될 것이라고 부모님이 말해주었다…….

머릿속으로 그런 스토리를 그리자 마음이 가벼워졌다.

"고가 선생님, 잠깐만요. 그건 친어머니를 배신하는 것이 아닌가요?"

말하는 도중에 오사나이가 끼어들었다. 이해가 되지 않으면 그냥 넘어가지 않는 점은 대학 시절과 똑같다.

"뭐, 그렇게 생각해도 어쩔 수 없어. 어쨌든 오늘 아침에 있었던 일이라서 나도 아직 정리가 되지 않았지만 일단은 이렇게 생각해."

고가는 와인으로 입술을 적시고 마음을 가라앉혔다. 지금은 제대로 설명해야 한다.

"솔직히 말해 친엄마와 나 사이에는 이런저런 갈등이 있었거든. 엄마와 딸의 관계는 크든 작든 비슷하겠지만. 그런데 내 경우에는 아버지도 형제자매도, 힘이 되어줄 친척도 없었지. 여자 혼자의 손으로 딸을 의사로 키웠습니다, 딸은 아버지의 뜻을 훌륭하게 이어받았습니다, 라는 미담으론 끝나지 않아. 엄마한텐 애인이 몇 명이나 있었어. 유부남 의사와 만난 적도 있었어. 그건 잘못된 일이라고 엄마를 비난하진 않았지만 내 마음속에선 용서할 수 없었지. 물론 그건 피장파장이지만 말이야. 엄마 쪽에서 보면 딸의 행실도 탐탁지 않았을 거야. 그런저런 이유로 엄마는 내게 기대려고 하지 않았고, 나도 또한 치매에 걸린 엄마를 제대로 돌보지 않았지."

"선생님, 그건 지나친 생각이에요. 대학병원에 있든 전문병원에 있든 의사에겐 부모를 제대로 돌볼 시간이 없어요."

"그래도 어떻게든 시간을 낼 순 있었을 거야. 하지만 나는 시간을 내려고 하지 않았어. 뭐, 그건 일단 제쳐두고……."

고가 나쓰오는 가만히 눈을 감고, 오늘 아침에 보았던 조용한 고향 집의 모습을 떠올렸다.

자신이 태어나고 자란 곳. 방 안쪽에 책상을 놓고 공부한 곳. 산골 마을의 띠지붕 집. 고등학교에 가려면 한 시간에 한 대 오는 버스를 기다려야 했던 곳.

"도시 생활은 모든 게 너무 빨리 돌아가고 여기저기 온통 복잡하게 뒤얽혀 있어서, 인간의 본성도 사물의 본질도 파악할 수 없어. 생각할 틈도 없이 모든 게 그냥 지나가 버리지. 그래서 난 엄마의 목숨을 잇고 있는 인공호흡기를 뗐을 때 황급히 생각했어. 이 사람은 누구지, 하고. 그 대답을 찾기 위해 있지도 않은 고향에 간 거야. 거기서 하룻밤을 보내면서 확실히 깨달았어. 내가 어떻게 생각해도, 아무리 반항하고 아무리 무시하고 아무리 경멸해도, 난 엄마의 모든 것이었다고."

오사나이는 음식에 손도 대지 않고 멍한 표정을 지었다. 두 아이의 엄마인 그녀는 고가의 말이 무슨 뜻인지 알았으리라.

"그러니까 오사나이 선생, 난 내 인생을 부정하거나 엄마를 배신한 게 아니야. 엄마는 도대체 누구였을까, 어떤 사람이었을까 하는 내 질문에 그 사람과 그 집이 말없이 대답해 준 것뿐이지."

오사나이는 포크를 손에 든 채 뒷말을 재촉했다.

"계속 말씀해 주세요."

"아이구야, 나 짱. 요로코롬 일찍 가냐?"

언덕길을 천천히 내려오자 자은사의 스님이 청소하던 손길을 멈추고 말했다.

"뭐시라드라, 교토서 학회가 있어서 9시 20분 뱅기에 타야 헌당께요. 무덤엔 다음에 인사허라고 허고 이번엔 기냥 보내야겠어라, 스님."

핸들을 잡은 채, 어머니가 고개를 숙였다.

"그려요? 허긴 의사 선상님은 워낙 바쁘시니께요. 그라믄 다음에 또 오시게라."

혹시 무덤까지 준비해 놓은 걸까?

"엄마, 한 가지 부탁이 있는데요."

"부탁? 뭐신디?"

"어젯밤에 그러셨잖아요. 아이카와 다리 옆에 작은 사당이 있다고. 그거 아직 있어요?"

"슨베 님 말이냐?"

"네, 슨베 님이요. 거기서 기도하고 싶은데요."

"시상에. 아부지 무덤엔 인사도 허들 않으믄서 슨베 님헌티 가겠다니."

설령 무덤까지 준비해 놓았다고 해도, 가짜 아버지를 향해 기도할 생각은 없었다. 하지만 전설의 무사 이야기는 아직도 마음을 쿡쿡 쑤시고 있었다.

　어머니는 약간 당황한 표정을 지었고, 스님은 운전석을 들여다보며 곤혹스러워 했다. 전례가 없을 뿐만 아니라 아마 어머니나 마을 사람들은 생각지도 못한 요청이었으리라.

　"죄송해요. 옛날이야기였죠?"

　"그려, 허지만 지어낸 이야그는 아니구마."

　아침 안개가 잔뜩 끼어 있는 도로를 경트럭이 천천히 달리기 시작했다. 예전에는 역참 마을이었던 곳은 이미 숨이 끊어진 듯 조용했고, 사사키 주류점도 덧문이 닫혀 있었다. 얼지 않도록 지푸라기로 감싸놓은 버스 정류장도 아직 잠들어 있었다. 새하얀 장막 속에서 지금이라도 시대를 잘못 만난 무사와 아내, 딸이 나타날 것만 같았다.

　아이카와 다리 옆에 경트럭을 세우고 두 사람은 차에서 내렸다. 산에서 솟구친 안개가 계곡을 따라 내려오는지, 주변은 얼음처럼 차가웠고 아침 햇살도 아직 닿지 않았다.

　사당은 눈으로 덮인 제방 위에 세워져 있었다. 썩은 지붕을 뒤덮듯 순백의 산벚꽃이 피어 있었다.

　"나쓰오, 워뗘? 지어낸 이야그가 아니제?"

　어머니는 웃지 않고 말했다. 슨베 님 앞에는 소박한 들꽃과 함께 조금 전에 올린 듯한 물과 밥이 놓여 있었다.

슨베 님에게 소원을 빌면 마을을 떠난 자식들이 굶지 않는다. 이것만은 거짓이 아니라고 생각하니 입술이 딱딱하게 얼어붙는 것만 같았다.

"죄송해요."

겨우 그 말만을 하고 고가 나쓰오는 사당 앞에서 두 손을 모았다. 어머니는 대답하지 않았다.

"내가 너무 한심해. 60년이나 살았는데 이해할 수 있는 것은 아무것도 없으니……."

이야기가 일단락되었을 즈음 웨이터가 작은 파스타를 가져왔다.

"너무 건방진 말씀 같지만, 선생님이 너무 완벽주의자인 게 아닐까요?"

알고 있다. 인간의 생명에는 한계가 있는 탓에 의사의 직무에 완벽함은 있을 수 없다는 것 정도는. 그런 사실을 알면서도 계속 '최선'과 '완벽'을 같은 말처럼 생각해 왔던 자신이 어리석다는 것도 알고 있다. 더구나 그 생각을 일뿐만 아니라 자신의 인생에까지 적용해 버렸다.

"하지만 전 그런 선생님을 좋아해요. 그래서 순환기 내과를 선택했어요."

자기주장은 강하지만 표정은 차분하고 말수도 많지 않다. 개업의의 뒤를 잇는 의사의 전형적인 모습이다.

"그랬어? 그거 영광이군. 아버님은 소화기 내과시지?"

"네. 하지만 동네 의사니까 오히려 그게 좋은 것 같아요."

소화기 의사와 순환기 의사가 있으면 대부분의 내장 질환에 대응할 수 있다. 포화 상태인 큰 병원을 대신할 '동네의 단골 의사'가 중요해지고 있는 오늘날의 의료 행정에서는 이상적인 상황이라고 할 수 있다. 수많은 환자를 진찰하고, 중대한 질환이라고 판단한 경우에만 큰 병원에 소개한다.

"완벽주의자……. 하지만 이제 와서 바꿀 수는 없겠지. 월급쟁이 의사의 숙명일까?"

말을 끝맺은 순간, 그녀는 오사나이의 말뜻을 이해했다.

거짓 세계에 발을 들이밀면서 거짓에 몸을 맡기지 못하는 것은 이상하다고 말한 것이다.

전설에 나오는 부성父性을 동경한 것은 분명하다. 하지만 그때의 자신에게는 거짓을 폭로해 버리겠다는 은밀한 계획이 있었다. 슨베 님의 신앙이 지금도 살아 있다면 보여달라고 하면서.

그런데 가짜 어머니가 데려가 준 다리 옆에는 지금도 사람들이 진실을 섬기고 있었다. 돌아오지 않는 자식들이 무사하도록 마을 사람들이 아침저녁으로 기도를 드리는 슨베 님이.

"난 눈앞의 일에 쫓겨서 꿈을 꿀 수 없었지. 그것뿐이야."

대답에 궁한 제자의 옆얼굴이 유리창에 비쳤다. 그녀의 가
슴속에서 흘러넘친 것처럼 아름다운 벚꽃이 밤의 강물 위를
흐르고 있었다.

논 한복판에 있는 작은 공항 안에서 어머니와 헤어지기로
했다.

"마중하거나 배웅하는 일이 있어요?"

탑승장의 의자에 나란히 앉아 고가가 어머니에게 물었다.
나이에 걸맞게 운전은 살짝 위험했지만, 공항까지 오는 한 시
간짜리 드라이브에는 익숙한 것처럼 보였다.

"간사이 지역서 오는 손님은 거진 뱅기를 타고 오그든. 버
스는 갈아타야 허고, 택시는 겁나게 돈이 많이 등께."

문득 질투심이 솟구쳤다. 이미 죽었다고 생각한 감정이 느
닷없이 되살아난 것이다.

그때 어머니는 도착 게이트에서 손을 흔들며 손님을 맞이
할까. 얼굴 사진은 없을 테니까 손님의 이름이 쓰인 패널을 들
고 있다가, 상대임을 확인하면 "왔구마! 드디어 왔구마!"라고
말하며 천사처럼 해맑은 웃음을 지을까?

"너무 무리하지 마세요."

그녀는 어머니의 손을 잡았다. 흙과 햇볕이 만들어준, 더러움이 없는 손이었다.

"니도 무리허들 말래이. 인자 그라고 열심히 살들 안혀도 됭께."

꾸밈없는 말이었다. 돌아가신 어머니의 영혼이 이 어머니의 입을 빌려서 그렇게 말하는 것이라고 여길 수밖에 없었다.

탑승 안내 방송이 들렸다. 아침 시간에는 출발 편이 집중되어 있었다. 나고야. 삿포로. 오사카. 신칸센과 경쟁하는 도쿄행 비행기는 없었다.

"학회는 교토라고 혔제?"

"네. 이타미 공항에서 버스를 타면 돼요. 의외로 가까워요."

어머니는 표지판을 올려다보며 한숨처럼 깊은숨을 내쉬었다. 아마 도쿄도 교토도 오사카도, 어머니의 지도에는 없는 곳이리라.

"나도 뱅기를 한번 타보고 잪었제만, 너머 무서워서 못 타겄등마."

어머니는 부끄러워하면서 가볍게 웃었다. 속세의 풍경으로 들어온 순간, 꼭 다른 별에서 온 외계인처럼 몸집이 더 작아졌다. 하지만 머리에 쓴 수건도 농부의 작업복도 초등학생 사이즈의 운동화도 결코 초라해 보이지는 않았다.

"그라믄 난 인자 슬슬 가봐야겠구만."

고가는 작별의 말을 찾지 못했다. 안녕히 계세요. 신세 졌습니다. 고마웠습니다. 어떤 말도 적절하지 않았다.

"그럼 또 올게요."

어머니는 그녀의 손을 잡더니 얼굴에서 웃음을 지웠다.

"허지만 나쓰오. 돈은 중허게 생각혀야 혀. 혼차 사는 여자헌티 믿을 건 돈백에 없응께."

돈을 이런 곳에 쓰지 말라고 어머니는 말하고 있는 것이다.

1박 2일에 50만 엔이라는 것은 물론 알고 있으리라. 산골마을에서 검소하게 살아가는 어머니에게, 그것은 입을 다물 수 없을 만큼 엄청난 금액이다. 그래서 자기도 모르게 본심이 목소리가 되어 밖으로 나온 것이다.

"엄마, 그런 말씀은 하지 마세요."

껴안으려고 하는 그녀의 손을 피하듯 어머니는 일어섰다. 실언했다는 걸 알아차린 걸까? 아니면 기분이 상한 걸까? 얼굴에는 미소가 돌아오지 않았다.

도시 사람처럼 표정을 꾸밀 수 없는 것이다. 자신이 거짓 없는 사람에게 거짓말을 하게 했음을 그녀는 깨달았다.

"엄마."

다시 한번 부르면서 그녀는 두 손을 내밀었다. 하지만 어머니는 고개를 저으며 거부했다.

"그만두그라."

"엄마, 안아줘요."

"그만두랑께!"

어머니가 날카로운 목소리로 야단쳤다.

보안 검색을 마치고 유리창 너머로 돌아보니, 어머니는 배웅하는 사람들에게 파묻혀 우두커니 서 있었다. 눈이 마주치자 희미하게 미소를 지었지만 정직한 눈길은 조금 전의 거짓을 사과하고 있었다.

"믿을 수 없는 얘기지? 여기저기 떠들 생각도 없고, 그렇다고 가슴에만 담아둘 수도 없어서 오사나이 선생에게만 말했어. 이런 게 임금님 귀는 당나귀 귀란 거겠지."

그녀는 식어버린 메인 요리를 입으로 겨우 가져갔다.

"하지만 선생님. 믿을 수 없는 얘기는 아니에요. 카드회사와 인구가 줄어든 마을이 제휴한 이벤트잖아요? 1박에 50만 엔이라는 가격만 해도, 고급 리조트의 별장이나 호텔의 스위트룸을 생각하면 터무니없다곤 할 수 없어요. 멋진 아이디어가 아닐까요?"

깊이 생각하지 않는 게 의사의 습성이다. 판단을 망설이면 환자가 불안해하기 때문이다.

오사나이의 분석은 깔끔하다. 며칠 지나서 흥분이 가라앉으면 자신도 그렇게 생각할 수 있을지 모른다. 잘 만들어진 이벤트였다고 말이다.

"한 가지 문제가 있다면……."

오사나이가 집게손가락을 세우며 말을 이었다.

"선생님의 개인 정보를 너무 많이 알고 있는 게 아닐까요? 세계적인 카드회사라면 정보를 수집하는 건 땅 짚고 헤엄치기겠지만, 그걸 이벤트에 반영하는 건 좀 불편하지 않나요?"

그렇다, 정확한 지적이다. 하지만 고가 나쓰오는 개인 정보를 보호해야 한다는 마음가짐이 부족하다. 태평하고 순진하게 아날로그 시대를 살아온 사람이라서 어쩔 수 없다.

프리미엄 클럽의 멤버는 거의 같은 세대나 그 이상이고, 더구나 홈타운 서비스를 이용할 만한 사람은 더욱 고령이니 그런 부분에 있어서는 관대할 것이다. 카드회사가 소송의 위험성보다 환대의 정밀도를 선택했다고 하면 설명은 된다.

"그럴까요? 그렇다면 정말 굉장하네요! 하지만 미국은 소송 천국이잖아요?"

"난 오히려 이게 미국적이라고 생각해. 일본의 기존 유원지와 디즈니랜드의 차이라고나 할까?"

오사나이는 도쿄 디즈니랜드가 문을 열었을 때 얼마나 많은 사람이 충격을 받았는지 모를 것이다. 그것은 강대국이라는 의식에 젖어 우쭐해진 일본인이 자기 눈으로 직접 미국의 실력을 확인하게 된 일대 사건이었다. 아이들만이 아니라 어른이 즐기는 곳이었으니.

"환대의 정밀도라······. 다른 말로 하면 오락성을 한 단계 업그레이드하는 것이 소송의 위험성보다 중요하단 거군요."

"그래. 하지만 이건 오락 수준이 아니야. 그 정도로 멋지게 속으면 아무도 불평하지 않을걸."

웨이터가 왜건에 디저트를 싣고 다가왔다. 수면제를 먹게 된 이후 밤에 카페인을 마시는 것도 꺼리지 않게 되었다.

"아무에게도 말하지 말아줘."

"네? 왜요?"

"고향을 찾는 건 쓸쓸한 사람이니까."

제자는 시선을 돌리고 조용히 흐르는 시라카와강을 바라보았다. 그런 말을 들으면 대답할 말이 없을 것이다.

전등 갓에 비치는 옆얼굴을 보며 고가는 지금이 오사나이의 인생에서 가장 아름다운 계절이 아닐까 생각했다.

우울한 월요일

젊은 시절부터 월요일에 출근하는 걸 힘들게 여긴 적은 한 번도 없었다.

가족이 없는 사람은 주말에 느긋하게 쉴 수 있다. 가끔은 취미로 골프를 치고, 그 일정이 없으면 스포츠클럽에 가서 사우나를 즐긴다. 어쨌든 하루는 통째로 비기 때문에 책을 읽거나 티브이를 보는 것 말고는 할 일이 없다. 그래서 마쓰나가 도오루의 월요일은 항상 여유로웠다.

일찍 자고 일찍 일어나는 습관은 나이가 들면서 더욱 굳어졌다. 그러자 휴일에는 남아도는 시간을 주체하지 못하게 되어 월요일 출근이 더욱 여유로워졌다.

더구나 회사까지 15분밖에 걸리지 않는 아파트에 살고 있으며 매일 아침 회사 차가 데리러 온다. 시간을 들여 아침 식사를 만들고 설거지도 완벽하게 마친 뒤, 혼자 산다고 무시당하지 않도록 단정하게 몸치장을 끝내고 15분 후에는 본사 현관에서 비서의 마중을 받는다. 매일 그렇게 살면 피곤할 리가 없다.

아무래도 윗사람들은 자신을 성실하고 청렴결백한 사람이라고 오해했던 모양이다. 유일한 친구인 아키야마 미쓰오 말에 따르면 "미국에서는 출세하기는커녕 제대로 살아갈 수도 없는 타입"이라고 한다. 마쓰나가 도오루도 그 말이 정답이라고 생각한다.

친구와의 만남도, 여성과의 교제도 모든 인간관계는 귀찮다는 생각이 앞을 가로막는다. 그래서 그 누구든 오래 만나는 일이 없다.

그런 비뚤어진 인생이 윗사람들 눈에는 다르게 비친 모양이다. 오해이긴 하지만 일에 관해서는 귀찮아하기는커녕 재빨리 처리하니까 '성실'하게, 사람을 싫어하는 만큼 어디에도 치우치지 않고 공정하니까 '청렴결백'하게 보였으리라.

사내의 여기저기에서 불상사가 드러나면서 경영 조직의 쇄신이 필요했을 때, '성실하고 청렴결백'한 그는 그야말로 안성맞춤인 인재였다.

창업한 지 120년이 지난 대형 식품가공회사. 본사 직원은 2000명에 불과하지만 연결된 70여 개 자회사의 직원은 모두 1만 명이 넘고 매출은 1조 엔에 육박한다.

"사장님, 다음엔 사장님께서 의견을 말씀하실 차례입니다."

귓가에서 속삭이는 비서의 말을 듣고 마쓰나가 도오루는 정신을 차렸다. 하필이면 월요일 아침의 정례임원회에서 깜빡 존 것이다.

단풍이 아름답게 물든 고향 꿈을 꾸었다. 하지만 시곗바늘은 조금밖에 나아가지 않았다. 극히 짧은 순간, 영업본부장이 패널에 있는 자료를 설명하기 위해 회의실의 조도를 낮추었을 때 깜빡 졸았을 뿐이다. 아마 아무도 눈치채지 못했으리라.

오늘 안건의 자료는 이미 지난 주말에 받았기에 자신의 의견은 미리 정리해 두었다. 문제는 아무것도 없었다.

낯선 고향을 방문하고 6개월이나 지났지만 그에 대해 생각하지 않는 날은 거의 없었다. 그래도 재방문을 하지 않는 것은 이틀간 휴가를 낼 수 없어서가 아니라, 날이 갈수록 어머니와 고향을 그리워하는 자신이 비참하게 여겨져서였다.

"그러면 사장님 의견을 여쭤보겠습니다. 어떻게 생각하십니까?"

전무가 그의 의견을 구했다. 회의실이 긴장으로 가득 찼다.

이번 안건은 주력상품의 가격 인상이다. 폭등하는 원자재비와 생산비는 건강 증진 효과를 강조하는 고단가 상품으로 메워왔는데, 드디어 한계에 이른 모양이다.

근본적인 원인은 인구 감소와 저출생 고령화다. 위장의 크기도 입의 숫자도 줄어들고 있어서 높은 비용을 보충할 만한 시장 규모를 확보할 수 없는 것이다.

"그러면 제 의견을 말씀드리겠습니다."

왜 이렇게 조용한 걸까? 이것만은 원하지 않았던 고독이라고 마쓰나가 도오루는 생각했다. 인생관이나 성격은 제쳐두고라도, 권위에 고독이 따르리라곤 상상도 못 했다.

"순서가 다르지 않습니까?"

다짜고짜 그렇게 말해도 아무 반응이 없었다. 잠시 시간을 두었다. 그래도 입을 여는 사람은 없었다.

아마 임원 대부분이 사장이 비용을 재검토하라며 압박하고 있다고 여길 것이다. 주력상품의 가격 인상을 단행하기 전에 어떻게든 비용을 삭감하라는 식으로.

하지만 그런 노력은 이미 한계에 이르렀으니까 가격 인상을 제안한 게 아닌가? 그렇다면 왜 아무도 반론하지 않는 것인가.

주력상품은 모두 장기간 널리 판매된 인기 상품이다. 따라서 고작 10엔을 인상해도 반드시 신문의 1면을 장식하게 된다. 막대한 수익으로 이어지는 데다 경쟁사 상품도 따라서 가격을 올릴 것이기 때문이다.

"영업본부장의 설명은 충분히 알았습니다. 제가 말한 순서란 비용의 재검토가 아닙니다. 애초에 상품 가격을 정해야 할 사람은 우리가 아니잖습니까?"

수수께끼 같은 말인데도 아무런 술렁거림이 없었다. 스무 명의 임원은 모두 그의 다음 말을 기다리고 있었다. 마치 공의 행방을 좇는 소년처럼. 또는 불에 그슬리는 정어리처럼.

이런 고독은 이제 지긋지긋하다.

"상품 가격을 정하는 건 우리 생산자가 아니라 소비자여야 한다고 생각합니다. 이건 자본주의 경제의 대원칙입니다. 하지만 가격이 싸면 쌀수록 소비자에게는 이익이니까 반드시 공정한 의견을 제시한다고 할 수 없습니다. 또한 그런 의견을 적절하게 반영하는 것 역시 불가능합니다. 그럼 어떻게 하면 소비자의 요구를 공정하고 적절하게 반영할 수 있을까요? 저는 그 역할을 소매업자가 담당해야 한다고 생각합니다. 생산자로부터 상품을 사서 소비자에게 공급하는 소매업자라면 대

립하는 양쪽의 이익을 감안해 공정하고 적절한 상품 가격을 정할 수 있을 겁니다. 구체적으로 말씀드리면······."

임원들은 모두 사장의 말 한마디도 놓치지 않으려고 메모하고 있다. 자본주의 좋아하시네. 이래선 마치 논의의 '논' 자도 하지 않는, 상의하달식 공산주의가 아닌가.

"각 구역의 영업담당자는 그 구역에 있는 슈퍼마켓의 바이어에게 가격을 제시해 달라고 요구해 주십시오. 각 주력상품의 가격을 그대로 둘 것인가, 인상할 것인가. 가격을 다시 정한다면 얼마가 적정한가. 그 데이터를 집계해 슈퍼마켓의 본부와 교섭하는 겁니다. 제 방침의 큰 틀은 이상입니다. 질문이 있으면 하십시오."

그래도 목소리는 나오지 않았다. 임원들은 그의 말을 어디까지 이해하고 있는 걸까?

의사록에 적을 수 있는 내용은 여기까지다. 허울 좋은 말이란 뜻이다. 대형 슈퍼마켓이 가격 인상에 동의하면 그 대가로 도매가격을 조정한다. 소비자 가격을 정하는 건 소매업자의 자유이지만, 도매가격이 쌀수록 대형 슈퍼마켓은 유리해진다. 그리고 "이번 가격 인상은 생산비의 폭등 및 소매업자의 요청을 반영했다"라는 대의명분도 얻을 수 있다.

이봐, 자네들, 내 말이 무슨 뜻인지 알고 있나?

"한 가지 유념할 점이 있습니다. 경쟁사와 유사상품의 가격을 동시에 인상하면 담합했다고 의심받을 우려가 있으므로, 내밀하고 신속히 진행했으면 합니다. 아시겠습니까?"

그제야 약속이라도 한 것처럼 "네"라는 대답이 흘러나왔다.

이봐, 정말로 알고들 있는 거야?

사장실로 돌아와 고쿄*의 숲을 멍하니 바라보고 있자 비서가 커피를 가져왔다.

"훌륭한 의견, 잘 들었습니다."

시나가와 미사오. 그녀는 전임 사장이 보증한다면서 보내준 굉장히 유능한 비서다. 어떤 일에도 실수가 없고 흠잡을 데가 없다. 나이는 마흔 전후일까? 아직 한창 일할 때라 비서실에 두기에는 아까운 인재지만 그렇다고 다른 곳으로 보낼 마음은 들지 않는다.

비서 직무의 영역을 잘 알고 있는 그녀가 필요 없는 말을 하는 것은 매우 드문 일이다.

"내 뜻이 전해진 것 같나?"

"네. 다들 이해했습니다."

---

* 皇居. 일왕이 사는 곳.

"말이 부족했던 게 아닌가?"

"아뇨, 과부족이 아닙니다."

미국 현지법인에 오래 있었다고 들었다. 대부분의 직원을 현지에서 고용했던 탓인지, 지금도 일본어가 약간 어색하다. 그 대신 영어는 완벽하다.

"사장님, 요즘 피곤하지 않으십니까?"

마쓰나가 도오루는 비서의 시선을 피하며 책상 앞에 앉았다. 회의하는 동안 비서는 사장의 등 뒤에 자리한다. 아마 깜빡 졸았던 것도 알아차렸으리라. 그녀는 보스의 건강이나 정신 상태를 항상 관찰하고 있다. 더구나 그녀의 보스는 신경을 써줄 가족이 없다.

"가끔 갑자기 졸음이 쏟아지는군. 피곤한 건 아니야. 왜, 늙으면 다들 깜빡 졸잖나?"

"실례했습니다."

보스의 표정을 다시 한번 살피고 나서 시나가와는 사장실을 나갔다. 비서실은 사장실 밖에 있고 그녀의 책상은 문 옆에 있어서 부르면 즉시 나타난다.

회의에는 반드시 배석하고 출장에도 동행한다. 연회석에서도 부르면 대답하는 곳에서 대기한다. 사장의 업무에 관해 물어보면 대답하지 못하는 게 없다. 더구나 대부분 메모도 보지 않고 곧바로 대답한다.

그런 그녀가 보스의 건강을 걱정하는 건 당연한 일이지만, 그 밖의 정보도 되도록 많이 알아 두기 위해 안테나를 높이 세우고 있음이 틀림없다.

어쩌면 고향에 다녀온 것도 알고 있는 게 아닐까.

메일은 그녀의 계정을 경유한다. 프리미엄 클럽의 담당자에게는 전화로 연락해 달라고 말해두었지만, 그가 휴대전화를 받지 않으면 회사로 전화할지도 모른다. 이런저런 생각을 하는 사이에 그는 결론을 내렸다. 그녀는 이미 알고 있다. 자신이 홈타운 서비스를 이용했다는 사실을.

그것은 경영자의 행동이 아니다. 의지할 곳이 없는 노인네가 있지도 않은 고향을 방문하고, 있지도 않은 어머니에게 어리광을 부리는 이야기다.

마쓰나가 도오루는 의자를 돌려서 새싹이 움트는 풍경을 바라보았다. 그날 이후, 도시의 자연이 진정한 자연으로 보이지 않게 되었다. 플라스틱 같은 걸로 만든 모조품으로 보이는 것이다. 그리고 도시에 갇혀 사는 사람들은 이놈이고 저놈이고 모두 화가 날 만큼 무능하고 생각 없이 보여서 견딜 수 없었다.

그는 불쑥 생각이 나서 휴대전화를 꺼냈다.

"유나이티드 카드 프리미엄 클럽의 요시노입니다. 번거롭게 해드려 죄송하지만 가지고 계신 신용카드에 기재되어 있는 번호를 모두 입력해 주시기 바랍니다."

여기부터가 귀찮다. 노안경을 밑으로 기울이고 열다섯 자리나 되는 카드번호를 전부 눌렀다. 노트북 컴퓨터라면 그렇게 힘들지 않겠지만.

"아아, 요시노 씨. 오랜만입니다."

"마쓰나가 도오루 님, 죄송합니다만 본인 확인을 위해 생년월일을 말씀해 주십시오."

담당자는 결코 이 절차를 소홀히 하지 않는다.

"감사합니다. 그러면 용건을 말씀해 주십시오."

"예약을 하고 싶은데요."

"어떤 예약 말씀이십니까?"

마쓰나가는 어깨너머로 듣는 사람이 없음을 확인한 뒤, 목소리를 낮추면서 "홈타운 서비스요"라고 말했다.

프리미엄 클럽은 멤버의 요청을 다른 창구로 넘기지 않는다. 마쓰나가의 경우에는 반드시 요시노라는 담당자가 처음부터 끝까지 혼자 대응하는 것이다.

"알겠습니다. 원칙적으로 빌리지나 페어런츠는 교체할 수 없습니다. 작년 11월 7일, 8일에 이용하신 스테이지로 괜찮으십니까?"

"물론입니다. 아니, 다른 스테이지에도 관심은 있지만 지난 번 이상의 서비스는 기대할 수 없겠죠."

바로 영업용 화술이 나와버렸다. 정확하게 말하면 사람에게는 고향이 두 개 있어서는 안 되고, 어머니가 두 사람 있어서는 안 된다는 윤리상의 원칙이다. 하지만 그런 정서에 얽매이면 자신이 너무 비참해지기 때문에 태연하게 대응하는 수밖에 없었다.

"마쓰나가 도오루 님, 죄송하지만 빌리지의 상황을 확인해볼 테니 원하는 일정을 말씀해 주시겠습니까?"

하긴 그렇겠지. 어쨌든 어머니는 86세의 고령이고, 아니, 어쩌면 6개월 사이에 87세가 되었을지도 모르고, 엑스트라 같은 사람들에게도 각자 생활이 있을 것이다.

그는 책상 위의 일정표를 확인해서 6월의 주말 가운데 골프 일정이 없는 세 번째와 네 번째 주말을 말했다.

"알겠습니다. 마쓰나가 도오루 님, 그러면 30분 후에 연락드리겠습니다."

"아! 이 휴대전화로 부탁해요. 만약에 전화를 받지 않으면 메시지를 남겨주세요. 나중에 이쪽에서 연락할게요."

"알겠습니다. 기다리게 해드려 죄송합니다. 프리미엄 클럽의 요시노였습니다."

전화를 끊고 나서 그는 생각했다. 확인해야 할 건 어머니나 마을 사람들의 사정만이 아니다. 주말에는 다른 예약이 잡혀 있을지도 모른다.

삶에 지치고 의지할 곳 없는 사람들이 있지도 않은 고향과 있지도 않은 어머니를 찾아서 그 집을 찾아간다. 마쓰나가 도오루는 그런 당연한 사실에 생각이 미치지 못한 채, 자기 혼자만 고객이라고 여긴 자신이 어이없었다.

어느새 하얀 구름이 고층 빌딩의 창문을 집어삼켰다. 고향도 지금 비 오는 계절일까?

푸르른 장마

고마카노역 앞 로터리에서 버스를 기다리는 동안 문득 '푸르른 장마'라는 시구詩句가 머릿속으로 내려왔다.

내용은 기억나지 않는다. 교과서에 실렸던 기억도 없다. 그런 제목의 단편소설을 읽은 것 같기도 하지만, 작가도 내용도 기억나지 않는다.

도로 옆의 수국은 꽃을 떨군 채 빗방울을 머금고 있었다. 물웅덩이에는 잔물결이 일고 주변 경치에서는 새하얀 안개가 피어올랐다.

도시의 비는 우울함을 증폭시키지만 이곳의 비는 오히려 상큼하게 느껴졌다. 구태여 이유를 찾아보자면 인간보다 훨씬 많은 초록빛 풀과 나무가 한꺼번에 비를 맞고 환호성을 지르고 있기 때문일까?

다음 주에는 '푸르른 장마'라는 단어를 사용한 시를 조사해 수업에서 사용하자고 고바야시 마사미는 마음먹었다.

비가 오면 사람은 왠지 우울해지지만, 풀과 나무는 물을 얻어서 파릇파릇 생기가 돌죠. 그런 모습을 보고 '푸르른 장마'라고 표현한 시인이 있어요…….

수업에서 할 말을 생각하는 것은 오랜 습관이다. 멍하니 있는 것처럼 보일 때는 대부분 머릿속에서 말을 곱씹고 있다.

역시 그만둘까, 라고 마사미는 생각을 고쳐먹었다. 자식보다 손자에 가까운 고등학생 쪽에서 보면 너무나 할머니 같은 수업일 테니까.

버스 정류장은 플라스틱 지붕으로 덮여 있다. 정류장 벤치에 앉아서 비 오는 역 앞을 바라보고 있노라니 책을 읽을 마음도, 스마트폰을 들여다볼 마음도 들지 않았다.

비가 계속 촉촉이 내리는 것은 아니었다. 산에서 바람이 불어올 때마다 주변의 풍경은 표정을 바꾸었다.

오빠도 버스를 기다리는 동안 이렇게 조용한 역을 바라보고 있었을까? 오빠가 여기에 온 것은 12월이라고 하니까 그때는 비가 아니라 눈이 내렸을지도 모른다. 그리고 아마 자신처럼 이곳의 풍경에 매료되었으리라. 이 하찮고 평범한, 아무것도 아닌 풍경에.

정각보다 조금 늦게 버스가 다가왔다.

"아이카와 다리에 가나요?"

네, 라고 대답하기 전에 운전기사가 뚫어지게 쳐다본 듯한 느낌이 들었다. 버스를 타는 승객들의 얼굴은 대부분 알 테니까, 낯선 사람을 보고 한순간 홈타운 서비스의 손님이 아닐까 여겼을지도 모른다. 지나친 생각일까.

버스는 마사미 한 사람만을 태우고 출발했다. 주말임에도 관광객의 모습은 보이지 않았다. 한산한 시가지는 곧 끊어지고, 이내 '푸르른 장마'란 말에 어울리는 전원 풍경이 펼쳐졌다. 벼도, 풀도, 산도, 숲도 기쁨으로 가득 차 있었다.

창가에 기대 낯선 고향의 풍경을 바라보는 오빠의 모습이 떠올랐다. 밝고 붙임성이 좋으며 친구도 많은 오빠에게 그런 모습은 어울리지 않는다. 하지만 오빠는 분명히 6개월 전 겨울에 이 버스를 타고 '고향'에 도착했다.

상상하는 것조차 슬퍼져서 그녀는 버스 창문에 이마를 맡겼다.

작년 연말에 묘지를 청소하러 보리사에 갔다가 스님에게 뜻밖의 이야기를 들었다. 오빠가 무로타 집안의 무덤을 이와테현으로 옮기고 싶다고 말했다는 것이다.

아닌 밤중에 홍두깨도 이만저만이 아니다. 아무리 생각해도 그곳에는 친척도 지인도 없다. 그렇다면 출장지에서 애인이라도 생겨서 무덤과 함께 이사하려는 건가.

그것도 화가 나는 이야기지만, 정체를 알 수 없는 홈타운 서비스 같은 것보다는 낫다는 생각이 들었다.

남편은 관심을 보이지 않았다.

"여보, 그건 우리가 이러쿵저러쿵 참견할 게 아니잖아? 형님이 하고 싶다면 그렇게 하면 돼. 물론 당신도 처남댁처럼 남편을 버릴 계획이 있다면 얘기는 다르지만."

수학 교사다운 대답이었다. 남편은 지독할 만큼 성실하고 금욕적인 사람이나 사고방식은 정이 떨어질 만큼 합리적이고 인정머리가 없다.

남편은 이번 학기를 끝으로 정년을 맞이한다. 사립고등학교나 대학 입시학원에서 오라고 했지만 지금으로선 재취직할 마음은 없는 모양이다.

퇴직금은 2400만 엔 전후. 수입은 각자 관리했기 때문에 저축 금액이 얼마나 되는지는 모르겠지만, 술도 마시지 않고 담배도 피우지 않으며 책은 도서관에서 보는 검소한 사람인 만큼 상당한 금액에 이를 것이다. 무엇보다 38년을 근무한 공무원에게는 혼자 쓰고도 남을 만큼 연금이 나온다.

그러고 보니 안심이 될 만큼 재미없는 남편은 최근 몇 년 사이에 한층 더 재미없는 사람이 되었다. 남은 인생의 행복을 수치화해서 수비로 들어간 것이다.

마사미는 그런 사실을 알고 있기에 남편에게 냉담하고도 인정머리 없는 대답을 들었을 때 2년 후에는 버릴까, 하고 진심으로 생각했다. 어쨌든 퇴직금과 연금, 예금도 비슷한 금액이고 아파트도 공동 소유이니까, 무로타 집안에서 벌어진 사건에 비하면 훨씬 복잡하지 않다.

"이상한 종교는 아닐 테니까 그렇게 고민하지 말고 직접 가서 확인해 봐. 그래야 마음이 풀린다면 말이야. 하지만 1박에 50만 엔은 아무리 생각해도 낭비야."

"미안하지만 교사는 블랙카드 같은 건 가질 수 없으니까 낭비하고 싶어도 할 수 없어."

남편의 콧대를 꺾어줄 작정으로 말했다.

"정년퇴직했으면서 왜 신용카드 등급을 바꾸지 않았을까? 뭐, 형님답긴 하지만."

남편이 오빠를 무시한다는 건 알고 있다. 얼굴을 마주치는 건 고작해야 설날과 경조사 때 정도인데, 그럴 때에도 항상 데면데면하게 행동한다.

오빠는 결코 미움받을 만한 사람이 아니다. 그렇다면 엘리트 직장인에 대한 콤플렉스인가? 아니면 남편이 교사라는 직업에 각별한 자부심을 가진 탓일까?

아무튼 지금은 아내의 친정이 사라질지도 모르는 긴급사태가 아닌가. 적어도 스트레칭용 폼롤러를 등 뒤에서 굴리면서 할 만한 이야기는 아니다.

2년 후에는 남편을 버리자. 그리고 무로타 집안으로 돌아가 처치 곤란한 오빠를 돌보면서 무덤도 지키자. 한심한 남자에게 여생을 바칠 바에야 그 편이 훨씬 낫지 않은가.

그런 생각을 하는 사이에 졸음이 온몸으로 스며들었다.

멀찌감치 떨어져 있는 노선도를 눈으로 더듬었다. 아이카와 다리까지는 아직 한참 남았다. 기분 좋은 습기에 감싸여 깜빡 조는 것도 나쁘지 않다.

승객이 없는 정류장에도 버스는 꼬박꼬박 멈추었다.

그녀가 마음을 먹고 여기에 온 것은 1박에 50만 엔짜리 귀향을 체험하기 위해서가 아니다. 대형 카드회사가 제공하는 홈타운 서비스를 사용해 볼 수도 있다 치자. 그런데 오빠는 거기서 그치지 않았다. 카드회사에서 제공한 '고향'에 푹 빠진 나머지 이사하지는 않더라도 무덤을 이장하고 이곳을 영면의 땅으로 삼기로 결심한 것이다.

남편 말대로 출가한 여동생이 이러쿵저러쿵 잔소리할 이야
기는 아닐지도 모른다. 딸들이 시집가고 아내도 집을 나간 지
금, 무로타 집안 사람은 오빠 혼자뿐이니까 결정권이 있는 사
람도 역시 오빠 혼자다.

그래도 멋대로 하게 내버려 둘 수는 없었다. 일 년에 몇 번
씩 다닌 묘지가 없어지는 것도 쓸쓸한 일이지만 그렇게 해서
까지 무로타 집안을 끝내려고 하는 오빠의 마음이 너무나 서
글펐다.

시간이 가도 비는 그치지 않았다. 넓은 하늘은 점점 더 잿
빛으로 변했고, 푸르른 초목의 빛은 한층 더 맑아졌다. 몇몇
마을을 지났지만 사람의 그림자는 보이지 않았다.

휴경지인지 아니면 농가의 일손이 부족한 탓인지 황폐해진
밭이 눈에 들어왔다. 그곳 역시 해오라기 떼들이 비를 반기는
것처럼 모여서 즐거워하고 있었다.

깊은 숲을 통과하고 호숫가를 지나 언덕을 넘어 버스는 달
리고 또 달렸다. 그녀는 깜빡깜빡 졸다가 부모님의 환영을 보
았다.

그녀의 앞자리에서 아버지와 어머니가 어깨를 나란히 하고
앉아 있었다. 그다지 늙지 않은, 정년퇴직하고 둘이서 종종 여
행을 다니던 시절의 부모님 같았다. 아들이 며느리를 맞이하

고 교대하듯이 딸을 시집보냈다. 손자들이 태어나고 아직 몸
도 건강한, 인생에서 가장 행복했던 시절의 부모님이다.

회사를 그만둔 순간 아버지는 믿을 수 없을 만큼 부드러워
졌다. 아버지에게 잔소리만 하던 어머니도 마음이 넓어졌다.

예스럽고 고지식한 부부라고 할 수도 있지만 오빠도, 자신
도 부모님의 발끝에 전혀 미치지 못했다는 사실을 새삼 깨달
았다.

쉬지 않고 일하고 또 일하고, 견딜 수 있을 만큼 견디고 또
견뎌도 마지막 15년이 행복하면 수지타산이 맞는 인생이다.
부모님은 현명했다.

이윽고 부모님의 환영이 사라졌다. 창문을 닦고 내다보니,
새하얀 안개가 피어오르는 길 위에서 나란히 걸어가는 비닐
우산 두 개가 보였다.

"손님, 아이카와 다리여라."

운전기사의 목소리를 듣고 마사미는 눈을 떴다.

"네, 내릴게요."

황급히 일어서서 버스비를 냈다.

"죄송해요, 깜빡 잠들었네요."

"갠찬혀요, 갠찬혀."

운전기사는 느긋한 사투리로 대꾸했다.

"축복의 비가 오는구만요. 발밑을 잘 확인허믄서 내리씨요."

아름다운 말이다. 이 사람은 자신을 홈타운 서비스의 손님이라고 생각하는 게 아닐까?

"어럽쇼? 일행이시당가요?"

"네?" 하고 깜짝 놀라면서 마사미는 차 안을 둘러보았다.

"그기 아니라 저짝이요, 저짝."

부모님의 환영을 말하는 게 아니었다. 와이퍼가 앞 유리창의 물기를 닦아내자 조금 앞쪽에 있는 다리 옆에 택시가 서 있었다. 양복 차림의 남자가 요금을 내고 우산을 펼치더니 택시에서 내렸다.

"아뇨, 제 일행이 아니에요."

"그려요? 그라믄 이그 느긋헐 때가 아니구만."

무슨 뜻으로 말했는지는 모르겠지만, 운전기사의 표정에서는 '이거 참 난감하군'하는 뉘앙스가 전해졌다.

기차를 놓쳤거나 어떤 사정으로 현지에서 만난 부부라면 문제가 없지만, 게스트의 이중 예약이라면 큰 문제라고 생각한 모양이다. "느긋헐 때가 아니구먼"이라는 말에는 심상치 않은 긴박감이 배어 있었다.

"전 성묘하러 왔어요. 자은사는 어느 쪽이죠?"

운전기사가 가슴을 쓸어내린 것처럼 보였다. 정확하게 말하면 '성묘'가 아니다. 자은사라는 절을 찾아온 건 맞지만.

"그거 수고가 많고만요. 자은사라믄 쪼께 돌아가서 왼쪽에 있어라. 미리 말씸허셨으믄 문 앞에서 세워드렸을 텐디요."

버스에서 내린 순간 산 냄새가 짙어졌다. 정류장은 하얀 페인트를 몇 번이나 덧칠한 오두막이었다. 아마 겨울에는 마을 전체가 눈에 파묻히리라. 마사미는 다시 오빠의 모습에 자신을 겹쳐서 생각했다.

술주정은 아니었다고 생각한다. 오빠는 일과 가정을 동시에 잃어버린 뒤 공허함에 시달렸던 게 아닐까? 술독에 빠지거나 정처 없이 떠돌아다니거나, 심지어는 좌절감에 빠져 자살을 시도했다고 해도 이상하지 않다. 그렇게 생각하면 50만 엔이라는 거금으로 하룻밤의 꿈을 사는 것도 엘리트 직장인이었던 오빠다운 판단이라고 할 수 있으리라.

부슬부슬 내리는 빗줄기 너머로 절의 커다란 지붕이 보였다. 도로 옆에는 낡은 2층집이 있지만 사람이 사는 듯한 기척은 없었다.

"시상에, 이걸 워쩔꼬."

기괴한 중얼거림이 귀에 닿았다. 버스가 떠난 도로 건너편에 덧문을 반쯤 닫은 상점이 있었다. 오랜 세월을 느끼게 하는

'사사키 주류점'이라는 낡은 간판이 어울리지 않게 권위적으로 보였다.

어두컴컴한 가게 안에서 한 되짜리 술병을 안은 한 여성이 멍한 표정을 지었다. 가게 앞에서 마사미를 쳐다보는 손님은 택시에서 내린 신사였다.

이거 참 난감하네⋯⋯. 귀찮기는 하지만 이중 예약의 오해는 풀어야겠다고 그녀는 생각했다.

자은사라는 절에 음흉한 속셈이 있을 수도 있다고 생각해서 선물을 준비하지 않았다. 하지만 이 마을의 분위기를 보니 사이비 종교 집단이 있는 것 같지도 않고, 묘지를 강매하려는 것 같지도 않다.

우산을 기울이며 고개를 숙이자 주류점의 여주인도 손님인 신사도 인사로 답했다.

"저기, 성묘하러 왔는데 깜빡하고 술을 안 가져왔어요."

마사미는 그렇게 말하면서 도로를 건넜다. 버스 운전기사와 마찬가지로 안도의 한숨을 쉬는 기척이 전해졌다.

성묘. 참 편리한 말이다. 거짓말도 아닌 데다 그 한마디로 커다란 오해가 풀렸다.

"네에, 자은사에 오셨어라? 이렇게 비가 오는 날에 오시느라 힘드셨지라? 근디 이 주변선 본 적이 읎는 것 겉은디, 워디서 오셨당가요?"

아직 완전히 안심할 수는 없는 모양이다.

"도쿄에서 왔어요."

"네에, 일부러 도쿄에서 여기까장 성묘허러 오신 거여라?"

의심한다기보다 곤혹스러워하는 것처럼 보였다. 그만큼 낯
선 사람이 찾아오는 일이 없는 모양이다.

오빠가 말했던 고향 집이나 어머니로 변장한 사람에게는
관심이 없다. 오직 무로타 집안의 무덤을 옮길지도 모르는 절
을 확인해 두고 싶은 것뿐이었다.

"맥주 세트라도 살 수 있을까요?"

그렇게 말하고 나서 새삼 먼저 온 손님이 있다는 것을 알아
차렸다.

"어머나, 죄송해요. 제가 새치기한 꼴이 됐네요."

"아닙니다. 먼저 하세요. 전 급하지 않으니까요."

숱이 많은 은발을 단정하게 매만진, 키가 큰 신사였다. 아무
리 봐도 이 마을에는 어울리지 않는 사람이었다.

"저야말로 급하지 않으니까 먼저 하세요."

마사미는 일단 가게에서 나와서 스마트폰을 꺼냈다. 처마
끝에서 문자 메시지를 보는 척하면서 두 사람의 대화에 귀를
기울였다.

"손님이 부딪히는 일은 읎어서 을매나 당황혔는지 몰러요. 그나저나 도오 짱, 오랜만에 오셨네요. 작년 가을에 오셨을 때 마침 집에 읎어서, 한번 꼭 보고 잪었든 참이었구만요."

어라? 홈타운 서비스의 게스트가 아닌가?

마사미는 스마트폰을 귀에 대고, 뒤틀린 유리문 너머로 가게 안의 모습을 살폈다.

"어매와 둘이 오붓허게 마실라믄 이기 좋아요. 이걸 가져가씨요, 사사키 주류점서 드리는 선물이어라."

"아니, 당치도 않습니다. 돈을 낼게요."

"도오 짱, 우덜 사이에 돈은 무신! 정 그렇다믄 불전 앞에 올리씨요. 생전에 아버님께도 신세를 많이 졌그든요."

그렇게 말하면서 여인은 한 되짜리 술을 예쁜 보자기에 보기 좋게 쌌다.

"죄송해요. 이러려고 들른 건 아닌데……."

"갠찬혀요, 갠찬혀요. 지가 불렀는디요, 머."

혹시……. 마사미는 숨을 들이마셨다. 주류점 여주인은 친밀하게 말하지만 손님 쪽의 대응은 어색하다. 왜 이렇게 부자연스러운 걸까?

가령 은발의 신사가 홈타운 서비스의 게스트이고 여성이 그를 맞이하는 배역 중 한 사람이라면 이런 상황이 되는 게 아닐까. 설마하는 생각이 들긴 하지만.

오빠에게 자세한 이야기를 듣지는 못했다. 무덤을 이장한
다고 해서 그녀도 발끈했고, 오빠는 말수는 많지만 요령 있게
말하는 편은 아니다. 아니, 무엇보다 실의에 빠진 오빠에게서
비참한 이야기는 듣고 싶지 않았다. 그래도 작년 말에 오빠가
이 마을에서 어떤 체험을 했는지, 좀 더 자세히 알아 두고 싶
었다.

"그러면 고맙게 받겠습니다."

신사는 술병을 싼 보자기를 받아서 눈높이로 들어 올렸다.

"그래요, 옛날에는 이런 식이었지요. 요즘은 상자에 넣고 비
닐봉지에 담아주는데 어딘가 아쉽더군요. 도쿄에선 오래된 주
류점도 거의 찾아볼 수 없고요."

"그려요? 주류점이 읎어졌어라? 이 부근은 보다시피 가게
문을 다 닫았제만 주류점은 안즉 남아 있제요. 삶의 낙이라곤
술 묵는 것뱄이 읎웅께요."

호호호, 하고 여주인은 소리 높여 웃었다.

"저기, 이런 말씀을 드리긴 좀 그렇지만 안주를……."

"안주요? 하지만 술안주라믄 치요 아줌씨의 주특기가 아니
당가요?"

"꼭 맛을 보여드리고 싶은 게 있어서요."

"아줌씨헌티요?"

"네, 어머니한테요."

신사는 얼마 되지 않는 상품이 놓여 있는 선반에서 레토르트식품 패키지를 몇 가지 고르고, 냉동고에서는 냉동식품을 꺼냈다.

매우 흥미로운 장면이었다. 마사미는 스마트폰을 가방에 넣고 주류점 안으로 들어갔다.

여주인이 몹시 당황한 표정을 지었다. 혹시 홈타운 서비스의 손님이 예상치 못한 행동을 보인 걸까?

"이건 돈을 내겠습니다."

"네? 아녀라, 기냥 가져가씨요."

"그럴 순 없습니다. 실은 이건 전부 우리 회사에서 만든 제품이거든요. 꼭 어머니에게 맛을 보여드리고 싶어요. 그리고 우리 회사 제품을 소매점에서 공짜로 받을 순 없습니다."

여주인은 멍하니 신사의 얼굴을 쳐다보더니, 노안경을 끼고 새삼 상품을 확인했다. 그러고는 감격한 목소리로 부드럽게 말했다.

"도오 짱, 도쿄서 크게 출세혔구만요. 치요 아줌씨는 복받으신 분이랑께요."

알 수 없다. 이 대화가 보이는 그대로의 진실인지, 아니면 허구인지. 하지만 어느 쪽이든 마사미의 마음이 움직인 건 분명했다.

"복받으신 분이라고요? 아닙니다. 전 역시 불효자입니다."

6개월 전에 눈이 오던 날, 오빠도 이 주류점에 들렀을까? 신경을 써서 선물 같은 걸 미리 준비하는 사람은 아니지만, 만약 여주인이 홈타운 서비스의 배우라면 오랜만에 고향에 왔다는 설정인 오빠를 불러 세웠을지도 모른다.

그렇게 생각하니 신사의 등에 오빠의 뒷모습이 겹쳐져서 그녀는 무의식중에 비 오는 하늘을 올려다보았다.

오빠는 부모님의 마지막 순간까지 최선을 다해 효도했다. 하지만 지금의 삶은 부모님이 원하는 모습이 아니다. 지금의 모습을 불효라고 생각해, 낯선 이곳에서 무로타 집안을 끝내려고 생각한 걸까?

"오래 기다리셨지라? 자은사에 가신다믄 이게 워떠까요?"

생맥주 세트다. 아마 이 주류점의 여주인은 스님이나 스님 가족의 기호를 알고 있는 것이리라.

"네, 그걸로 주세요."

"띠지는 워쩌케 헐까요? 성묘허러 오셨다믄 '공양물'이라는 띠지로 혀드릴까요?"

깊이 생각해 봐야 소용없다. 성묘는 아니지만 절에 가는 거니까, 부처님 앞에 올리면 그것으로 충분하리라.

"그란디 그냥 들고 가실라믄 무거울 거여라. 비도 와불고 있고요."

"가까우니까 괜찮아요."

"최대한 젖들 안 허게 혀드리께요."

그러자 신사가 옆에서 말을 걸었다.

"들어 드리고 싶지만 저도 짐이 많아서요. 그러면 잘 먹겠습니다."

"고마구만요, 도오 짱. 아줌씨헌티 인사 전해주소."

1박 2일 지내기에 적당한 가방을 어깨에 멘 신사는 한 되짜리 술병과 식료품이 든 비닐봉지를 들고 주류점에서 나갔다.

처마 밑에서 우산을 펼 때 시선이 마주쳤다. 그 한순간 마사미는 신사가 홈타운 서비스의 게스트임이 틀림없다고 확신했다. 그녀를 보고 이중 예약을 의심하는 눈길이었다.

"먼저 실례하겠습니다."

신사는 맑은 목소리로 나지막하게 말한 뒤, 가볍게 고개를 숙이고 비가 오는 길을 걸어갔다.

"저분은 이 마을 출신이신가요?"

마사미는 캐물을 생각으로 여주인에게 물었다.

"그라문요, 그라문요."

대답하고 싶지 않은 듯하다.

"저분의 어머니라면 연세가 많이 드셨겠네요."

"그람요, 그람요. 마쓰나가 치요 아줌씨는 올해 여든일곱이시랑께요. 저그, 성함이 워쩌게 되씨요?"

공양물을 띠지로 감싼 뒤, 여주인은 펜을 꺼냈다.

"고바야시예요. 아, 죄송해요. 그 이름이 아니에요."

여기까지 온 용건은 무로타 집안의 묘지 이장 때문이다. 그렇다면 자신도 무로타 집안의 딸로서 방문해야 한다고 생각을 고쳤다.

"무로타예요. '집 실室' 자에 '밭 전田' 자를 써요."

펜을 쥔 여주인의 손길이 멈추었다.

"네에, 무로타 씨구만요."

이제 알았다. 조금 전의 신사를 기다리고 있는 마쓰나가 치요 아주머니의 또 다른 이름은 무로타 치요. 아니, 새로운 손님을 맞이할 때마다 성이 바뀌는 굉장한 어머니다. 그리고 이사사키 주류점의 여주인은 가공의 고향으로 이끄는 안내자다.

"요로코롬 쓰믄 되까요?"

달필이다.

"네, 고맙습니다."

이 사람은 카드회사에서 고용한 배우 같지는 않다. 햇볕에

탄 피부도 메마른 머리칼도, 산골 마을과 잘 어울렸다.

"저기, 손님……."

여주인이 고개를 숙이고 중얼거렸다.

"자은사 스님은 정직헌 분잉게 너머 비난허들 마씨요."

마사미는 사려 깊지 못하게 여기까지 온 자신이 몹시 부끄
러워졌다.

"사사키 씨……."

여주인은 고개를 들지 않았다. 분명히 이 사람도 정직한 사
람이리라.

"결코 폐를 끼치지 않을 테니까 걱정하지 마세요. 오빠가
갑자기 도쿄의 무덤을 이쪽으로 옮기고 싶다고 해서 조금 놀
랐어요. 출가외인인 동생이 이러쿵저러쿵 참견할 일이 아니라
는 건 알지만 어떤 곳인지 보고 싶었을 따름이에요. 너무 주제
넘었죠? 죄송해요."

할 수만 있다면 오빠가 왜 그런 결정을 하게 됐는지 사정을
설명하고 싶었다.

"치요 아줌씨 집에는 가들 말어주씨요."

"가지 않을게요. 약속해요."

오늘은 무로타 치요가 아니라 마쓰나가 치요니까 갈 수 있
을 리가 없다.

돈을 억지로 주고 주류점을 나오자, 하얀 비가 내리는 앞쪽에서 신사의 뒷모습이 보였다.

예순에서 몇 살 지난 것처럼 보이는 걸 보면 아마 사장이나 임원이리라. 더구나 여느 집의 냉장고에도 몇 개씩 제품이 들어 있을 만큼 큰 회사의.

부처님께 바칠 공양물을 들고 걸음을 내디디면서 마사미는 마쓰나가라는 신사의 인생을 상상해 보았다.

절의 문으로 올라가는 돌계단 밑에서 마사미는 잠시 망설였다.

우산을 때리는 빗소리가 여기에 뭐 하러 왔냐고 묻고 있는 것 같아서 견딜 수 없었다. 하지만 여기까지 와서 발길을 돌릴 수는 없었다.

오래된 토담이 절 주변을 둘러싸고, 찾아오는 사람이 많지 않은지 돌계단은 두꺼운 이끼로 뒤덮여 있었다. 같은 종파라도 도쿄의 보리사와는 분위기가 완전히 달랐다.

그녀는 숨을 크게 쉬고 나서 돌계단을 올라갔다. 자신의 마음을 들여다보고 여기에 온 이유를 다시 떠올렸다. 오빠의 결심을 무턱대고 반대하러 온 게 아니다. 오빠의 고뇌를 이해하기 위해서 온 것이다.

문안으로 들어가자 깜짝 놀랄 만큼 넓은 정원이 나타났다. 잘 손질된 이끼와 나무들이 무성한, 정갈하면서도 소박한 정원이었다.

가지런히 놓인 돌판 끝에 큰 지붕을 인 본당이 우뚝 솟아 있다. 옆에 있는 요사채 겸 공양간* 위에는 멋진 박공지붕까지 놓여 있었다. 이 구조로 볼 때 상당히 유서 깊은 절임이 분명해 보였다. 지금은 쇠퇴해 버린 이 마을도 예전에는 이 절에 어울릴 만큼 활기가 넘쳤으리라.

공양간 앞에서 그녀는 잠깐 머뭇거렸다. 안에는 커다란 아궁이 세 개가 나란히 있는 토방이 있었는데 그중 하나에는 불이 지펴 있었다. 가스레인지도 수도꼭지도 보이지 않는 옛날 방식의 부엌이다. 마루방은 옻칠을 한 것처럼 반짝반짝 빛을 뿌리며, 높은 천장의 굴뚝에서 새어 들어오는 빛을 다정하게 어루만지고 있었다.

"실례합니다!"

부엌의 모습에 잠시 감탄하고 나서 그녀는 안쪽을 향해 말을 걸었다. 목소리가 꽤 컸을 텐데도 대답은 돌아오지 않았다.

"실례합니다!"

---

* 사찰의 음식을 만드는 곳.

입에 손을 대고 두 번을 부르자, 잠시 시간을 두고 나서 메아리처럼 "네에!" 하고 남자 목소리가 들렸다. 이윽고 땅속의 도랑처럼 어두컴컴한 복도 안쪽에서 빼빼 마른 노승이 나타났다.

"뉘시당가요?"

사사키 주류점에서 이미 연락을 받았을 것이다. 그럴 시간을 벌어줄 생각으로 마사미는 천천히 걸어왔다.

노승은 옷 소맷자락을 펄럭이며 정중하게 인사했다. 나이가 들기는 했지만 등줄기가 꼿꼿한, 선승 같은 동작이다. 같은 종파라곤 하지만 도쿄 보리사의 스님과는 분위기가 완전히 달랐다. 마사미는 공양물로 맥주를 선택한 경솔함이 부끄러워졌다.

"불쑥 찾아와서 죄송합니다."

마사미는 명함을 내밀었다.

"고바야시 씨……. 아하, 고등핵교 선상님이시구만요."

노안경을 끼고도 명함을 멀찌감치 보면서 스님이 말했다.

"결혼하기 전의 성은 무로타예요. 지난번에 친정 오빠가 신세를 졌다고 들었어요."

설명은 이걸로 충분하다고 생각했다. 하지만 스님은 마루 귀틀에서 무릎을 꿇은 채 합장을 했을 따름이었다. 두 사람을 가로막은 결계는 풀리지 않았다.

"스님, 전 항의하러 온 게 아니에요. 잠시 말씀을 나눌 수 있을까요?"

스님은 마사미의 얼굴을 똑바로 바라보았다. 새하얀 눈썹이 뚜껑처럼 눈꺼풀을 덮었다.

"이리 비가 와부는 날에 오시느라 고생이 많았소. 대접헐 게 암것도 읎제만 올라오시구랴."

마사미는 쭈뼛쭈뼛하며 가져온 공양물을 내밀었다.

"예의도 없이 빈손으로 오는 바람에 저 밑에서……."

쓸쓸한 미소를 지으며 스님은 공양물을 받았다.

"멀 이런 걸 사오시고……. 주류점에 도움이 됐을 거구만요. 이 마을엔 인자 늙은이만 남아서 술 마실 사램도 벨로 없으니께요."

이 스님에게도 악의가 있는 것처럼 보이진 않았다. 카드회사가 기획한 일종의 마을 살리기 사업에 협조한 것뿐이리라.

신발을 벗고 마루방으로 올라가다가 그녀는 자신의 무례함을 깨달았다. 스타킹이 젖어서 바닥이 더러워진 것이다.

"갠찮혀요. 선종의 절에선 옛날부텀 슬리퍼를 신어서 비 오는 날에는 우덜도 그렇소. 청소는 스님의 임무니께 신경 쓰덜 마시구랴."

스님은 그렇게 말하더니 다시 합장하고 스윽 일어섰다. 의자나 침대 없이 생활하면 다리와 허리가 약해지지 않는 걸까?

요사채에는 사람의 기척이 없었다. 마사미는 까치발을 들고 복도 끝을 걸었다.

"나가 어렸을 때는 옛날이야그에 나오는 듯헌 동자승도 있었지라."

사투리가 섞여서 알아듣기 힘들었지만 이상하게도 금방 이해가 되었다. 마음이 담겨 있기 때문이 아닐까, 라고 마사미는 생각했다.

"요사채서 살믄서 아침에 일을 허고 핵교에 다녔지라. 소작인의 자석은 지대로 묵들 못헝께 그런 동자승이 멫 명 있었소. 이 지역에서 고등핵교를 나와서 센다이나 모리오카뿐만 아니라 도쿄의 대핵까장 가고…… 지금 생각허믄 꿈겉은 이야그지라."

"지금은 혼자 사시나요?"

뜻밖에 슬픈 대답이 돌아왔다.

"그려요. 3년 전에 집사램을 먼처 보냈소. 아덜이 있기는 있제만 도쿄에 올라간 후로는 감감무소식이지라."

이 마을의 현실이 가슴 아프다. 가볍게 되물을 수도 없고 맞장구를 칠 수도 없었다.

지나칠 때 본 요사채의 다다미방에서는 생활의 냄새가 났다. 넓은 본당은 혼자 청소할 수 있어도 자고 일어나는 곳까지 정갈하게 치울 수는 없는 것이리라.

요사채를 지나 계단을 올라가니 본당의 바깥 툇마루가 나왔다. 산에서 바람이 내려왔다.

"올라오소."

본당 안에는 많은 깃발과 불교 장식품이 놓여 있어서 생각보다 훨씬 화려했다. 그녀는 일단 부처님 앞에 무릎을 꿇고 합장한 뒤, 소란을 피워서 죄송합니다, 라고 사죄했다.

"본존님 뒤짝에 위패를 놓는 디와 참선허는 디가 있소."

본당이 생각보다 좁게 느껴진 건 그런 탓인 듯하다. 노승은 금박이 조금 남은 본존 앞에서 합장을 한 채 잠시 올려다보았다. 숨 막히는 시간이 지나갔다.

"10여 년 전까장만 혀도 현립고등핵교 검도부나 유도부가 와서 메칠썩 참선을 했지라. 허지만 정신적인 면을 존중허는 선상님이 사라진 순간, 학생들이 오는 것도 끝났불고 말았소. 더구나 마을이 이라고 되는 바람에 우덜도 꼭 와달라고 헐 수 없게 됐지라."

마사미가 젊었을 때만 해도 옛날식 교육방침을 가진 교사가 있었다. 도쿄에서는 거의 찾아볼 수 없지만 지방의 보수적인 고등학교라면 운동선수에게 참선을 시키는 일도 얼마든지 있을 수 있다. 그런 방식이 맞느냐 틀리냐는 둘째치더라도, 스님이 지적한 대로 정신적인 면을 존중하는 교육자는 사라지고 매뉴얼과 데이터에만 의존하는 개성 없는 교육자가 많아진 것만은 분명하다. 그녀 자신부터가 그런 평범한 교육자 중 대표적인 사람이지만.

별안간 스님이 고개를 조아렸다. 한순간 불교의 예법인가 생각했지만 그렇지 않았다. 마사미를 향해서 이마가 다다미에 닿을 만큼 고개를 숙인 것이다.

"부디 용서혀 주시구랴. 조상님의 무덤을 빼앗을 생각은 쪼께도 없었소. 물론 모리는 사램을 아는 척허믄서 속인 건 분명하요. 불제자로서 부끄롭기 짝이 읎구랴."

"아! 이러지 마세요. 전 그럴 생각으로 온 게 아니에요. 오빠에겐 오빠의 사정이 있으니까요."

"사램들헌티 각자 사정이 있다고 혀도 속인 사램은 지고, 속은 사램은 선상님의 오라버니여라."

"아니에요. 그렇지 않아요. 오빠는 자진해서 속으러 왔어요. 여러분은 그런 요구에 따른 것뿐이고요. 이건 법적으로도, 도덕적으로도 아무 문제가 없는 비즈니스예요. 그런데 여기가 마음에 든다고 무덤을 이장한다는 건 그 비즈니스와는 다른 이야기잖아요? 그래서 상황이 어떤지 한번 보러 온 것뿐이에요. 부디 고개를 드세요."

그때 "스님! 스님!" 하고 다급하게 부르는 남자의 목소리가 들렸다. 스님이 일어서서 장지문을 열자 우산도 쓰지 않고 헐레벌떡 뛰어오는 사람이 보였다.

"시상에! 간 짱, 무슨 일인디 그런가?"

"무신 일이고 뭐고, 주류점서 전화가 왔당께요. 전화를 못 받았더니 문자가 왔는디, 하필 인자 봤지 뭐당가요? 스님, 갠찬으씨요?"

스님이 목소리를 낮추었다.

"그려, 암 일도 아니네. 그라고 호들갑을 떨믄 아부지가 기겁허들 않겄나?"

"그려서 아부지헌티는 암 말도 안 했당께요."

마사미는 무릎걸음으로 다가가서 귀를 쫑긋 세웠다. 소곤거릴 생각이었는지 모르지만 목소리가 커서 잘 들렸다.

"자네 처는?"

"양어장에 있어라."

"그라믄 이건 우덜만의 비밀로 허세."

그런 다음에 스님은 장지문을 활짝 열더니, 기침을 한 번 하고 나서 마사미를 소개했다.

"이분은 작년 말에 오셨던 무로타 씨의 동생분이라네. 그리고 이짝은 이 절의 신도인 사토 간지 씨요."

아직 한창 일할 때인 40대 중반쯤 됐을까? 아마 노인들만 있는 마을을 지탱하고 있는 사람일 것이다.

간지는 본당의 계단에 걸터앉은 채, 상체를 쭉 펴고 "처음 뵙겠어라" 하고 말했다.

어떻게 말해야 좋을지 몰라서 마사미는 제일 먼저 머리에 떠오른 말을 입에 담았다.

"오늘은 손님이 오셨더군요."

간지가 흠칫하며 어깨를 들썩였다. 겉으로 보기에도 순박해 보이는 사람이었다.

"저기…… 전 이 절에 볼일이 있어서 온 것뿐이니까 걱정하지 마세요."

도쿄 사람의 말에는 모서리가 있다고 들은 적이 있다. 하지만 도쿄에서 태어나고 자란 마사미는 그 모서리가 어디에 있는지 모른다.

"무로타 씨가 도쿄의 무덤을 이짝으로 옮기고 잪다고 허셔서, 동생분이 보러 오신 거라네. 휴우…… 분명히 그런 이야그를 들은 것 같제만 농담이라고 생각혔제."

스님이 마사미가 왜 왔는지 잘 정리해 주었다.

"설마요! 농담이었겠지라. 이러크롬 멀어서는 성묘도 지대
로 헐 수 없을 텐디요."

간지는 진지하게 말했다. 도시 사람은 불교 의식에 담백하
다. 아파트에 살면 백중 때 저세상에 있는 사람을 위해 불을
피울 수도 없고, 제사를 생략하는 집도 많다. 요즘은 유골도
바다에 뿌리든지 자연으로 돌려주든지 해서 무덤 자체를 만
들지 않는 집도 있다고 한다.

"그리 멀지는 않아요."

그녀는 그렇게 말하고 나서 이것은 도쿄 사람의 감각이라
는 생각이 들었다.

실제로 와보고 나서야 생각보다 훨씬 가깝다는 느낌이 들
었지만, 이 마을 사람들 쪽에서 보면 도쿄는 아득히 먼 곳일
것이다. '그리 멀지 않다'는 말은 도시 사람의 오만한 표현이
아닐까.

스님은 늙수그레한 눈동자를 비 오는 하늘로 향했다.

"도쿄에 사시는 분이 일부러 무덤을 이장허지는 않을 텡께
묘헌 말씸을 허신다고 생각했지라. 돌아가셔서 오빠분과 잘
의논혀 보씨요."

이 절에는 후계자가 없다. 아들은 도쿄로 올라간 뒤 오지
않는다고 조금 전에 들었다. 어떤 이유가 있든 절을 이어받을

사람을 도쿄라는 블랙홀이 집어삼켰다. 그 좁은 땅에 1400만이나 되는 인간이 빼곡히 들어서도 도쿄는 만족하지 않는다. 그런 환경 속에서 스트레스를 온몸에 휘감은 사람이 어떻게 행복할 수 있을까?

예를 들면 도쿄에서는 지긋지긋한 비가 여기에서는 상큼하게 느껴진다. 갑자기 '푸르른 장마'라는 시구가 머릿속에 떠올랐을 만큼.

"묘지는 어디에 있나요?"

오빠와 의논해서 어떤 결론이 나오든, 여기까지 와서 묘지를 보지 않고 돌아갈 수는 없다. 적어도 오빠는 이 절의 묘지가 마음에 들었으니까.

"이 툇마루를 돌아서 뒤짝으로 가믄, 비에 젖들 않고도 묘지가 보이요. 난 그동안 차라도 끓여 두지라."

"그러면 저 혼자 보고 올게요. 스님은 여기에 계세요."

스님은 그녀와 같이 가고 싶지 않은 것이리라. 홈타운 서비스에 협조한 것은 어쩔 수 없더라도 묘지까지 제공한 것이 마음에 걸리는 모양이다.

"그라믄 지도 그만 가보겄구만요. 무신 일이 있으믄 전화허씨요. 스님."

간지도 돌아갔다. 역시 얽히고 싶지 않은 것처럼 보였다.

자신이 선량한 사람들을 불편하게 만들고 있는 게 아닐까, 하고 그녀는 생각했다. 툇마루를 따라서 걷는 사이에 곤혹스러움이 두려움으로 바뀌었다. 선량한 마을 사람과 아름다운 자연, 즉 선량함과 아름다움을 두려워하는 자신은 과연 어떤 사람인가? 그렇게 생각한 순간 자신이 이상한 사람처럼 느껴져서 견딜 수 없었다.

아마 오빠도 비슷한 감정에 사로잡혔으리라. 선량함과 아름다움을 1박에 50만 엔으로 사려는 자신에게 회의가 들지는 않았을까.

작은 새의 지저귐이 귀에 닿은 순간, 지붕을 타고 떨어지는 빗방울만 남기고 비가 그쳤다.

아아…… 마사미의 입에서 탄식이 새어 나왔다.

울타리 끝에 푸르른 장마로 목욕 재개한 묘지가 펼쳐져 있었다. 역대 스님과 신도들이 지금도 정성껏 지키고 있는 청정한 묘지다.

묘지 뒤쪽으로 완만한 산기슭이 이어졌다. 그곳에는 푸르른 삼나무가 하늘을 향해 뻗어 있었다. 아득한 옛날에 심은 것 같은 삼나무는 자르는 사람이 없었는지, 이제는 완전히 자연으로 돌아간 것처럼 보였다. 눈을 가늘게 뜨고 바라보니 단풍나무와 너도밤나무가 눈에 띄었다. 아마 가을에는 화려한 비단옷으로 갈아입을 것이다.

절의 옆길을 조금 올라간 곳에 띠지붕을 이고 있는 마가리
야가 자리하고 있었다. 피어오르는 연기에서 구수한 냄새가
흘러나와 마사미의 코끝을 간질였다.

그녀는 생각했다. 혹시……. 저 옛집이 '고향'이 아닐까.

그렇다면 스님도 마을 사람도, 허구의 무대가 적나라하게
보이는 이곳에서 그녀와 함께 있고 싶지는 않을 것이다.

눈을 밟고 언덕길을 올라가는 오빠 모습이 불쑥 가슴에 떠
올랐다. 삶의 목적을 잃어버린 오빠는 어떤 심정으로 허구의
고향에 온 걸까. 그리고 어머니인 사람은 어떤 미소를 지으며
오빠를 맞아주었을까.

산의 끝자락에서 희미한 햇살이 비치며 화로의 연기를 온
몸에 걸친 마가리야의 지붕을 얼룩덜룩하게 물들였다.

그녀는 문득 생각이 나서 스마트폰을 꺼냈다. 금기 사항이
란 건 알고 있지만 조금의 망설임도 없었다.

"유나이티드 카드 프리미엄 클럽의 요시노입니다. 번거롭
게 해서 죄송하지만 가지고 계신 신용카드에 기재된 번호를
모두 입력해 주시기 바랍니다."

오빠에게서 들은 열다섯 자리 번호를 눌렀다. 일일이 누르
기 귀찮다고 오빠는 투덜거렸다.

"무로타 세이이치 님, 실례지만 본인이 맞으십니까?"

"아니에요, 가족입니다만."

여성 담당자는 조금도 당황하지 않고 대답했다.

"죄송하지만 저희 클럽은 규약에 따라 회원 본인 외에는 이용하실 수 없습니다. 양해해 주시기 바랍니다."

비가 그친 산골 마을을 향해 무지개가 커다란 활을 그렸다.

"잠깐만요, 끊지 마세요."

그녀는 하늘을 올려다본 채, 천사를 부르듯 입을 열었다.

"정말 고마워요. 그 말을 하고 싶었을 뿐이에요."

개똥벌레

마가리야의 입구에 서서 마쓰나가 도오루는 큰 소리로 외쳤다.

"저 왔어요!"

"아이고, 왔구마!" 하고 끝이 올라가는 독특한 말투로 어머니가 대꾸했다.

입구는 양쪽으로 여는 큰 문에 커다란 나무 막대기를 걸쳐 놓은 모양이었다. 말과 사람이 오가던 출입구라서 그런지 '현관'이라는 표현이 어울리지 않을 만큼 폭도 넓고 높이도 높아서 휑뎅그렁하게 보인다.

우산을 접은 뒤 마쓰나가는 세월을 견뎌낸 옛집의 모습을

넋을 잃고 바라보았다. 띠지붕에서 똑똑 떨어지는 빗방울이
보석처럼 보였다.

어머니는 어두컴컴한 토방 뒤에 있는 마루방에 오도카니
앉아 있었다. 마중하러 일어서지도 않고, 왠지 힘이 빠진 것처
럼 보였다.

"어디 아프세요?"

"아푸긴. 요로코롬 비가 와부는 날에는 여그저그가 쿡쿡 쑤
셔서 그랴. 나도 인자 나이를 묵었는갑다."

이영차, 하고 어머니는 소리를 내면서 토방으로 내려와 만
면에 미소를 지으며 맞이해 주었다.

"왔구마, 왔구마. 드디어 왔구마! 니가 인자 오지 않나 혀서
을매나 꺽정혔는지 모린단다. 워디 몸이라도 아팠든 건 아니
겠제?"

마쓰나가는 바닥에 짐을 내려놓고 어머니의 자그만 몸을
껴안았다.

"괜찮아요. 그동안 좀 바빴거든요. 그보다 어머니야말로 괜
찮으세요?"

웅, 웅, 하고 어머니는 연신 고개를 끄덕이면서 그의 가슴으
로 파고들었다.

참 신기한 사람이다. 모든 게 거짓인데도 이 어머니에게만

은 거짓이 없는 것처럼 여겨졌다. 6개월 남짓한 공백이 조금도 느껴지지 않는다.

"도오루. 뱁 묵었냐?"

"네, 고마카노역 앞에서 먹고 왔어요."

"금방 집에 올 건디 와 그란 디서 뱁을 묵어? 힛쓰미를 잔뜩 맹글어놨는디."

홈타운 서비스에는 몇 가지 규칙이 있다. 프리미엄 클럽의 카운터를 통하지 않고 페어런츠에게 직접 연락해서는 안 된다는 것도 그중 하나였다. 물론 연락을 하려고 해도 전화번호조차 모른다. 따라서 이 평범한 대화도 당사자들 쪽에서 보면 선을 넘지 않는 절묘한 대화였다.

"옛날 커피숍이 있어서 커피를 마시려고 들어갔는데, 마침 배가 고파서요."

"아하, 역 앞에 있는 커피숍이라믄 오리온 말이구마."

"네, 런치세트가 있길래 오므라이스를 할까, 나폴리탄 스파게티로 할까 고민했어요."

"참말로 이상헌 아구만. 그런 건 도쿄서 을매든지 묵을 수 있잖여?"

어머니는 두 손으로 허리를 껴안고서 그를 사랑스러운 눈길로 올려다보았다.

"도쿄에는 그런 커피숍이 없어졌거든요. 세련된 카페는 앉아 있기 불편하고요. 오므라이스도 나폴리탄 스파게티도, 이제는 거의 파는 곳이 없어요."

어머니의 표정에 그늘이 드리웠다.

"그나저나 도오루, 인자 힛쓰미 겉은 건 입에 안 맞는 거 아니다냐?"

"그렇지 않아요."

그다음은 자신의 마음을 제대로 표현할 수 없어서, 그는 어머니의 얼굴을 머리에 쓴 수건째로 꼭 껴안았다.

그렇지 않다. 잃어버린 것을 찾았다. 어린 시절부터 계속 옆에 있던 것이 문득 정신이 들자 어딘가로 사라져 버렸다. 이제는 그리워하는 것조차 허용되지 않는 연쇄적인 상실, 이것이 도시 생활의 실체가 아닐까?

"배고프시죠?"

그렇게 묻자 어머니는 꾸벅 고개를 끄덕였다.

"좋아요. 그럼 힛쓰미는 나중에 먹기로 하고, 제가 점심을 만들어드릴게요."

"시상에나! 고런 건 있을 수 읎는 일이여. 사내자석이 부엌에 들어가 불다니!"

"괜찮아요. 수십 년의 홀아비 생활을 무시하지 마세요."

그는 어머니를 안아 올리듯 해서 마루방에 앉혔다.

"니헌티 그런 걸 허게 허믄 혼난당께."

"누구한테요?"

"누구헌티라니······."

"말을 안 하면 모르잖아요? 저도 입에 자물쇠를 채울게요."

어머니는 토방에 닿지 않는 발을 번갈아 흔들면서 고개를 숙였다.

"말허믄 안 되야. 나도 마을 사램들도 난처혀질 거여."

이 사람은 거짓말을 하거나 뭔가를 감출 수 없다. 마쓰나가 도오루는 생각했다. 그렇게 순박한 사람들이 거짓을 연기하는 게 얼마나 힘든 일인지 알아야 한다고. 하물며 이 순박함도 어느새 자신이 잃어버린 것 중 하나가 아닌가.

"아자!" 하면서 두 주먹에 힘을 넣은 뒤, 그는 양복 윗도리를 벗고 와이셔츠 소매를 걷어 올렸다.

토방 구석에는 충분히 예스럽게 보이는 부엌이 있었다. 하지만 지은 지 100년이 지난 마가리야에는 너무나 어울리지 않았다. 가스대도 싱크대도 반질반질 윤이 날 만큼 청결했고, 전자레인지는 보이지 않았지만 전기밥솥 안에는 구수한 밥이 들어 있었다.

"미안허구로."

귀틀에 앉아 고개를 숙인 채 어머니가 말했다.

"전 손님이 아니에요."

그는 지난번에 왔다 간 날부터 지금까지 계속 이 집과 어머니의 꿈을 꾸었다. 하지만 어머니는 계속 거짓말을 후회해 온게 아닐까? 그렇지 않다면, 추적추적 내리는 비가 늙은 몸의 마디마디를 괴롭히는 것처럼 스스로의 양심을 책망하고 있는게 아닐까?

"있잖아요, 어머니. 제 자랑을 들어주시겠어요?"

그는 주류점에서 사 온 레토르트 파우치를 손으로 들어 올렸다.

"이것도, 이것도 다 우리 회사에서 만든 거예요. 지금은 전세계 어디에서나 팔고 있죠. 미국에서도, 유럽에서도, 중국에서도, 남아프리카에서도, 가게가 있는 곳엔 어디에나 놓여 있어요."

떠벌리듯 말할 생각은 아니었지만, 수도 없이 뒤얽힌 나뭇조각들이 떠받히고 있는 공간은 띠지붕을 때리는 빗소리로 가득 차 있어서 어울리지 않게 큰 소리로 말해야 했다.

"지금은 뭐든 전자레인지로 데우기만 하면 되는 시대지만, 이 세상에는 전자레인지가 보급되지 않은 나라도 있잖아요? 그래서 전 직화와 중탕을 고집하고 있어요."

어머니는 풀죽은 얼굴로 흔들고 있던 다리를 접더니, 마루방에서 무릎을 꿇고 단정히 앉았다.

"아, 죄송해요. 그렇게 대단한 얘기는 아니에요. 그럼 3분만 기다리세요."

'조리시간 3분'이라는 말은 과대광고가 아니냐 하는 의견도 회의에 몇 번 올라왔다. 하지만 가열시간이 실제로 3분이라는 것은 단순한 홍보문구가 아니라 상품 개발의 기준이었다.

프라이팬을 데워서 햄버그스테이크를 굽고, 냄비 안에는 요즘 종류가 다양해진 반찬 파우치를 두 개 넣었다. 토란조림과 녹미채볶음이다.

그는 3분 사이에 꿈을 꾸었다.

뜨거운 햇살이 내리쬐고 있는 길을 뛰어올라 이 집에 도착하자마자 부엌에 있는 어머니에게 성적표를 내민다. 이것 보라는 듯이, 자랑스럽게.

'시상에, 전부 백점이잖여? 잘했구마, 도오루.'

그로부터 몇 년 후에 집을 떠나 40여 년이나 돌아오지 않았다는 꿈을……

"시상에나! 너 혹시 무슨 마술사 아니냐?"

"레토르트예요. 저기 주류점에서도 팔고 있어요. 드셔본 적 없어요?"

어머니는 깜짝 놀라고는 부끄러워했다.

"나는 원래 잘 안 먹는구마. 이런 할마씨의 배는 저그 논밭서 나는 걸로 충분헝께."

그래도 밥상 위의 햄버그스테이크를 젓가락으로 한 입 먹은 순간, 어머니는 눈을 동그랗게 떴다.

"시상에! 이러코롬 맞난 게 있다냐!"

고기를 좋아하는 걸까?

사실 마쓰나가의 일상에는 자기 회사의 레토르트식품은 없었다. 젊은 시절에는 거의 매일 먹었지만, 나이를 먹고 나서는 인스턴트식품을 피하게 되었다.

하지만 신제품이 나오면 반드시 시식을 하기 때문에, 200종류에 이르는 레토르트 파우치의 맛은 모두 알고 있다. 솔직히 말하면 그중에는 호불호가 갈릴 때도 있었다.

치아가 없는 입으로 토란조림을 먹으면서, 어머니는 젓가락과 밥그릇을 무릎 위에 내려놓았다.

"난 이라고 맛나게 맹글들 못혀. 그란디 다들 맛나다, 맛나다고 허믄서 묵어주제. 이라고 늙은 할마씨가 맹근 거라서 맛없어도 맛나다고 말혀주는 거겠제."

그는 머리를 가로저었다.

"그렇지 않아요. 어머니가 직접 만든 요리와는 비교도 할 수 없어요."

어머니를 울려버렸다. 밭일용 작업복을 입은 어깨를 떨며 슬퍼하는 모습을 보면서 어떻게 하면 사람이 이토록 털끝만큼도 노회함이 없이 늙어갈 수 있을까, 하고 마쓰나가 도오루는 생각했다. 소녀처럼, 솜씨가 없다고 야단맞은 새색시처럼.

"있잖아요, 어머니⋯⋯."

적당한 말을 찾지 못해서 그는 일단 그렇게 불렀다.

"전 말이죠, 계속 어머니의 손맛과 비슷하게 만들기 위해서 일했어요. 그래서 맛있는 음식을 만들 수 있었죠. 하지만 지금도 상대가 안 돼요. 상대가 될 리 없어요."

젓가락과 밥공기를 무릎에 내려놓은 어머니는 고개를 숙이고 토란조림을 먹으면서 응, 응 하고 고개를 끄덕였다.

그의 회사가 그동안 추구해 온 것은 맛이나 비용이 아니라 편리함이었다. 하지만 먹어야만 살아가는 인간이 음식을 만들며 편리함만을 우선할 때 잃는 것이 없을 리 없다. 어머니를 이길 수 있을 리가 없다.

그는 정신을 차리고 다다미방으로 올라갔다. 거짓과 진실의 경계를 완전히 잃어버렸다.

학교에서 뛰어와 여봐란듯이 성적표를 내민 기분으로 자기 자랑을 해버렸다. 유치하고 한심한 짓이지만 어머니 앞이라

그렇게 할 수 있었다.

"참 맛나구로."

화롯가에 단정히 앉아서 어머니는 오물오물하며 밥을 먹었다. 보고 있으면 기분이 좋아질 만큼 맛있게 먹는다.

"사장님이 맹글었나?"

"아뇨, 제가 만든 건 아니지만 상품개발부에 오래 있었어요. 상품을 기획하기도 하고 직원들이 만든 상품을 지적하기도 했지요. 그것도 만든 거라고 할 수 있겠지만요."

"흐음."

어머니는 가볍게 숨을 쉬고 슬픈 눈으로 바라보았다.

"넌 으째 장개를 안 들었나?"

어머니의 눈에는 예순 넘은 독신 남자가 몹시 안쓰럽게 보이는 모양이었다.

"그런 눈으로 보지 마세요. 귀찮았던 것뿐이에요."

"시상에! 장개를 드는 게 구찮었다고?"

이야기가 복잡해질 것 같아서 그는 대답하지 않고 복도 너머에 있는 처마를 올려다보았다. 하늘이 환해졌다. 지붕을 타고 떨어지는 빗방울의 간격이 점점 길어지고, 마당의 끝자락을 작은 새 한 쌍이 가로질렀다.

독신 사회와 레토르트식품은 관계가 없지 않다. 세상이 이렇게까지 편리해지면 생활의 불편함이 없어지며 오히려 고독의 대가로 얻는 자유가 얼마나 소중한지 알게 된다. 그것을 깨달은 순간 모든 게 끝난다. 모든 게 귀찮게 여겨진다. 적어도 마쓰나가 도오루의 경우 귀찮다는 것이 진심이다.

혹시 어머니는 그런 핵심을 꿰뚫어 본 게 아닐까? 일에 얽매어서 결혼을 못 한 게 아니라, 이렇게 편리한 음식을 만들면서 마음 편히 살고 있는 게 아니냐고 야단치는 듯한 생각이 들었다.

"아따, 무즈개가 떴구로."

어머니가 몸을 구부리고 가리키는 곳을 따라가자 비가 그친 하늘에 희미하게 무지개가 나타났다.

"아아, 무지개다!"

"그려그려, 무즈개구마이."

어슴푸레하던 색채가 순식간에 선명해졌다. 옅은 햇살이 비치기 시작한 하늘을 채색하듯, 산 쪽에서 마을을 향해 아름다운 일곱 색깔의 다리가 놓였다.

"도쿄서는 무즈개를 못 보냐?"

요즘 무지개를 본 적이 있었던가. 그러고 보니 최근에 비오는 날에 골프를 치고 돌아오는 길에 본 적이 있었다.

"무지개가 뜨긴 뜨는데 하늘이 워낙 작거든요."

어머니는 또 "흐음" 하면서 슬픈 눈으로 하늘을 쳐다보았다. 어머니에게 작은 하늘은 굉장히 불행한 풍경이리라.

이런 스스럼없는 대화가 기분 좋았다. 허구가 아니라 현실 속의 귀향이라도 어머니와 아들은 역시 이런 대화를 나누지 않을까?

홈타운 서비스에 매뉴얼이 있다고 해도, 이렇게까지 세세한 내용은 적혀 있지 않을 것이다. 즉, 어머니는 원래 이런 사람인 것이다.

그는 기둥에 등을 대고 서서 무지개가 뜬 커다란 하늘을 올려다보았다. 아마 어머니는 이 집에서 자식을 몇 명 낳아서 키웠으리라. 그러지 않았으면 이 역할을 연기할 수 없을 테니까.

가족의 기척을 조금도 느낄 수 없는 걸 보면 혼자 사는 것은 틀림없다. 그렇다면 가끔은 진짜 자식과 손자들이 돌아오지 않을까?

더는 생각해서는 안 된다……. 마쓰나가 도오루는 자신의 상상에 뚜껑을 덮었다. 자신이 어머니의 완전한 가족이 되지 않으면 이 장대하고 사치스러운 기획이 의미가 없는 것이다.

마침내 선명해진 무지개를 올려다보면서 그는 화제를 바꿀 생각으로 말했다.

"아까 도쿄에서 성묘하러 온 사람을 봤어요."

어머니는 대답하지 않았다.

"주류점 여주인도 화들짝 놀란 걸 보면 이 동네 사람은 아닌 것 같더군요. 고인의 친척일까요?"

그제야 어머니는 겨우 "하아" 하며 맥 빠진 대답을 했다.

"하필 비 와부는 날 여그까장 오니라 심들었을 텐디."

어머니가 젓가락을 놓고 손을 마주 잡았다.

"맛있게 잘 먹었구로. 아덜이 혀준 뱁을 묵다니, 오래 살고 볼 일이구마. 아아, 참말로 맛났시야."

어머니는 그렇게 말하더니, 황급히 정리하고 일어섰다. 성묘하러 온 사람에 관해 더는 언급하고 싶지 않은 모양이었다.

감이 발동했다. 오늘 어머니의 모습은 이상하다. 맞이하러 나오지도 않고 오도카니 앉아 있었다. 어디 아픈 게 아닐까 걱정될 만큼. 그리고 자신을 맞이한 다음에도 왠지 안절부절못했다.

예를 들면…… 그 여성이 초대하지 않은 손님이라면 어떨까? 센다이나 모리오카에 볼일이 있어서 왔다가, 집에 가는 길에 문득 '고향'이 그리워졌다. 홈타운 서비스의 체험자라면 있을 법한 이야기다. 그것을 규칙 위반이라고 할 수 있는 규약도 없다. 웬만한 것은 프리미엄 클럽 멤버의 분별력에 맡기고 있으니까.

그런데 버스 정류장에서 오늘의 게스트로 보이는 사람을 만났다. 그래서 어쩔 수 없이 성묘하러 온 척을 했다.

아까는 그도 혹시 예약 날짜가 잘못된 게 아닐까 하고 의심했다. 프리미엄 클럽 담당자가 그렇게 단순한 실수를 저지를 리는 없지만 자신이 날짜를 착각했을 수도 있기 때문이다. 하지만 아무리 생각해도 자신의 착각은 아니었다.

주류점 여주인은 그보다 더 당황했다. 그렇다면 미리 연락하지 않고 가공의 고향에 들른 여성이 그 자리를 넘기기 위해 성묘하러 왔다고 둘러댔다고 해도 이상할 게 없다.

그 후에 그 여성이 어디로 갔는지는 모르겠지만, 주류점 여주인은 일단 황급히 어머니에게 전화를 걸었으리라. 자칫하면 어머니 앞에서 서로 모르는 아들과 딸이 만날 수도 있는 긴급사태니까.

급한 연락을 받은 어머니는 평정심을 잃고 어떻게 해야 좋을지 몰라 오도 가도 못했다. 그런데 아들이 "저 왔어요!"라고 입구에서 큰 소리로 불렀다.

거기까지 추리가 발전하자 정답인 듯한 느낌이 들었다. 아들은 왔지만 딸은 어디로 갔을까 생각하면 어머니가 안절부절못하는 게 당연하리라.

싱크대의 물소리를 향해서 그는 말했다.

"있잖아요, 어머니. 전 괜찮으니까 신경 쓰실 필요 없어요."

무슨 뜻인지 통했을까? 한 호흡을 두고 나서 미안함이 묻어 있는 목소리가 귀에 닿았다.

"도오루, 고맙구로."

만약 그 여성이 불쑥 나타난다고 해도 마음의 준비는 되어 있다. 세 사람이 즐겁게 술잔을 나누어도 좋고, 경우에 따라서는 오빠와 여동생인 양 거짓 세계에 녹아들어도 좋다.

다음 순간, 무지개의 행방을 좇고 있던 마쓰나가 도오루의 눈에 뜻밖의 장면이 들어왔다. 그 여성이 자은사의 본당 뒤쪽에 멍하니 서 있는 것이었다. 비를 맞고 깨끗해진 묘지를 둘러보더니, 산을 올려다보고 머리 위에 걸린 무지개를 바라보았다. 모든 건 지나친 우려였을까? 여성은 정말로 성묘를 하러 온 것이며, 지금은 비가 그치기를 기다리고 있는 걸까?

"어머니, 어머니."

"으째 그러냐, 도오루?"

그는 바닥을 기듯이 다가온 어머니를 향해 앉아 보라고 툇마루를 가리켰다.

"원숭이라도 나타났냐?"

"그런 거 아니에요. 어머니, 잘 들어요. 저에겐 신경 쓰지 않아도 돼요. 저기에 서 있는 사람을 본 적 있어요?"

어머니는 문턱을 두 손으로 짚은 채, 잠시 시선을 고정했다. 산 중턱에 있는 마가리야에서는 산자락의 경사면에 있는 묘지가 한눈에 보인다. 본당의 뒤쪽도 큰 소리로 부르면 닿을 만한 거리였다.

　　"아녀, 모리는 사램이여."

　　"정말이세요? 어머니 입장도 있을 테니까 저에겐 신경 쓰지 않아도 돼요."

　　"그렇들 않당께. 참말로 모리는 사램이여."

　　여성은 우두커니 선 채로 핸드백에서 스마트폰을 꺼냈다.

　　"있잖여, 도오루……."

　　"네, 뭐든지 말씀하세요."

　　어머니의 어깨를 토닥거려 주자 망설이는 듯한 중얼거림이 돌아왔다.

　　"나 딸은 의사구마. 저 사램과는 한나도 안 닮았시야. 저 사램보담 키도 크고 머리크락도 질제."

　　친딸을 말하는 건 아니다. 아마 게스트 중에 딸이라고 여기는 여자 의사가 있는 것이리라. 어머니가 이 일에 얼마나 진심을 다하는지 알고 돌연 가슴이 먹먹해졌다. 아니, 그렇지 않다. 어머니는 분명히 한 사람 한 사람의 게스트를 모두 친아들과 친딸이라고 믿고 있다.

"그란디 도오루. 쪼깨 짐작되는 점이 있구만."

거짓과 사실 사이에서 희롱당하는 어머니가 안쓰러워서 그는 다음 이야기를 거부했다.

"어머니, 이제 됐어요. 모르는 사람이면 그걸로 충분해요."

전화를 마친 여성이 이쪽으로 시선을 돌렸다. 어머니는 단정히 무릎을 꿇고, 그렇게까지 할 필요가 있을까 여겨질 만큼 깊숙이 고개를 숙였다. 여성도 당황하면서 정중히 인사를 돌려주었다.

이윽고 여성은 비 그친 산들을 다시 한번 둘러보더니 본당으로 돌아갔다.

"그기 말이시, 스님도 나도 농담이라고 여깄는디…… 아아, 이 일을 워쩔꼬."

문제가 생겼다면 얼마든지 중재에 나설 수 있지만, 게스트라는 처지에 있는 만큼 자신이 나서는 건 오히려 이 사람들을 곤란하게 만들지 않을까?

"할 말이 있으면 다녀오세요. 저는 낮잠이라도 잘게요."

"아녀, 아녀. 그 일은 스님헌티 맡겨두믄 되야. 그라믄 난 따순 차라도 끓이께."

이영차, 하고 어머니는 일어섰다.

"도오루."

"왜요?"

"점심 맛났구마."

빙긋이 미소 짓는 얼굴에서는 이미 곤혹스러움이 사라졌다. 이 사람은 성실하고 머리가 좋을 뿐 아니라 자신의 감정을 제어할 수 있는 대단한 인물일지도 모른다.

비가 그친 숲에서는 매미가 울기 시작했다. 처마 끝에서 떨어지는 빗방울도 끊기고, 빛나는 여름의 햇살이 돌아왔다. 무지개는 아련한 환상처럼 어느새 사라졌다.

그나저나 자은사의 뒤쪽에 우두커니 서 있던 여성은 도대체 누구였을까?

예약도 하지 않고 들른 게스트라는 추리는 빗나갔다. 여성은 '모리는 사램'인 것이다. 하지만 '쪼깨 짐작되는 점'이 있는 것 같다. 그리고 어머니는 말을 이었다. "스님도 나도 농담이라고 여깄는디"라고.

그런 약간의 정보에서 유추해 낼 수 있는 시나리오는 어떤 걸까.

그렇다. 그 여성은 게스트의 아내다. 카드회사에서 받은 카드 사용 명세서에서 '홈타운 서비스'란 항목으로 50만 엔의 거금을 발견했다면, 아무리 부자라도, 아무리 성실한 남편이라도 그냥 넘어갈 아내는 없으리라.

그리고 남편의 설명을 들어도 이해할 수 없고 추상적이고 꿈을 꾸는 듯한 팸플릿을 보니 더욱 수상해서 자기 눈으로 확인하지 않을 수 없어졌다, 라는 건 어떨까?

물론 아내들의 습성 같은 건 모르는 자신이 멋대로 상상한 것에 불과하지만.

잠깐만. 그렇다면 왜 절이나 묘지를 들먹였을까? 버스 정류장에서 게스트 같은 사람을 만나서 순간적으로 성묘하러 왔다고 말했다면, 자은사의 본당까지 들어갈 필요는 없지 않을까? 나라나 교토에 있는 유명한 절이라면 몰라도 이런 산골에 있는 절을 둘러볼 필요는 없을 테니까.

"도오루, 차 마시래이."

어머니는 오랜 세월에 걸쳐 닳고 닳은 툇마루에 찻잔과 생과자가 있는 쟁반을 미끄러지듯 밀었다. 오랜만에 고향에 온 아들에게 할 듯한 어머니의 동작이다.

정답은 이 사람의 가슴 속에 있겠지만 그렇다고 물어볼 수는 없었다.

"본당이 참말로 훌륭허제? 니는 모리겠제만 옛날에는 기와가 아니라 띠지붕이었구마."

자은사 지붕의 꼭대기는 딱 그의 눈높이에 있었다. 전체가 띠지붕이었을 무렵은 분명히 장관이었으리라.

"지붕을 바꾸기 한 해 전, 그해 가을에는 마을 사람들이 모다 나와서 들판으로 띠를 베러 갔제. 추수를 마친 뒤에 40~50명이나 되는 사램이 60~70마리나 되는 말을 이끌고 말이시. 자은사 스님이 길을 나스믄 멀리서도 구름맹키로 많은 사램들이 귀경허러 오곤 했구마."

시시한 생각은 하지 말라고, 어머니가 타이르는 듯한 느낌이 들었다.

갑자기 6개월 전의 기억이 되살아났다. 산골 마을이 비단처럼 아름다운 단풍으로 채색되어 있던 무렵이다. 그때는 고향의 눈부신 모습과 따뜻한 환대에 압도되는 바람에 오히려 있기가 힘들어서 일찌감치 집을 나섰다. 그때 어머니는 연신 무덤에 인사하고 가라고 권했다.

그렇다. 자은사 앞에서는 스님이 불러서 발길을 멈추기도 했다. 노승도 역시 무덤에 인사가 어쩌고저쩌고한 듯한 기억이 난다. 아무리 그래도 마쓰나가 집안의 무덤까지 만들어놓진 않았겠지만. 상상만 해도 음침한 기분이 들었다.

그는 본당의 기와지붕에서 시선을 돌려 절의 절반을 차지하고 있는 묘지를 둘러보았다. 묘지는 경사면에 부채를 엎어놓은 듯한 모습으로 자리 잡고 있다. 위쪽 부분은 엎드리면 코가 닿을 만큼 가까웠다.

지금은 마을에 사는 사람보다 무덤의 수가 더 많은 게 아닐까? 옛날에는 상당히 번성한 마을이었을까? 아니면 마을을 떠나도 무덤은 그대로 놓아두고 제사나 추석 때 성묘하러 올까? 어쨌든 지나칠 만큼 넓은 묘지는 구석구석까지 손질이 잘되어 있었다.

오래 생각할 것까지도 없이 확실하다고 여겨지는 대답이 나왔다.

그는 사장의 임기를 마치고 시간이 생기면 그는 집안의 무덤을 없애기로 마음먹었다. 친척들을 번거롭게 하거나 황폐해질 대로 황폐해져서 언젠가 무연고 묘가 될 바에야 자기 손으로 처리하기로 한 것이다.

그리고 그런 자신을 특별히 불행하다고 여기진 않는다. 인구의 도시 집중과 저출생이라는 사회 현상이 계속된 결과, 마쓰나가 도오루와 비슷한 처지에 있는 사람은 그렇게 드물지 않다.

그런 사람 중 하나가 고향의 생활에 감동해서, 이 툇마루에서 묘지를 바라보다가 우연히 마음이 동한 게 아닐까? 그리고 도쿄로 돌아가서 아내에게 의논한 것이다. 아닌 밤중에 홍두깨 격인 말에 화들짝 놀란 아내는 바보 같은 남편처럼 1박에 50만 엔을 지불할 마음은 들지 않지만 그래도 일단 당일치기로 현지를 보고 오자, 라고 생각한 게 아닐까?

이러면 앞뒤 이야기가 맞는다.

"있잖여, 도오루⋯⋯."

아니, 잠깐만. 문제는 이것이 홈타운 서비스의 옵션에 포함되는지, 아니면 자은사의 비즈니스인지, 그것도 아니라면 그저 우연에 불과한지 불분명하단 것이다.

"이라고 비가 그친 날 밤에는 개똥버러지가 겁나게 많이 날아댕기는구마. 낭중에 땀도 식힐 겸 가보겠냐?"

어머니는 잠시도 생각하게 놔두지 않는다. 그것이 어머니라는 존재겠지만.

"하아, 개똥벌레요? 그거 좋죠."

"아이카와 다리에 서른, 위짝도 아래짝도 온통 개똥버러지 천지제."

어머니는 치아가 없는 입을 감추고 웃었다. 생각하게 놔두지 않는 게 아니라 생각해서는 안 된다고 야단치는 것 같았다.

"여어, 아직 살아 있었냐?"

아키야마 미쓰오는 대부분 신호음 한 번만에 전화를 받는다. 태평한 사람처럼 보이지만 기묘하게 성급한 점은 미국인의 기질을 닮았는지도 모른다.

"인사 한번 고약하군. 그런데 미 짱, 내가 지금 어디에 있는지 알아?"

"여자 집."

"농담은 작작해."

"하하, 그거야 네 말투만 들어도 알아. 1박에 50만 엔짜리 고향에 갔지? 정말이지 팔자 한번 좋다니까."

부엌에서 저녁 식사를 준비하는 어머니의 뒷모습을 보고 나서 마쓰나가는 불단이 있는 방으로 들어갔다. 백열등을 켜자 붉은색의 그리운 빛 속에 낯선 아버지와 젊은 군인의 사진이 떠올랐다.

"무슨 일 있었어?"

"아니, 특별할 건 없는데……."

그는 땅거미가 지는 마당을 바라보면서 자은사를 방문한 기묘한 여성에 대해 대충 설명했다. 아키야마는 말이 많은 사람치고는 남의 이야기도 잘 들어준다.

"그렇군. 도쿄의 묘지를 없앨 바에야 시골 절에서 영원히 모시게 만든다는 건가? 그래서 아내가 보러 간 거군. 네 짐작이 맞을 것 같아."

"너도 그렇게 생각해?"

"너도 그런 이야기를 했잖아? 무덤을 없앤다느니 마느니 하면서."

그는 고개를 갸웃거렸다. 아키야마에게 홈타운 서비스 이야기를 한 건 스포츠클럽이었지만, 그때 무덤 이야기를 했던가? 그 이후로도 아키야마를 몇 번 더 만났었으나 홈타운 서비스가 화제에 오른 기억은 없다.

"난 그럴 마음은 없어."

"그래? 내가 듣기엔 그럴 마음이 있는 것 같았는데? 어쨌든 그건 포기해. 거기까진 성묘하러 갈 수 없으니까."

"네가 나보다 오래 살 것 같아?"

도쿄도 지금쯤 비가 그쳤을까? 펜트하우스에서 우아하게 술잔을 기울이는 아키야마의 모습이 머릿속에 떠올랐다.

"있잖아, 우리 마누라 말에 따르면……."

아키야마가 미국에서 함께 돌아온 금발의 아내 이야기다.

"언빌리버블! 미국에선 도저히 있을 수 없는 일이래. 나도 그렇게 생각해. 거짓에 5000달러나 지불하다니. 내용이 어떻든 소송으로 발전할 만한 일이야. 너 괜찮냐고 마누라도 걱정하더라. 물론 괜찮지 않지. 우리 나이가 되면 괜찮은 녀석은 이 세상에 없으니까. 마쓰나가, 내 말 잘 들어. 넌 그들의 먹잇감이 되고 있을지도 몰라. 더는 돈을 내지 마."

돌연 불쾌해졌다. 걱정해 주는 건 고맙지만, 애초에 말로 설

명하면 수상쩍게 들릴 것은 당연하다. 더구나 겪은 사람이 아
니라 다른 사람을 통해서 들으면 언빌리버블 정도가 아니라
사기로 여겨질 것이다.

그때 전화기 건너편에서 남편의 별명을 부르는 아내의 목
소리와 함께 "마쓰"라고 대답하는 아키야마의 목소리가 들렸
다. 누구와 통화하냐고 물은 것이리라. 아내도 일상생활에 불
편하지 않을 만큼 일본어를 하지만, 둘만 있을 때는 지금도 영
어로 말한다고 한다.

"미안하지만 지금 나가봐야 하거든."

"그래, 나야말로 미안해. 걱정 마. 난 괜찮으니까."

"괜찮지 않다니까."

큰 웃음소리를 남긴 채 전화가 끊겼다.

"도오루. 술이 데워졌어야. 이짝으로 오래이."

따뜻한 어머니의 목소리가 멀리서 마쓰나가를 불렀다. 네
에, 하고 대답했지만 일어설 마음이 들지 않아서 그는 불단 앞
에서 양반다리를 한 채 저물어가는 마을을 바라보았다.

풀을 잘 먹인 유카타의 감촉이 기분 좋았다. 여기에서는 모
든 것이 익숙한 것처럼 여겨졌다. 풍경도, 냄새도, 바람 소리
도, 새들의 울음소리도.

그런 마음의 평온함에 몸을 맡기니, 현실의 도시가 거짓이

나 꿈처럼 여겨졌다.

고독한 인생을 후회하기는커녕 오히려 마음껏 즐겼고, 더구나 원하지도 않았던 지위와 명예를 손에 넣었다. 하지만 이 평온함에 비하면 그것은 마음 불편한 날들이었다. 현실감이 없는 현실처럼 여겨졌다.

그리고 갑자기 불쾌해진 이유는 아키야마와의 대화 때문이었다. 빌딩 꼭대기에 있는 펜트하우스에 살면서, 해가 저물고 발밑에 화려한 빛이 넘실거리면 금발의 아내와 멋진 옷을 입고 식사하러 나가는, 그런 아키야마의 일상도 거의 현실감이 없기는 마찬가지 아닌가.

"오늘도 초라헌 뱁상이제만 그려도 맛나게 묵그래이."

화롯가에는 젓가락을 들기도 망설여질 만큼 아름다운 음식들이 놓여 있었다.

연기가 피어오르고 있는 것은 모기향일까. 이 집에는 방충망이 어울리지 않는다.

"도오루, 급허게 마시지 말고 천채이 마시그라."

"어머니가 건강하셔서 정말 다행이에요."

술잔을 맞추고 슬며시 돌아보니, 동쪽 하늘에 살짝 이지러진 보름달이 걸려 있었다.

"손전등은 읎어."

어머니가 초롱을 흔들면서 말했다.

"아그들이 손전등을 키고 막 쫓아댕긴 이후로 개똥버러지가 오들 않게 됐제. 도오루, 느그들이 글 안했냐?"

그렇게 말하면 어떻게 대답해야 할지 모르겠지만, 어린 시절에 손전등을 가지고 놀다가 부모님에게 야단맞은 적은 있다. 하지만 개똥벌레를 본 적은 없었다. 그 시절의 도쿄는 지금보다 물도 공기도 훨씬 더러웠다.

"초롱은 싫어하지 않아요?"

"그라믄. 싫어허기는커녕 오히려 다가온당께."

자은사의 문에는 쇠사슬이 걸려 있다. 길가에 있는 집들 중 몇 군데는 불이 켜져 있었다. 하늘은 도료로 그린 그림처럼 파란색이 섞여 있었다.

가로등이 꺼져 있는 것은 개똥벌레 때문일까? 아니면 개똥벌레를 구경하러 나온 게스트를 위한 배려일까? 어쨌든 달빛과 초롱의 불빛이 어우러지면서 밤에 걷기에는 딱 적당했다.

마쓰나가 도오루는 아직 취기가 남아 있는 머리로 생각했다.

만약 자신이 친아들이라면 퇴직하고 고향으로 내려올까, 아니면 어머니를 도쿄의 아파트로 오라고 해서 같이 살까. 어느 쪽도 그렇게 간단한 이야기가 아니다. 아니, 솔직히 말해서

둘 다 어려운 이야기다.

　모든 가정에 자식이 많았고 농사를 지어도 충분히 먹고살 수 있었으며, 사람의 수명이 지금만큼 길지 않았던 시대에는 이런 고민을 하지는 않았으리라. 그런데 이렇게 달빛 아래에서 쥐죽은 듯 조용한 폐가와 드문드문 불이 켜진 민가를 바라보니 이 집들이 모두 그런 '어려운 이야기'를 받아들여야 했던 것처럼 여겨졌다.

　마을 사람들에게 이 현실은 예전에 조상들이 체험한 굶주림과 목마름, 가슴 아플 만큼 만연했던 전염병과 똑같았을 것이다. 가장 최악인 것은 이 굶주림과 목마름은 영원히 회복할 수 없으며, 이 전염병도 진정되지 않을 거란 사실이다.

　"외롭지 않아요?"

　길을 걷고 있노라니 서글픈 마음이 중얼거림이 되었다.

　초롱의 아련한 불빛 속에서 어머니는 미소를 지었다.

　"외롭긴. 한나도 외롭들 안혀. 마을 사램이 모다 돌봐주고 있응께."

　그리고 잠시 말을 선택하듯 망설이고 나서 속삭이듯 말을 이었다.

　"느그가 나보담 훨씬 외롭지 않냐?"

　마쓰나가 도오루는 그 한마디에서 어머니가 되어 주려는

사람의 신념을 읽었다.

마지막 버스가 텅 빈 상태로 지나갔다. 버스 앞에도 뒤에도 도로를 지나가는 차는 없었다. 커다란 어둠과 벌레의 울음소리만 있을 뿐이었다.

"도오루, 이쪽이구마."

아이카와 다리 위에 서서 어머니가 초롱을 흔들었다.

"저그 보래이, 겁나게 많제? 지금은 쫓아댕기는 아그들이 읎어서 개똥버러지의 천국이여."

그는 자기도 모르게 돌난간에 기대어 몸을 내밀었다. 개똥벌레를 본 적이 없는 것은 아니지만 이렇게 무리를 지어서 나는 줄은 꿈에도 몰랐다. 저습지의 수면에서 나뭇가지 사이까지 무수한 초록의 빛이 넘실거리고 있었다.

"개똥, 개똥, 개똥버러지야, 이리 오니라."

어머니가 노래하듯 부르자 개똥벌레가 초롱의 불빛을 향해 날아왔다.

"이것 보래이" 하고 어머니가 의기양양하게 미소를 지었다. 마치 어리광이라도 부리듯 개똥벌레가 어머니의 머리칼과 남루한 옷 위에 앉았다.

"도오루, 이 저습지 안짝에 엄청난 부자의 훌륭헌 저택이 있었구마."

개똥벌레 무리가 날아다니는 어둠의 끝을 바라보면서, 어머니는 불쑥 이야기를 시작했다.

옛날 옛날, 아니, 고로콤 옛날은 아니었구마. 울 할아부지가 어렸을 때였응께 메이지 시대*에 접어들고 나서였을 거여.

이러코롬 장마 도중에 잠깐 비가 그친 날, 보름달이 뜬 한밤중에 마을의 아그들이 초롱을 들고 개똥버러지를 쫓아댕겼제. 손전등이 읎든 시절이라서, 아그들과 개똥버러지는 사이좋게 놀았구마. 개똥, 개똥, 개똥버러지야. 이리 오니라, 허고 말이시.

그라고 덴구** 요괴헌터 잽혀가믄 안 되니께 인자 슬슬 집에 가자는 말이 나왔제만, 저그 위짝의, 저그 보래이, 개똥버러지가 모여 있는 큰 바우 보이제? 그짝에 아직 개똥버러지에 정신 없이 빠져 있던 한 아가 있었제.

그 아는 마을 최고의 개구쟁이라 억지로 디꼬갈 수 읎어서 기냥 놔뒀구마.

그 아의 이름은 쇼스케였제. 소작인인 아부지가 마을의 관리헌티 이름을 지어달라고 부탁혔더니, 니 자석헌티는 이름을 지어줄 수 읎다고 거절혀서, 보란드끼 관리를 뜻허는 '쇼庄'자를

---

* 1868년부터 1912년.
** 일본의 깊은 숲속에 살면서 마계를 지배하는 요괴의 일종.

붙이서 쇼스케로 지은 거구마.

그 쇼스케는 아그들이 모다 집으로 간 다음에도 개똥버러지와 놀았제. 개똥, 개똥, 개똥버러지야. 이리 오니라, 허믄서.

암만 무서운 걸 모리는 개구쟁이라도 요괴헌티 잽혀가는 건 겁나는 법이제. 그려서 집에 가려고 기슭으로 올라왔드니, 개똥버러지도 무리를 지어서 워딘가로 가려는 게 아니겄냐?

쇼스케는 저짝 저습지 위에 개똥버러지의 보금자리라도 있는 게 아니까 허서 그들의 뒤를 쫓아갔제.

초롱의 불빛과 나무 새로 비치는 달빛을 받고 걸어서 숯 굽는 오두막집을 지나고 짐성들만 댕기는 길을 지나도, 개똥버러지들은 마치 이리 오니라, 이리 오니라, 허는 것맹키로 계속 날아갔다더구마.

그러코롬 한참을 걸어가니께 갑재기 산속 같지 않은 좋은 길이 나타났제. 개똥버러지들은 그 길을 날어서 훌륭헌 저택의 문 안으로 들어갔구마.

하늘에는 달님이 빛나고, 주변은 더헐 수 읎이 조용혔구마. 그란디 무신 이유인지 저택의 검은색 문은 열려 있었제.

암만 힘이 넘치는 쇼스케라도 한참을 걸어서 힘들었고 초롱도 꺼져서 불안혔기에, 이웃 마을의 관리님이라믄 도와줄 거라고 생각혀서, 저택 앞에 있는 오두막집 앞에서 말을 걸었제.

"여보시오!"

대답은 읎었어. 그래서 쇼스케는 "여보시오!"라고 말험서 문을 지나갔제.

그 집은 관리님의 집과는 비교도 안 될 만치 커다란 저택이었시야. 달빛이 비치는 마당의 여그저그에는 붉은색 닭들이 몸을 웅크린 채 잠들어 있었고, 마구간에는 얼룩무늬 말부터 갈색 말까지 각양각색의 말들이 멫 마리나 묶여 있었다더구마.

그란디 암만 기달려도 사램의 기척이 읎는 거여. 배가 고파서 더는 견딜 수 읎든 쇼스케는 "여보시오, 암도 없어라?"라고 말을 험서 저택 안으로 들어갔제.

문도 닫혀 있들 않은 복도를 "여보시오"라고 하믄서 한 바쿠 돌았더니, 붉은 천을 깔어둔 널릅디널른 다다미방이 있었고, 상석에는 빤닥빤닥 빛나는 황금 병풍이 있었는디 커다란 촛불이 키져 있어서, 암만 봐도 뭐신가를 축하허는 연회석 겉었제.

그란디 역시 사램은 한 명도 읎었어.

여름이라곤 허제만 산속은 쌔크롬혀서, 청동화로에 불이 지펴지고 쇠병에는 물이 끓고 있었다더구마.

축하헐 일인지 뭐신지 모리제만, 붉은 쟁반이며 붉은 그릇이 쭉 놓여 있고, 도미회며 떡국이며 팥밥이며, 한 번도 본 적이 읎는 산해진미가 까뜩 채려져 있었제.

그런 상황에선 아그의 "여보시오"가 "잘 묵겠어라"가 되어도 무리는 아니제.

"아아, 잘 묵었다!"

배가 불룩게 쇼스케는 갑재기 무서워졌제. 모리는 저택에 들어와서 멋대로 뱁을 묵는 건 도독이나 허는 짓잉께 말이여. 더구나 쇼스케는 이웃 마을 소작인의 아덜잉께, 가차읎이 경찰서에 끌례가서 감옥에 들어갈지도 몰러.

고로콤 생각허니 너머너머 무섭고 두려워서 쇼스케는 신발도 신들 않고 꽁지가 빠져불게 도망쳤시야. 워디를 워쩌케 달렸는지 모리제만 문득 정신을 채렸더니, 이 아이카와 다리 옆에 멍허니 서 있었다더구마.

담날, 그 이야그를 들은 마을 사램은 모다 쇼스케를 바보 취급혔제. 이 지방에는 옛날부텀 '마요이가'*라는 전설이 있어서, 산속에 있는 커다란 저택에 들어간 사람은 이윽고 엄청난 부자가 되는 법이니께.

허지만 쇼스케는 가난헌 소작인의 아덜에다, 더구나 암도 상대허들 않는 개구쟁이였잖냐? 이러코롬 안타까운 이야그는 읎다고 생각혀서, 마을 사램들은 산속을 돌아댕김서 마요이가를

* 迷い家. 산속에 아무도 살지 않는 저택이 있는데, 안에 있는 물건을 가지고 나오면 복을 받을 수 있다는 전설.

찾었제만, 쇼스케는 길도 모리고 개똥버러지도 길을 안내혀 주진 않었어.

참말로 안타까운 이야그제.

이 이야그는 이걸로다 끝이란다.

그나저나 도오루, 인자 그만 집으로 가자꾸나.

니, 날 업고 갈 수 있겄냐? 이거야말로 놓치믄 안타까운 일이제. 그라믄 워디 한번 어리광을 부려보까?

그란디 말이시, 도오루. 지금 헌 이야그는 이걸로다 끝이 아녀. 재미진 뒷이야그가 있구마.

시월이 솔찬히 흘러서 메이지 시대가 끝나고 다이쇼 시대*가 되았을 무렵, 촌장님과 관리가 천황 즉위식서 만세를 불르기 위해, 아득히 먼 도쿄로 갔었제.

그라고 황궁서 알현헌 뒤에 하라 다카시** 총리님 저택에 인사허러 갔다더구마잉. 그란디 먼처 온 손님이 좀체롬 나오들 않는 거여. 갠신이 나온다고 생각혔더니 총리님이 현관까장 배웅을 나오셔서, 응접실서 기달렸던 촌장님과 관리가 깜짝 놀라서 뛰어나왔제.

* 1912년부터 1926년.
** 原敬. 1856년부터 1921년. 제19대 일본의 내각총리대신. 이와테현 출신.

현관서 손님을 배웅헌 후에 총리님께 명함을 드렸더니, 고개를 갸웃거림서 말씀허시기를 "이런, 아이카와 마을서 오셨다믄 지금 가신 손님을 보신 적이 읎습니까?"라고 허시지 뭐냐?

다카기 쇼스케란 이름을 듣고 두 사람은 기겁헐 만콤 놀랐제. 워쩐 일이 있었는진 모리겄제만, 직공 일을 허기 위해 마을을 떠난 후 감감무소식이었던 개구쟁이 쇼스케가 총리대신이 정중히 대접헐 만치 엄청난 사장으로 출세헌 거지 뭐냐.

그려, 그려. 니 맹키로 말이시. 산속의 커다란 저택에 초대된 사람은 이윽고 부자가 되는 법이제.

이걸로 이번 이야그는 진짜로 끝이여.

있잖여, 도오루. 니 혹시 어렸을 때 이 계절쯤에 개똥버러지를 쫓아갔다가 커다란 저택에 간 적이 읎냐?

개똥, 개똥, 개똥버러지야, 이리 오니라.

무위도식

무로타 세이이치는 한가하다.

작년 6월에 정년퇴직한 이후 생각지도 못한 사건이 있었지
만 그것을 제외하면 마음껏 자유를 누린 것만은 분명했다. 하
지만 계절이 한 바퀴 돌아오자 당장 하고 싶은 일은 없어져서
예전에 그토록 갈망했던 한가한 시간을 주체하지 못하게 되
었다.

헤어진 아내는 요즘 감감무소식이다. 전화번호는 바꾸지
않았겠지만 꼭 물어봐야 할 용건도 없어졌다. 특별한 일도 없
이 연락하면 미련이 남은 것처럼 보일 것이다. 아내의 현재 상
황을 모르니까 무섭기도 했다.

딸들도 약속이라도 한 것처럼 모습을 보이지 않았다. 큰딸과 작은딸 모두 육아에 정신이 없는 것은 알지만, 혼자 사는 아버지나 친정의 상황이 조금은 마음에 걸리지도 않는가. 엄마 편을 드는 것 같지도 않다. 애초에 부모 중 어느 한쪽 편을 들 만큼 옥신각신한 적도 없다. 어쩌면 둘 다 엄마를 닮아서 냉정한 성격일지도 모른다.

"나 참, 기가 막혀서……."

그는 소리를 내서 말하고 거의 지정석이 된 소파에서 몸을 일으켰다.

거실은 몹시 너저분했다. 헤어진 아내나 냉정한 딸들은 제쳐두더라도 이제 슬슬 동생이 올 때가 되었다. 청소를 하며 여봐란듯이 내쉬는 한숨 소리를 듣지 않으려면 조금은 치워 두는 게 좋을 듯싶다.

창문을 연 순간 뜨거운 열기에 숨이 막혔다. 그와 동시에 매미 울음소리가 일제히 공격해 왔다.

정원은 황폐해졌다. 비록 넓진 않지만 아내가 정성껏 가꾼 정원이다. 이혼을 하든 별거를 하든, 아내가 이 정원을 방치할 리가 없다고 여겼다. 적어도 일주일에 한두 번은 집에 와서 물을 주고 잡초를 뽑을 것이라고 생각했다.

설마 이 정원을 버릴 줄은 꿈에도 몰랐다. 시어머니에게서 물려받은 이 정원을. 딸들에게 물려주지도 않고 너무나 간단히, 너무나 손쉽게.

그렇게 생각하니 한껏 너저분해진 실내와 황폐한 정원이 하나로 이어진 것처럼 보였고, 자신도 그 풍경의 일부처럼 여겨졌다.

"좋아!"

망상을 뿌리치고 두 주먹을 불끈 쥔 뒤, 무로타 세이이치는 거실을 치우기 시작했다.

오랫동안 혼자 지방에 내려가 근무했던 덕에 세탁이나 식사 준비는 그렇게 힘들지 않았다. 하지만 청소는 부임지에서 살았던 원룸 아파트처럼 간단하지 않았다.

원래는 그의 부모가 '부부와 자식 둘'이라는 가족 구성원에 맞춰서 지은 집이다. 그래서 부모에게 물려받았어도 콘셉트가 똑같아서 사용하기 편했다. 그런데 딸들이 출가한 후로는 너무 넓었다. 더구나 혼자 살기 시작하니 힘에 부쳤다. 청소는 고된 작업일 뿐이었다.

차라리 집을 팔고 작은 아파트라도 살까 하는 생각도 들었지만 언젠가 아내가 돌아올지도 모른다는 희망을 버릴 수 없었다. 그것이 헛된 꿈이란 사실은 알고 있지만 딸들의 친정을 처분하는 것은 내키지 않았다.

거실과 2층 침실 외에는 그동안 봉인해 놓았다. 그래도 오랜만에 청소를 시작하니 내버려 둘 수 없었다.

귀찮기는 해도 시간은 얼마든지 있다. 시간을 때우기에 딱이라고 생각하니 마음이 편해서, 결국은 황폐한 정원과 마주한 거실 유리까지 반짝반짝하게 닦았다. 욕실 청소를 끝냈을 때에는 이틀에 한 번씩 가는 대중목욕탕에는 이제 가지 않기로 마음먹었다.

"하면 할 수 있잖아!"

반나절에 걸쳐서 청소를 마친 다음, 그는 누구에게랄 것도 없이 혼자 중얼거렸다.

하면 할 수 있잖아.

그 말은 그의 입버릇인 듯했다. 그 말을 한 순간 한 여직원이 "그건 전형적인 꼰대 말투이자 갑질이에요"라고 지적했을 때는 깜짝 놀랐다. 자신에게 아무런 악의가 없어도 상대가 불쾌하게 여기면 이른바 갑질에 해당된다. 속마음을 터놓는 부하 직원에게 물어보니, 그는 자신이 일을 다시 해오라고 한 다음에 종종 그런 말을 한다는 사실을 알았다. 상사는 칭찬으로 하는 말일지 몰라도 아랫사람을 무시하는 고압적인 용서의 말처럼 들린다는 것이다.

언제부터인지 갑자기 솟구치듯 그런 문제가 공공연히 등장하게 되었다. 직장 내 갑질이나 괴롭힘을 방지하는 위원회는 노동조합에서부터 출발했지만, 그러는 사이에 인사부 내의 대책실로 발전하면서 웃어넘길 수 없게 되었다. 무로타 세이이치는 맨 먼저 도마에 오르는 세대의 관리직이었기 때문이다.

하면 할 수 있잖아.

아내와 딸들에게도 똑같은 말을 했을지 모른다. 어쩌면 그런 행동이 쌓이고 쌓여서 이런 결과를 초래한 게 아닐까?

그는 머리를 흔들어 그런 생각을 쫓아낸 뒤, 커피를 내리고 담배에 불을 붙였다. 큰일을 해냈다는 만족감이 온몸으로 파고들었다.

1인분 커피를 간단히 내릴 수 있는 드립백은 너무나 편리하다. 회사를 그만두면 담배도 끊으려고 했는데 오히려 더 늘었다.

컴퓨터를 켜고 메일을 확인했다. 스마트폰으로도 충분히 할 수 있으면서도 책상 대신 사용하는 식탁에 앉아 컴퓨터를 들여다보는 것은 월급쟁이의 습성이다.

받은메일함에는 메일이 없었다. 퇴직하고 나서 한동안은 업무 문의를 비롯해 거래처나 선배에게서 연락이 왔지만 그것도 점차 뜸해졌다.

생각해 보면 컴퓨터라는 물건도 그의 세대가 극복해야 했던 하나의 벽이었다. 이런 것은 경리부만 사용하는 것이라고 여겼는데, 즉시 영업부에도 파고들었다. 할 수 있느냐 할 수 없느냐가 아니라 반드시 해야 하는 도구로 변한 것이다. 가까스로 다루게 되었지만 애초에 머릿속이 아날로그인 만큼 모르는 것투성이였다.

그 당시에 몹시 고생해서 그런지 지금도 컴퓨터에 편견이 있다. 인간관계를 일그러뜨리고, 자신을 추락시키고, 생산성 없이 시간만 잡아먹는 괴물이라고 생각한다. 하지만 최근에 이것이 없으면 한가한 시간을 주체하지 못하고 허우적거리게 된다는 사실을 깨달았다. 업무용으로 사용하지 않아도 매일 두세 시간은 식탁 위에서 또 하나의 세계를 여행했다.

배가 고팠다.

점심시간은 이미 지났다. 하지만 그것은 아무래도 상관없었다. 정년퇴직하자 정시에 무엇인가를 할 필요가 없어졌다. 아내가 집을 나간 후로는 하루 세 끼 식사도 배의 상태에 맡겼다. 너무나 알기 쉬운 자유다.

식사 준비는 힘들지 않았다. 정년퇴직하기 전에 혼자 지방에 있었던 것이 오히려 다행이었다. 한마디로 말해, 1년하고도 몇 달 전의 식생활로 돌아가면 되는 것뿐이다.

컵라면은 좋아하지만 비참한 심정이 들어서 일부러 먹지

않는다. 통조림도 마찬가지다. 그 둘은 독신 남성의 식사로는 이미 시대에 뒤처졌다고 생각한다. 그렇다고 요리하는 취미는 없다. 손재주는 아예 없고 칼도 제대로 다루지 못한다.

레토르트. 역시 이거다. 시간도 들지 않는다. 전자레인지에 데워서 식기에 담기만 하면 된다.

그는 냉동실 문을 열었다. 처음에 살 때는 몰랐는데 지금 보니 너무 크다. 이제는 냉장할 필요가 없는 레토르트식품의 수납장으로 추락했다.

그나저나 뭐로 할까?

스파게티는 어떨까? 드라이 파스타는 일종의 인스턴트식품이지만, 그렇게 말할 수 없을 만큼 명작이다. 쫄깃한 식감의 생파스타보다 오히려 그의 취향에 잘 맞는다. 그리고 '삶기'라는 간단한 조리만으로 레토르트파우치의 죄를 사해주는 듯한 생각이 든다.

'로마의 휴일'은 그 분야의 고급 브랜드다. 가격은 비싸지만 맛은 타의 추종을 불허하고, 포장 상자의 맛있어 보이는 사진도 결코 과대광고가 아니다.

더구나 유효기간이 상온에서 1년인 만큼 냉동실에 3년을 재워 놓아도 문제 없다. 그래서 슈퍼마켓의 특별 할인 판매 전단지를 보자마자 16종류를 모두 사두었다.

오늘은 봉골레 비앙코. '바지락의 풍부한 감칠맛에, 엑스트라 버진 올리브기름의 향이 더해진 맛'이라는 홍보 문구가 식욕을 돋웠다.

만드는 방법은 매우 간단하다. 전자레인지에서 1분 또는 끓는 물에 3분 데운 다음 개봉해서 파스타와 섞기만 하면 된다. 튀긴 마늘과 이탈리안 파슬리라는 토핑까지 완벽하게 들어 있다.

그는 전자레인지를 별로 좋아하지 않아서 끓는 물에 넣었다. 전기 포트에 집어넣으면 심지어 더 간단하다.

'로마의 휴일' 시리즈를 만든 곳은 이 업계에서 가장 큰 회사다. 예전에 이 회사에 대한 자료를 읽다가 연간 매출이 1조 엔에 이른다는 사실을 알고 소스라치게 놀랐다. 의약품 업계를 통틀어도 그런 매출 규모를 갖춘 곳 서너 개 회사뿐이다.

슈퍼마켓 세일 때 198엔 균일가. 조리 시간은 고작 3분. 그런 상품으로 연간 1조 엔을 올리는 기업이 있을 줄이야. 그 사실에 그는 혀를 내둘렀다.

"어디 먹어볼까?"

컴퓨터 옆에서 늦은 점심을 먹었다. 아아, 그나저나 '로마의 휴일'은 왜 이토록 배신을 하지 않는 걸까. 16종류를 모두 먹어보았지만 우열이 없다.

하지만 무로타 세이이치는 이 순간을 가장 경계한다. 음식을 빨리 먹으면 혈당치가 높아진다고 한다.

그와 동시에 아내의 말이 떠올랐다.

당신은 한 시간 걸려서 만들어도 항상 5분 만에 먹는군요.

낮술은 마시지 않는다. 한번 마시기 시작하면 그 즉시 분별력을 잃어버릴지도 모른다. 대낮부터 술을 마시다가 아내나 딸들이 온다면 관계 회복의 기회를 영영 잃을 수도 있다.

언제 어느 때 그런 상황에 부딪혀도 의연한 태도로, 너그럽고 신사적으로 아내와 딸을 맞이해야 한다.

그런 일은 있을 수 없겠지만, 하고 그는 가슴속으로 중얼거렸다. 이런 때라도 '로마의 휴일'은 똑같이 맛있는 게 신기하기만 하다.

그 순간 머릿속으로 들려온 것은 현관의 초인종 소리가 아니라 사자성어였다.

무위도식無爲徒食.

그 단어가 떠오른 순간, 익숙하지 않은 청소 같은 건 하지 말았어야 했다고 후회했다.

집의 너저분한 모습이 오히려 정신을 안정시키고 있었던 모양이다. 갑작스레 정리된 넓은 공간에 홀로 멍하니 앉아서 식사를 하니 마치 제사라도 지내는 기분이 든 것이다. 그래서

인지 신의 계시 같은 말이 내려왔다.

무위도식.

무슨 뜻인지는 안다. 아무것도 하지 않고 밥만 축낸다는 말이다.

그는 포크를 내려놓고 전자사전을 펼쳤다.

무위. 아무것도 하지 않고 빈둥대는 것. 정답이다. 하지만 이렇게 콕 찍어서 들으니 온몸이 오그라드는 것 같았다.

도식. 하는 일도 없이 그저 먹기만 하는 것. 놀고먹다. 좌식하다. 이것도 정답이다. 하지만 동의어인 '놀고먹다', '좌식하다'라는 말은 너무도 노골적이지 않은가.

두 단어를 겹쳐서 '무위도식'이 되니 이래도 먹기만 할 거냐, 이래도 빈둥거리기만 할 거냐, 하며 귀싸대기를 얻어맞은 듯한 느낌이 들었다.

생각해 보니 사흘간 집에서 한 발짝도 나가지 않았다. 연일 이어지고 있는 무더위 탓이다. 매일 사망자가 몇 명씩 나오고 더구나 대부분 독거노인이라고 하니 남의 일 같지 않았다. 그래서 반드시 해야 할 일이 없는 이상, 안전을 위해 외출을 삼가기로 했다. 그 결과 이렇게 지내는 것뿐이지 결코 무위도식이 아니다.

정원을 돌아보니 햇살이 기울어지고 있었다.

"좋아."

무로타 세이이치는 사흘 만에 밖에 나가기로 결심했다.

"뭐야? 황혼이혼이야? 그것참 안됐군."

"안됐긴. 오히려 속이 후련해. 정도 없이 같이 사는 것보다 낫잖아? 자유란 건 참 좋더군."

가와사키 시게루는 지저분한 수염을 기른 입가를 비틀며 웃었다.

"또 괜히 오기 부리시네."

왜 하필 이 녀석을 불러냈을까? 더구나 낮술을 마신 탓에 수치를 드러내고 말았다.

오래된 메밀국수 가게는 냉방이 잘되어 있다. 옆에 있는 다다미방 자리에는 은퇴한 것처럼 보이는 동네 영감님이 느긋하게 술을 마시고 있었다. 물론 그 영감님과 몇 살 차이가 나지는 않겠지만.

"오기는 무슨 오기야? 요즘은 홀아비라고 해서 불편한 건 하나도 없어."

"괜히 큰소리치네. 마누라가 그리워서 미칠 것 같으면서."

무로타의 아내는 가와사키를 끔찍하게 싫어했다. 하는 말마다 사람을 열받게 하고, 눈초리가 천박하다고 했다.

"네 마누라, 이거야?"라고 말하며 가와사키는 엄지*를 치켜세웠다. 그렇다, 이런 말투, 이런 눈초리를 싫어한 것이다.

대답하기도 짜증이 나서 "그럴지도 모르지"라고 자포자기하듯 말했다.

"참 괜찮은 여잔데. 젊었을 때는 그저 그랬지만. 분명히 어린놈 때문일 거야."

한마디로 말하면 철저하리만큼 사회성이 부족한 녀석이다. 가와사키가 왜 이렇게 비뚤어졌는지 그 이유는 분명하다. 이 한심한 녀석은 회사는 물론이고 아르바이트조차 한 적이 없다. 그렇다면 어떻게 먹고살까? 본인 말로는 임대료 수입과 주식 배당금이 있다고 하는데 그건 믿을 수 없고, 아마 1급 건축사 자격증을 가진 아내가 계속 먹여 살려주고 있는 것이라고 무로타는 짐작했다.

공립중학교와 고등학교에서 같은 반이었다는 것 말고는 아무런 인연이 없다. 하지만 어떤 이유에서인지 그 인연이 끊어지지 않는다. 이런 것을 악연이라고 한다는 사실을 최근에야 깨달았다.

"뭐, 마누라 얘기는 됐어. 요즘 흔히 있는 일이고. 그보다 그

* 일본에서 엄지는 '남자'를 의미한다.

250

홈타운 서비스인지 뭔지에 대해서나 말해봐. 어머니가 있는 고향이란 거, 왠지 마음이 끌리는데?"

무로타는 대화에 굶주려 있었다. 더구나 이 한심하기 짝이 없는 녀석은 이야기를 잘 들어준다. 낮술이 몸에 돌기 시작하자 이야기의 브레이크가 말을 듣지 않았다.

"무로타, 유나이티드 카드에서 하는 거라면 설마 위험하진 않겠지. 그럼 그야말로 꿈같은 이야기야. 자세히 말해줘."

이 한심한 녀석은 민소매 셔츠에 샌들을 신고 백발의 긴 머리칼을 뒤에서 하나로 묶었다. 그야말로 기둥서방의 표본 같은 놈이다.

하지만 최악의 짓은 하지 않는다. 불륜도 하지 않고 도박에는 관심이 없으며 과음도 하지 않는다. 담배는 예전에 끊었다.

인간 말종.

그렇게 평가한 사람은 아내였다. 특별히 나쁜 짓을 저지르진 않지만 인간 말종임은 틀림없다. 그렇다. 꺼림칙한 녀석이긴 하지만 인연이 끊어지지 않는 이유는 바로 그것이다. 애초부터 경멸하기 때문에 실제로 만나면 오히려 마음이 편하다. 입이 다물어지지 않는 별종이라서 굳이 허세를 부릴 필요 없이 신세타령을 할 수 있다. 즉, 말을 잘하고 그만큼 말을 잘 들어주는 인간인 것이다.

가와사키와 인연을 끊을 수 없는 이유가 또 한 가지 있다. 도쿄 근교에 있는 이 지역에는 부모에게 집을 물려받은 죽마고우가 많이 살고 있다. 하지만 예순한두 살이라는 나이가 어중간해서인지 같이 낮술을 마실 만큼 한가한 사람이 없다. 아니, 정확하게 말하면 다들 한가한 노인이 되고 싶지 않아서 재취직해 월급쟁이 생활을 하거나 자원봉사 활동을 하거나 평생 학습에 몰두하고 있다. 하지만 가와사키는 언제 나오라고 해도 한 번도 거절한 적이 없었다.

"흐음, 이게 그 유나이티드의 블랙카드란 건가?"

자랑할 생각은 없었지만 보여달라고 손을 내미는 바람에 어쩔 수 없이 카드를 건넸다.

가와사키는 민소매 주머니에서 노안경을 꺼내 자세히 살펴보았다.

"보통 카드와 색깔만 다르군."

"당연하지. 크기가 다르면 사용할 수 없잖아?"

"블랙카드는 왠지 요주의 인물이 사용할 것 같아. 이 녀석은 돈을 잘 내지 않으니까 조심해, 라는 식으로."

"뭐, 요주의 인물임은 틀림없지. 이걸 내밀면 종업원의 태도가 바뀌는 곳도 있거든."

"메밀국수 가게에선 그렇지 않잖아? 새우 한 마리를 더 준다든지?"

마침 튀김이 나왔다. 이 가게의 메밀국수를 특별히 좋아하지는 않지만, 참기름 향이 밴 튀김은 맛있다.

"그런데 무로타, 이 블랙카드 회원님께는 대체 어떤 특전이 있지?"

"포인트가 영원불멸이야."

"그래? 시시하군. 프로야구의 거인 팀도 불멸인데."

같은 세대에밖에 통하지 않는 개그가 날아왔다.

"예약할 수 없는 레스토랑에 항상 자리가 준비되어 있지."

"이제 그런 건 필요 없잖아? 접대도 없어졌고 마누라도 도망갔고."

"오페라라든지 다키기노*라든지."

"그런 취미가 있었던가?"

"거래처에선 좋아했어."

"무로타, 정신 차려. 이제 그 거래처는 없잖아? 이런 건 연회비도 장난 아니지?"

"35만 엔."

조금 목소리가 컸는지, 옆의 다다미방에서 혼자 술을 마시

---

* 薪能. 장작불을 피우고 야외에서 하는 일본의 전통 가면 음악극.

던 노인이 돌아보았다. 두 사람의 대화를 안주 삼아 술을 마시고 있었던 모양이다.

"그거, 보증금이야?"

"아니, 연회비야."

"매년 내야 해?"

"그래, 매년. 연말에 계좌에서 자동으로 빠져나가."

가와사키는 조용히 젓가락을 내려놓았다.

"무로타, 네 마누라가 왜 남자를 만들어서 집을 나갔는지 알 것 같아."

"남자는 없다니까."

"있어도 없어도 마찬가지야. 문제는 그게 아니니까. 이제 평생을 연금으로 살아야 할 놈이 사용할 일도 없는 신용카드에 매년 35만 엔의 연회비를 내다니, 제정신이야?"

"남자는 없으니까 이상한 소문은 내지 말아줘."

혼자 술을 마시던 노인이 또 돌아보았다. 무로타는 가와사키를 향해 가까이 오라고 손짓하고 목소리를 낮추었다.

"내 말 잘 들어. 현역 시절에는 여기저기에 유용하게 잘 사용한 보물이었어. 정년퇴직하면 당연히 반납해야 하지만, 그 전에 한 번 정도는 날 위해서 써보고 싶었지."

"그랬으면……."

"스톱, 스톱. 그랬으면 마누라와 여행을 간다든지, 고급 레스토랑에 간다든지 하는 얘기겠지. 물론 나도 그 정도는 생각했다고! 하지만 마누라가 행동에 나선 건 퇴직하자마자 바로였어. 그러니까 이 카드와는 관계없어."

"역시 남자군."

"그렇지 않다니까! 그리고 제발 목소리 좀 낮춰. 어쨌든 이 일은 마누라하곤 상관없어. 다시 말해, 이런저런 일로 마음이 답답할 때 홈타운 서비스의 안내장이 온 거야."

그곳에서 두 사람은 잠시 숨을 돌리고 서로 술을 권했다. 따뜻한 술은 오랜만이다.

"식기 전에 튀김 드세요."

여주인이 말했다. 이 기묘한 이야기를 듣고 있었던 모양이다. 동네 술집에서 마시기 시작한 것을 후회해도 이미 때는 늦었다.

"그렇군. 마침 그런 때, 어머니가 있는 고향이라……. 기막힌 타이밍이군."

"그렇지? 하지만 나도 무조건 달려든 건 아니야. 가격이 장난 아니니까."

"얼만데?"

무로타는 말없이 손을 쫙 펼쳤다.

무위도식　255

"생각보다 싼데?"

1박에 5만 엔이면 싸다고 생각하는 것도 당연하다.

"자릿수가 달라."

지저분한 수염이 난 턱이 우뚝 움직임을 멈추었다.

"돌았어?"

"나도 조금은 망설였지만."

한심한 녀석은 술을 모조리 털어 넣더니 딱딱한 표정을 지었다.

"있잖아, 무로타. 네 마음을 모르는 건 아니지만, 그건 딱 한 번뿐인 수학여행이라고 생각하고 다시는 가지 마. 모든 사람에겐 자기에게 맞는 분수라는 게 있어."

이 녀석에게 설교를 듣는 건 처음이다. 뭐든지 적당히 흘려들으니까 신세타령을 하러 온 건데.

문득 아이카와 마을의 겨울 풍경이 되살아났다. 지금은 덥긴 하겠지만 그래도 여름이 훨씬 지내기 편할 것이다. 툇마루에서 저녁놀을 바라보면서 부채질하는 어머니의 모습이 머릿속에 떠올랐다.

"계속 듣고 싶어?"

"됐어. 더는 듣고 싶지 않아. 나에겐 괴담에 불과하니까."

그리고 두 사람은 메밀국수를 먹으면서 추억의 수학여행

이야기를 했다.

반세기에 가까운 옛날 기억은 완전히 녹이 슬어서, 규슈까지 왕복 모두 야간 침대차였던 것까지는 분명했지만 돌아올 때 있었던 일은 기억나지 않았다.

어둠이 밀려올 무렵이 되어도 더위는 가라앉지 않았다. 역 주변은 이 시각을 기다렸다가 장 보러 나온 사람들과 공장 일을 마치고 집에 가는 사람들로 매우 혼잡했다.

예전에 이곳은 도쿄 근교에 있는 한적한 도시였다. 그런데 목조로 된 역사가 세련된 건물로 바뀌고 전철의 선로가 고가 高架로 바뀌는 등 역 앞이 재개발되면서 그 풍경을 잃어버렸다. 무사시노의 밭과 잡목림은 모습을 감추고 아파트가 하늘을 뒤덮었다.

변화하는 고향의 모습에 신경을 쓴 적은 없었다. 편리해졌다고 생각했을 따름이다. 출퇴근하지 않게 된 순간부터 잃어버린 풍경을 그리워하게 되었다.

한심한 친구와는 메밀국수 가게 앞에서 헤어졌다. 오늘은 둘째 아들이 손자들을 데리고 집에 오기 때문에, 지금부터 온몸에 기합을 넣고 저녁밥을 준비해야 한다고 했다.

아니꼬운 녀석이지만 거짓말이나 허세는 아니다. 온몸이

가루가 되도록 열심히 일해온 남자보다 기둥서방으로 빈둥빈둥 살아온 남자가 더 행복한 현실을 보고 무로타 세이이치는 화가 났다.

그래도 이 자유는 무엇과도 바꿀 수 없다고 마음먹기로 했다. 아내 기분을 맞춰주면서 아들 가족을 대접하는 것, 행복의 한 형태이기는 해도 너무나 부자유스러운 일이 아닌가.

손자의 목소리라도 들을까 하고 스마트폰을 꺼내다 마음을 바꾸었다. 딱히 외로운 것은 아니다.

사람들의 뒷모습이 그를 추월해 간다. 걸음이 느려질 만큼 체력이 약해졌을 리는 없다. 목적이 없으니 서두를 필요가 없는 것뿐이다.

집에는 몇 시에 들어가도 상관없다. 아니, 들어가지 않아도 된다. 거래처와의 회식도 동료들과의 만남도 없어졌다. 그런 현실의 변화를 그는 지금도 믿을 수 없었다.

담배를 필 수 있는 커피숍에서 한 대 피우기로 했다. 마침 역 앞 로터리 근처에 있는 커피숍의 2층 창가 자리가 비어 있었다.

담배에 불을 붙인 순간, 자신은 가와사키에 관해서 엄청난 착각을 했던 게 아닐까 하는 생각이 들었다. 회사원의 척도나 도덕관념으로 그의 인생을 바라보았던 게 아닐까.

가와사키의 집은 같은 지역일지라도 걸어가기에는 귀찮은 거리에 있었다. 무로타의 집에는 몇 번 술을 마시러 왔지만, 무로타가 그의 집을 방문한 적은 한 번도 없었다. 이유는 단 하나. 아내에게 빌붙어 사는 한심한 녀석의 집에서 술을 마실 수는 없지 않은가.

건축사인 아내는 아이들의 운동회에서 소개받은 이후로 본 적이 없다. 출퇴근할 때에도 그랬다. 사무실이 어디에 따로 있든가 아니면 프리랜서로 집에서 일하는 것일 수도 있다.

"참, 그렇지."

저도 모르게 목소리가 나왔다. 옆자리에서 노트북을 두들기고 있던 여대생이 의아한 얼굴로 그를 쳐다보았다.

가와사키는 기둥서방이 아닌지도 모른다. '주부主婦가 아닌 주부主夫' 역할을 하고 있는 게 아닐까? 바쁘고 돈을 잘 버는 아내와 재주도 없고 사회성도 부족한 남편이라면 그게 합리적인 방법일지도 모른다.

오늘날에는 드물지 않지만 남녀 역할을 구분하고 있었던 세대에는 공공연히 말하기 힘들어서, 가와사키는 일부러 '한심한 녀석'이란 타이틀을 감수하고 있었던 게 아닐까. 그래서 자신의 사생활을 말하지 않는 것이다. 사회적인 예의를 지키지 않고 말을 함부로 하는 대신에 듣는 것은 잘하고, 비뚤어진 것처럼 보이지만 눈치가 빠르다는 모순도 '주부主夫'의 성격이라고 생각하면 이해할 수 있다. 집에 있을 때 마음이 편안한 것은 당연하다.

"아하, 그렇군."

두 번째로 중얼거리자 소름이 끼쳤는지 옆자리의 여대생이자리를 옮겼다.

변태는 아닙니다. 당신도 운이 좋으면 사회에 나가서 열심히 일하다 나중에는 혼잣말을 중얼거리게 됩니다, 라고 무로타는 여대생의 등을 향해 들리지 않게 말했다.

오늘은 둘째 아들이 손자들을 데리고 집에 오니까 지금부터 온몸에 기합을 넣고 저녁밥을 준비해야 한다고, 가와사키는 말했다.

사생활 이야기는 하지 않지만 자식 자랑은 한다. 자신이 애지중지 키운 아들들은 분명히 사랑스러우리라. 대형 건설회사에 다니는 큰아들은 현재 해외 지사에 나가 있고 둘째 아들은 어머니와 똑같은 1급 건축사다. 완벽하다. 이름도 모르는 대학을 졸업하고 어디의 개뼈다귀인지도 모르는 남자와 결혼한, 평범하기 그지없는 그의 딸들과는 큰 차이가 있다.

어쨌든 둘째 아들 가족이 집에 오기 때문에 착한 '주부'는 온몸에 기합을 넣고 맛있는 음식을 만드는 것이다.

로터리를 지나는 사람들의 발길이 빨라졌다고 생각하는 사이에 비가 세차게 내리기 시작했다.

무위도식.

날카로운 번개 속에서 불쾌한 말이 뛰어다녔다. 할 일이 아무것도 없고 쓸데없이 밥만 축내는 사람은 자신뿐이다, 라고 무로타 세이이치는 생각했다.

딸이 별생각 없이 손자들을 데리고 집에 왔다고 치자. 하지만 집에는 그들을 맞이할 준비가 되어 있지 않다. 냉장고 안에 대량의 레토르트파우치가 잠들어 있을 뿐이다. 아무리 온몸에 기합을 넣어도 자신은 채소 이름도, 칼 쓰는 방법도 모른다.

소나기가 사라지자 선선한 밤이 되었다.

집에 가서 맥주를 마시고 싶지는 않다. 그 전에 무언가 해야 할 일이 있는 듯한 생각이 들었다. 물론 그럴 마음이 드는 것뿐이지만.

간사이 유통 센터장이라는 한직으로 쫓겨난 다음에는 퇴직 이후의 인생만 생각했다. 하고 싶은 일은 얼마든지 있었다. 하지만 그것은 모두 예전처럼 가정이 있다는 전제 아래 세운 계획들이었다.

해외여행을 간다. 전국의 온천을 돌아다닌다. 메밀국수를 손수 뽑는다. 정원 손질 방법을 배운다. 사위들에게 월급쟁이로서의 처세술을 가르쳐준다. 손자들을 교육한다.

고작해야 메밀국수를 한두 번 만들어봤을 뿐, 나머지는 거의 손쓸 틈도 없이 모조리 백지로 돌아갔다.

미래는 너무도 막막해서 갈피를 잡을 수 없다. 더구나 예전의 꿈은 잊어버린 게 아니라 계속 가슴속에 머물러 있어서 더욱 감당하기 힘들다. 항상 '아직 해야 할 일'이 있는 듯한 생각이 들어서 견딜 수 없다. 그가 스스로에게 말하고 있는 '자유'의 정체는 사실 그런 것이었다.

영화를 보기로 했다.

역 앞에는 상영관이 여섯 개 있는 멀티플렉스 건물이 있다. 요즘은 티브이로도 얼마든지 영화를 즐길 수 있기에 그 존재를 알고는 있었어도 가본 적은 없었다.

멀티플렉스를 처음 경험한 곳은 40대에 부임했던 뉴욕이었다. 상영관 몇 개가 같은 층에 있고 티켓만 사면 어떤 영화든 볼 수 있는 시스템은 티브이와 인터넷의 협공 속에서 태어난 궁여지책이라곤 하지만 멋진 아이디어가 아닌가.

이윽고 일본에도 도입이 되었지만 한 번도 가지 않았다. 가정이 있는 직장인은 쉽게 적응할 수 없었던 것이다.

엘리베이터 문이 열리자 차갑고 메마른 공기가 흘러 들어

왔다. 모습과 형태는 바뀌어도 영화관의 냄새는 옛날 그대로였다.

역 주변이 재개발되기 전 그곳에는 국내 영화의 개봉관이 있었다. 영화사의 직영관이 이런 스타일로 다시 태어난 걸까? 건물 안에 갇히고, 그림 간판이나 타일 벽, 스틸 사진을 늘어놓는 쇼윈도가 없어졌어도 그리운 냄새는 그대로였다.

시니어 요금 1200엔이라는 것도 고맙다. 지금까지 세금을 많이 냈으니까 이런 혜택은 더 있어야 한다고 생각한다. 이 가격이라면 심심풀이로 시간을 죽이기에는 안성맞춤이다.

하지만 그는 티켓 판매대에서 잠시 망설였다. 지금 시간에 볼 수 있는 작품은 돈을 주며 보라고 해도 보지 않는 청춘 애니메이션으로, 보고 싶거나 봐도 좋은 영화는 모두 상영 중이었다.

시간이 남아도는데도 이런 상황에서는 단 30분도 기다릴 수 없었다. 그동안 계속 티브이에서 녹화한 영화를 봐 온 탓인지, 마음대로 할 수 없는 30분에 화가 났다. 더구나 새로운 오락거리를 발견했다고 기뻐한 만큼 배신당한 기분이 들었다.

그는 망설이지 않고 엘리베이터로 돌아갔다. 안주를 사서 집으로 돌아가 녹화해 둔 영화라도 볼까?

고가철도 밑에는 재개발에서 남겨진 술집 거리가 있었다.

하지만 이곳에는 그의 단골 술집이 없다. 어슬렁어슬렁 걷다가 마음이 내키면 들어가고, 그러지 않으면 꼬치구이라도 사서 집으로 가기로 하자.

주변의 공장이나 연구소에서 퇴근한 사람들이 역 앞에서 술집 거리로 흘러 들어왔다. 대부분은 젊은 사람들이다. 이윽고 결혼해서 아이가 태어나면 이런 시간도 마음대로 사용할 수 없게 된다. 또한 전근이나 승진 때문에 퇴근 후의 술친구도 뿔뿔이 흩어진다. 한마디로 말해 그런 즐거움도 젊었을 때의 고작 몇 년이다.

멀티플렉스 건물 뒤쪽에 좁은 반입구가 있었다. 종업원 전용 통로에서는 연신 사람들이 드나들었고, 입점한 가게의 화물차에서는 한 남자가 짐을 내리고 있었다.

그때 유도등을 흔드는 경비원과 눈이 마주쳤다. 어느 한쪽이 먼저 알아차렸더라면 모르는 척을 할 수도 있었지만, 동시에 얼굴을 마주친 탓에 피할 도리가 없었다.

무로타는 걸음을 멈추었다.

"이게 누구야? 아오야기 씨잖아?"

그렇게 친했던 것도 아닌데 이름이 매끄럽게 나왔다. 젊은 시절의 기억은 사라지지 않는 것이다.

"어? 무로타 씨가 여긴 웬일이세요?"

대답할 도리가 없어서 무로타는 머리 위를 가리켰다.

"영화 보러 왔어. 집이 가깝거든."

많이 늙었구나, 하는 생각이 먼저 들었다. 상대도 그렇게 생각하겠지만.

"간사이 센터로 가셨었죠? 정년퇴직하셨나요?"

"거기서 재고용되는 건 마음이 내키지 않아서, 작년 여름에 그만두고 나왔어."

'현 상태 유지'라는 조건을 받아들이면 회사를 2년 더 다닐 수 있었다. 하지만 그 조건을 말로 하면 요컨대 '나가줬으면 좋겠다'라는 뜻이었다.

"유통 센터장은 임원이 아닌가요?"

"아니야. 한직인 창고지기지."

"그래요? 무로타 씨는 분명히 임원이 될 줄 알았는데요."

삼가 명복을 빕니다, 라고 들린 것은 그의 마음이 비뚤어졌기 때문일까?

"자네는 언제……."

"전 일찌감치 관뒀어요. 재고용 조건이 너무 심했거든요. 그렇다고 전직한 건 아닙니다. 집에서 빈둥거려 봤자 누가 돈을 주는 것도 아니니까 몸을 움직일 수 있는 동안은 운동도 할 겸 일하는 게 좋을 것 같아서요."

운동할 겸이라고? 허세는 집어치워! 거품 경제가 정점에 달했을 때 아파트라도 사서 대출금을 잔뜩 짊어지고 있겠지.

"그렇겠지. 집에서 빈둥거려 봐야 아내한테 눈총만 받을 테니까."

그렇게 말한 순간 입술이 차가워졌다. 허세는 집어치워! 아내에게 버림받고 어찌할 바를 모르는 주제에.

"유유자적하게 사시는군요. 그나저나 정말 의외네요. 무로타 씨는 꼭 임원으로 승진할 줄 알았는데. 아무리 못 돼도 계열사의 사장이라든지."

이 녀석, 분명히 알면서 빈정거리는 것이다. 뭐, 경비원 제복 차림으로 마주쳤으니 그렇게 되받아치는 수밖에 없겠지만.

"조만간 한잔하세."

"그거 좋죠. 얼마간 여기서 일하니까 언제든지 오세요. 그럼 전 일하는 중이라서요."

아오야기는 황급히 납품소로 돌아갔다. 실수로라도 같이 술을 마실 일은 없으리라. 아마 세계에서 가장 맛없는 술이 될 테니까. 이 어색한 만남을 일단락 짓기 위해 그렇게 말한 것뿐이고, 아오야기도 그럴 생각으로 대답한 것뿐이다.

정확하게 말하면 이런 대화였다.

'이걸 끝으로 다시는 보지 말지.'

'그러죠. 얼마간 여기서 일하니까 혹시 만나더라도 말 걸지 마세요. 그럼, 여기서 끝내죠.'

예정대로 술집 거리에서 닭꼬치를 사고, 뜨뜻미지근한 바람이 지나가는 가로수길을 걸어서 집으로 향했다.

이 거리는 아버지와 자신이 아침저녁으로 오고가는 출퇴근 길이었다. 봄의 어느 짧은 기간만 벚꽃이 하늘을 뒤덮었다.

아오야기. 성만 기억날 뿐 이름은 기억나지 않는다. 입사 연차는 고작해야 1년이나 2년밖에 차이 나지 않는다. 얌전한 풍모에 어두운 분위기는 젊은 시절과 달라지지 않았다.

신입사원으로 본사 영업부에 들어왔다가 몇 년 후에 다른 곳으로 이동했다. 정확히 언제, 어디로 이동했는지는 모른다. 그 뒤로는 엘리베이터나 복도에서 우연히 만나면 간단히 인사를 나누는 정도의 사이였다.

1년이나 2년 밑이라면 의외로 나이가 비슷할지 모른다. 대학 입시에서 재수를 했거나 재학 중에 유급이라도 했다면 동갑일 수도 있다. 물론 직장 생활과는 관계가 없지만.

하지만 그 관계없는 일이 나중에 큰 문제가 되기도 한다. 부장으로 승진해 임원 자리를 노리는 단계가 되면 한두 살 차이가 무겁게 내리누르는 것이다.

일반 직원의 정년은 60살 하고도 364일. 그때까지 임원이 되지 못하면 어쩔 수 없이 정년퇴직하거나 재고용이라는 이름의 아르바이트 자리에 만족해야 한다. 그런 규정 앞에서는 흔히 말하는 연줄이나 실적의 차이 보다 입사 때의 나이 차이가 결정적인 역할을 하게 된다.

어쩌면 아오야기는 그런 핸디캡을 가지고 있었던 게 아닐까? 무로타 세이이치는 이제 와서는 아무래도 상관없는 상상을 했다.

아오야기의 말 구석구석에 회사에 대한 원망이 깃들어 있는 듯한 느낌이 들었다. 물론 그런 불만은 아오야기에게만 있는 것은 아니다. 인생의 성취감을 얻을 수 있는 것은 고작 20여 명밖에 되지 않는다. 임원 자리를 손에 넣어 특별한 보수와 정년의 연장, 그리고 경영에 참여했다는 자부심을 얻는 극히 일부…….

그들은 아마 퇴직 후에도 아내에게 버림받지 않을 것이고, 주택 대출금을 갚기 위해 일할 필요도 없을 것이다.

집이 가까워질수록 무로타의 걸음이 느려졌다. 벚나무 가로수길 끝에 있는 것은 이미 집이 아니라 잠자리에 불과했다.

이상하게도 무로타 세이이치는 임원의 연봉을 모른다. 그곳에 손이 닿기 직전인 부장 자리에 오랫동안 있었어도 상사인 영업본부장의 연봉이 얼마인지를 몰랐다. 그가 아는 것은 숫자가 아니라 '급이 다르다'는 추상적인 소문뿐이었다.

그런 정보는 본인들의 입에서는 물론, 정보를 알고 있을 경리담당자나 선배들 입에서도 결코 새어 나오지 않았다.

경영자와 종업원이라는 단순한 구도로 바꾸면 그 정보는 금기 사항일 것이다. 그러나 왠지 본사 빌딩의 최상층에는 천국 같은 '임원 마을'이 있고, 임원들은 그곳에서 자신들만의 행복을 누리면서 고대 로마제국의 귀족들처럼 즐겁고 재미있게 살 것 같다는 생각이 들었다.

무로타 세이이치는 평생직장이 당연하다고 여겼던 세대였다. 그렇다면 아오야기도 언젠가 임원 마을의 주민이 되리라는 꿈을 꾸었으리라.

우체통이 있는 모퉁이를 돌면 곧 언덕이다. 부모님이 건강하고 아이들이 어렸던 시절에는 여기에서부터 갑자기 발걸음이 빨라졌다.

어쨌든 바쁜 하루가 끝났다. 무위도식이라는 계율적인 말도 어느새 머리에서 사라지고, 주변에는 습하고 축축한 어둠만이 자리했다.

"나 왔어."

무의식중에 그렇게 말하고 난 뒤 무로타 세이이치는 집에서 나올 때 현관 등을 켜두지 않은 것을 후회했다.

신이 오는 날

툇마루에서 바라보는 고향의 저녁 풍경은 참 아름답다.

추수가 끝난 논은 아득한 산자락까지 이어져 있고, 서쪽 해에 물든 조개구름이 붉은색에서 푸른색으로 색깔을 바꾸면서 크고 둥근 하늘을 지나가고 있었다.

고가 나쓰오는 자신이 지금까지 만들어진 색깔과 형태 속에서 살아왔다는 사실을 깨달았다. 눈에 들어오는 색이란 색은 전부 인공적인 착색이고 형태란 형태도 전부 인간이 설계한 조형물인데, 지금까지 천연물인 양 착각해 때로는 아름답다고까지 여기며 살아온 것이다.

하지만 진짜 천연은 차원이 다르다. 이렇게도 당당하고 티끌 하나 없으며 완벽하게 어우러지고 있다.

"엄마."

고가는 부엌을 돌아보면서 저녁 식사 준비를 하는 어머니를 불렀다.

"으째 그러냐, 나쓰오?"

큰 목소리가 돌아왔다. 귀가 먼 것은 아니다. 집이 너무 넓은 것뿐이다.

"잠깐 이 근처를 어슬렁어슬렁 돌아보고 싶은데 그래도 될까요?"

이 색깔의 저녁 풍경 속으로 들어가고 싶었다. 마치 그림 속으로 들어가는 것처럼.

하지만 홈타운 서비스의 게스트가 멋대로 돌아다니면 마을 사람들이 곤란해할지도 모른다.

"그려? 어슬렁어슬렁 돌아댕겨도 별로 볼 디는 없을 텐디. 워디 보자, 그렇다믄 초등핵교는 워쩌겄냐? 이미 예전에 문을 닫았제만, 교사校舍도 교정도 고대로 남어 있어서 옛날 생각이 날 거여."

좋은 아이디어다. 폐교에서 바라보는 고향의 저녁 풍경. 그야말로 그림 같지 않을까? 옛날 생각이 나지는 않겠지만.

"그럼 다녀올게요."

"핵교에 가는 길은 잊어불었제?"

"네, 잊어버렸어요."

어머니는 토방에서 걸어 나와 요리용 긴 젓가락으로 밖을 가리켰다.

"자은사 모퉁이서 오린쪽으로 돌아서 쪼까만 가믄 금방 알 거여."

대충만 알면 충분하다. 길도 많이 없고 가로막는 건물도 없으니까.

"하치만* 님 앞을 기냥 지나가불믄 안 되야. 기도는 안 혀도 뎅께 고개를 수그리래이. 목욕물 디워 놓으께."

트레이닝복을 걸치고 밖으로 나가려고 하자 어머니의 목소리가 쫓아왔다.

"뎬구 요괴헌티 잽혀갈지도 몰러, 나쓰오."

"어린애 아니거든요" 하고 웃으면서 대답하고, 고가 나쓰오는 그림 속으로 걸어 들어갔다.

코스모스가 핀 길을 조금 걸어가자 산기슭에 작은 사당의 입구가 있었다. 삼나무 숲에서 새어 나오는 저녁 햇살을 받고

---

* 八幡. 일본에서 전사를 수호하고 농업을 보호하는 신.

서 있는 훌륭한 충혼비가 눈에 들어왔다. 하치만 님 앞에서 발길을 멈추고 이끼가 낀 돌계단 끝의 사당을 향해 이제 막 손을 모은 순간이었다.

그 크기로 보면 예전에 이 마을에서도 수많은 젊은이가 전쟁터로 갔을 테지만, 그런 역사는 잘 모를뿐더러 상상하고 싶지도 않았다. 하지만 그 순간 불단 방에 걸려 있는 군복 차림의 사진이 떠올랐다. 아마 어머니의 오빠나 시아주버님 또는 큰아버지에 해당하는 사람이리라. 즉, 홈타운 서비스의 스토리에 따르면 그녀의 큰아버지나 큰할아버지가 된다.

경내의 공기는 쌀쌀했다. 아직 해가 저물지도 않았는데 가을벌레들이 울고 있었다.

이 마을에서 젊은이의 모습이 사라진 것이 이제 막 시작된 일이 아니라고 생각하니 등줄기가 서늘해졌다. 어디까지나 상상에 불과하지만, 평화로운 시대에 젊은이의 모습이 사라지는 현실은 전쟁통에 사라지는 것보다 더 무자비하게 여겨졌다. 지금 이 마을은 예전에 여기서 살았던 사람 중 누구 하나 상상조차 하지 못했던, 전쟁도 기근도 역병도 아닌 재난에 휩싸여 있었다.

머나먼 전쟁터에서 목숨을 잃은 젊은이들은 국가라는 개념도 제대로 몰랐으리라. 그렇다면 수많은 병사는 태어난 고향의 풍경을 그리워하면서 '국가를 위해' 죽어가지 않았을까.

그런데 뜻밖에도 지금 그 고향이 멸망해 가고 있다. 그들이 목숨을 걸고 지켜낸 고향이 평화로운 시대가 계속된 탓에 멸망하고 있는 것이다.

"죄송합니다."

충혼비를 향해 고개를 숙였을 때, 바람이 삼나무를 소란스럽게 흔들며 지나갔다.

2층짜리 목조 교사는 가을색으로 물들기 시작한 산자락에 옛날 모습 그대로 서 있었다.

물론 고가 나쓰오가 다녔던 학교는 아니다. 하지만 자신이 다녔던 학교는 철근 콘크리트로 지은 도쿄의 초등학교가 아니라 틀림없이 이곳일 거라는 생각이 들었다.

넓은 교정에는 벚나무가 빼곡히 둘러쳐져 있어서, 봄이 되면 얼마나 아름다울까 하는 생각이 들었다. 화단에는 꽃이 활짝 피어 있었다. 백엽상*의 하얀색이 눈에 스며들었다. 교사의 정면에 걸린 큰 벽시계는 정확한 시간을 가리키고 있었다.

그녀는 메마른 교정을 걸었다. 잡초는 보이지 않았고, 발바

* 기상 관측용 기구가 설비된 조그만 집 모양의 흰색 나무 상자.

닥에는 작은 돌멩이도 닿지 않았다. 서쪽 해가 그림자를 길게 끌어 가는 앞쪽에 노인이 몇 명 서 있었다. 게이트볼 뒷정리를 마치고 집에 가려는 참인 듯했다.

손차양을 하고 있던 한 사람이 다른 사람에게 소곤거리는 모습이 보였다. 그러자 나머지 노인들이 일제히 고개를 끄덕이고 고가를 향해 고개를 숙였다. 낯선 내방자가 누구인지 알아차린 모양이다.

"실례하겠습니다."

달리 할 말이 없었다.

"편안히 지내다 가시구려."

노파의 목소리가 돌아왔다. 쓸데없는 말을 해서는 안 될 것 같아서 그녀는 얼굴에 미소만 담은 채 지나쳤다. 홈타운 서비스의 관계자가 아닌 평범한 마을 사람들에게 폐를 끼쳐서는 안 되니까.

남성이 한 명, 여성이 네 명. 모두 여든 살 전후로 보였다. 노인들은 무거운 그림자를 끌고 천천히 멀어졌다.

학교 현관 앞에 서서 돌아보니, 마가리야의 툇마루에서 보는 것보다 더욱 큰 조망이 펼쳐졌다. 두 손을 내밀어 하나로 뭉뚱그려서 껴안고 싶을 만큼 근사한 경치였다. 붉게 타오르는 저녁놀에 밀려서 새파란 하늘은 더욱 뒤로 물러났다.

교문에서 밖으로 나갈 때, 노인들은 일제 뒤를 돌아 고개를 숙였다.

그녀는 손을 흔들어 답하려고 하다가 문득 깨달았다. 홈타운 서비스의 게스트에게 그렇게까지 예의를 차릴 리는 없다. 노인들은 어린 시절에 배운 아름다운 풍습을 70년이 지난 지금도 잊지 않고 있는 게 아닐까? 등하교 때에는 반드시 교문 앞에서 차렷 자세를 하고 고개를 숙이는 것이다.

그녀는 현관의 돌계단에 앉았다. 트레이닝복의 엉덩이가 기분 좋게 들어갈 만큼 적당히 닳은 돌계단이었다.

고가는 인생의 행복과 불행에 대해 생각해 보았다. 인구가 줄어든 마을 주민들이 불행하다고 여기는 것은 도시 사람의 편견이 아닐까? 행복의 기준은 편리함이나 불편함으로 갈리는 것이 아니다. 적어도 진정한 자연에 둘러싸여 사는 사람들이 불행할 리는 없다.

의료 면에서는 분명히 불리할지도 모른다. 하지만 애초에 건강한 환경이 유지되고 있다.

산소 농도가 높은 공기. 산들이 여과해 준 천연의 물. 비타민을 충분히 합성하는 햇빛. 이 지역에서 나는 음식물은 분명히 저지방일 것이고, 당질은 많지만 그 칼로리는 운동량으로 소비될 것이다. 어쨌든 집과 집 사이에 거리가 있고 산자락에 펼쳐진 마을이라서 언덕길이 많다. 더구나 밭일을 하거나 가끔 게이트볼을 한다. 도시 사람보다 만성질환에도 잘 걸리지 않을 것이니 건강수명은 의심할 여지가 없이 길겠지.

영양상 우려되는 부분은 단백질 부족이지만 지도를 보니 의외로 바다가 가깝고 노선버스의 종점도 고개 너머에 있는 항구마을이다. 며칠에 한 번은 사사키 주류점에도 신선한 생선이 들어온다고 들었다.

병을 고치는 것보다 병에 걸리지 않도록 신경 쓰는 게 좋다는 건강 상식에 따르면 이곳은 오히려 이상적인 마을로 여겨졌다.

그래도 가장 가까운 종합병원은 고마카노에 있을 테고, 통원하려면 한 시간에 한 번 오는 버스를 이용할 수밖에 없으니 분명히 불편하다. 하지만 엄청나게 붐비는 도쿄 병원의 대기실에서 한 시간이나 진료 순서를 기다리는 것이 과연 더 나은지는 생각해 볼 일이다.

그리고 실은 이게 가장 중요한 점인데, 의사 쪽에서 보면 시간을 충분히 들여 진료할 수 있는 것은 무엇보다 고마운 일이다.

이런저런 생각을 하면서 고가 나쓰오는 조금씩 표정을 바꿔가는 풍경을 마음껏 즐겼다.

갑작스레 찾아오는 도쿄의 밤과 달리 이곳은 왜 낮과 밤이 이토록 조심스럽게 뒤로 물러나고 또 조심스럽게 앞으로 나오며 서서히 바뀌는 걸까?

문득 사람의 기척이 느껴져서 돌아보니 신발장 발판에 낯익은 여성이 멈칫거리며 서 있었다.

뒷집 며느리였다. 고령의 어머니를 살뜰히 보살펴 주고 있다는…….

"시상에, 나 짱이잖여? 깜짝 놀랐구로. 이런 디서 머 허고 있시야?"

"아, 멋대로 들어와서 죄송해요. 저녁놀이 너무나 아름다워서 잠깐 산책 나왔어요. 또 하룻밤 신세 질게요."

며느리는 잠시 말을 고르는 표정을 짓더니 말했다.

"신세는 무신! 고향에 온 거잖여? 아줌씨가 요즘 메칠이나 안절부절못허셨어. 나 짱이 겁나게 보고 잪으셨나 봐."

예상치 못한 일이라서 당황했는지, 약간 연극적인 대사로 들렸다.

"신경 쓰지 마세요. 전 어려운 손님이 아니에요."

그녀는 덩치가 크고 다부져서 매우 부지런한 농사꾼 집안의 며느리처럼 보였다.

"여기는 참 멋지군요. 다니지도 않았는데 왠지 그리운 느낌이 들어요. 혹시 이 초등학교를 졸업했나요?"

"그렇들 안혀. 나가 여그로 시집왔을 때는 이미 폐교가 됐응께. 지금은 어르신들의 모임터가 되얐고."

"아하, 그렇군요."

"그라고 지금은 여그 관리인이여."

그녀는 웃는 얼굴로 돌아와서 짤랑짤랑 열쇠 꾸러미를 흔들었다.

"자원봉사군요. 수고가 많으시네요."

"그렇제 머."

실언이었다. 자원봉사라는 말은 어울리지 않는다. 아니, 이 마을에는 존재하지 않는 말이리라. 누군가가 해야 할 임무를 자진해서 맡은 것이다.

"힘드시겠어요. 교정도 교사도 깨끗하고 반짝반짝해요."

"나 혼차 허는 것도 아닌디 멀."

마을에서 산으로 새들이 돌아간다. 하늘은 완전히 꼭두서니처럼 붉은빛으로 물들고, 동쪽 하늘에는 별이 반짝이기 시작했다. 도쿄의 저녁 하늘에서는 이미 찾아볼 수 없는, 맨 먼저 뜨는 별이다.

어색함이 목소리가 되었다.

"괜찮으면 잠깐 얘기 상대가 돼주실래요?"

"그라제" 하고 순순히 대답하면서 돌계단에 앉은 여성의 아름다운 옆얼굴을, 고가는 넋을 잃고 바라보았다. 콧마루가 높고 매끈했다. 크고 또렷한 눈망울에서 북쪽 지방 여성의 특징이 엿보였다.

"여러분의 환대에 왠지 마음이 무거워요. 아니, 불평을 하는 건 아니에요. 너무 죄송한 생각이 들어서요."

며느리는 껴안은 무릎에 얼굴을 묻으며 "죄송해요"라고 중얼거렸다. 그리고 생각지도 못하게 표준어로 매끄럽게 말하기 시작했다.

"여기는 장수촌이에요. 100세가 넘은 분도 세 분 계시고 90대도 드물지 않아요. 이 초등학교를 나온 분도 많고요. 그래서 아이들이 없어져서 학교 문을 닫은 후에도 어떻게든 남기려고 했죠. 어머나! 내가 지금 무슨 말을 하는 거지?"

며느리의 시선을 따라가자 '고마카노 정립町立 아이카와 초등학교'라는 낡은 간판 옆에 '아이카와 지구 복지센터'라고 적힌 패널이 붙어 있었다.

"괜찮아요, 계속 말씀해 주세요."

"그럼 이건 비밀로 해 주세요."

"물론이에요. 이래 봬도 입은 꽤 무거워요. 비밀준수의무가 있는 직업이거든요."

농담처럼 말했지만 며느리는 웃지 않았다. 딱딱한 표정에
서 그녀가 얼마나 곤란한 처지에 있는지를 알 수 있었다.

"전 센다이에서 시집왔어요. 남편은 대학 선배고요. 고향으
로 돌아가 농사일을 물려받겠다는 남편을 따라왔지요."

그 정도 말로 정리할 만큼 간단한 이야기는 아니었으리라.
수많은 장애물이 있을 것이고 내적 갈등도 있었을 것이다. 고
가는 깊이 묻지 않기로 마음먹었다.

"훌륭한 일을 하고 계신 거예요."

그것 말곤 할 말이 없었다. 어떤 경위가 있었고 현재 어떤
임무를 맡았든 간에 그녀가 인구가 줄어든 마을을 지탱하고
있는 것은 분명하다. 자원봉사가 아니다. 노인만 있는 마을을
지탱하고 있는 것이다.

"그렇지는 않아요."

며느리는 부끄러운 듯 미소를 짓고, 저물어가는 풍경을 아
득한 눈길로 바라보았다.

"죄송해요. 자꾸 속이게 돼서요……."

"그런 말씀 마세요. 난 속으러 온 거예요."

게스트는 자신 말고도 많이 있을 것이다. 자신도 이런 식으
로 다시 찾아온 만큼, 속이는 것도 속는 것도 없이 서로 받아

들인 상황이다. 그런 마음을 전하고 싶었지만 좋은 표현이 떠오르지 않았다. 하지만 며느리는 들리지 않는 그녀의 목소리를 듣는 것처럼 연신 고개를 끄덕였다.

생각해 보면 딸뻘 정도의 나이다. 고가 나쓰오는 자신의 인생이 부끄러워졌다. 보람도 있고 긍지도 느끼며 선생님이라고 불리기도 하지만, 어차피 자신을 대신할 사람은 세상에 얼마든지 있다.

"이 교사가 아이들로 가득 찼던 시절도 있었겠지요."

그녀는 돌계단에서 일어나 하얀 페인트를 덧칠한 목조 교사를 둘러보았다.

"믿을 수 없으시겠지만 남편이 다녔던 시절에는 그래도 30명쯤 있었대요."

지금은 어떨까? 몇 명은 고마카노 초등학교에 다니고 있을까? 아니면 아예 한 명도 남아 있지 않을까?

일그러진 교실 창문이 저녁놀을 반사해서 만국기처럼 화려한 빛을 내뿜었다.

"남편분이 대단하시네요."

고가는 혼잣말처럼 중얼거렸다. 대학을 졸업하고 귀농한다니 그것만으로도 상당한 각오와 신념이 필요하다. 더구나 사랑하는 사람과 함께 돌아오다니. 대단하다고밖에 표현할 길이 없었다.

"저기, 이제 일을 마무리해도 될까요?"

며느리가 일어서서 말했다.

"그래요. 곧 날이 저물 거예요."

"그게 아니라……."

이 아름다운 사람은 초등학생처럼 차렷 자세를 하고 목소리를 바꾸었다.

"그러믄 나 짱. 편허게 쉬었다 가."

며느리의 웃는 얼굴에서 눈을 돌리고 고가 나쓰오는 군청색 하늘을 올려다보았다.

뭔가 대단한 착각을 했다. 도시 사람의 척도로 마을 사람이 선량하니, 아름다우니 평가했다. 그들은 그저 자연스럽게 살고 있는 것을. 부자연스럽게 살고 있는 건 그녀 자신이었다.

그렇게 생각하자 밤하늘의 어딘가에서 신이 내려오는 듯한 생각이 들었다.

"어머나, 향을 올리지 않았네요."

고향으로 돌아오면 일단 불단 앞에서 합장하는 게 순서겠지만, 그렇게까지 머리가 돌아가진 않았다.

"갠찬혀. 아부지도, 할아부지도, 할마니도, 니가 돌아온 것만으로 만족헐 텡께."

어머니는 슬며시 말했다. 순간적으로 내놓기 적합한 대답은 그것밖에 없으리라. 정말이지, 이 사람은 어쩌면 이렇게 현명할까?

불단 방에 들어가서 무릎을 꿇었다. 고가 나쓰오에게는 애초에 돌아갈 고향이 없다. 젊은 나이에 세상을 떠난 아버지의 생가와는 이미 인연이 끊어졌고, 어머니는 출생과 성장에 복잡한 사정이 있어서 사이타마의 친정과 소원해졌다.

그래서 오히려 이 낯선 불단에 저항감이 없었다. 그녀는 향을 올리고 "저 왔어요"라고 말하면서 합장했다.

방 크기에 맞게 제작한 크고 오래된 불단이다. 금박이 벗겨진 대신 옻칠이 깊은 빛을 뿌렸다.

"촛불도 키야제. 아부지가 니 얼굴을 보고 잖을 거여."

"참, 그렇죠."

어설프게 성냥을 켜서 초에 불을 붙였다. 60년이나 살면서 이렇게 당연한 예의범절을 모르는 자신이 부끄러웠다.

어머니는 화롯가에서 요리를 하고 있었다. 숯이 튀고 연기가 떠다니는 사이에 밤은 천천히 깊어갔다.

도쿄의 아파트에 아버지의 위패를 놓은 작은 불단이 있기는 하지만, 아버지에게 죄송하게도 어머니와 자신은 평소에 합장하는 습관이 없었다. 함부로 취급했던 건 아니었다. 다만 아버지의 죽음이라는 슬픈 기억을 똑바로 마주하고 싶지 않았다.

어머니가 세상을 떠난 지 일곱 달이나 지났는데도 유골은 불단 옆에 그대로 놓여 있다. 아버지의 죽음과 마찬가지로 슬픈 기억으로 만들고 싶지 않았다. 어머니의 부재를 믿고 싶지 않았다. 그래서 커피나 와인을 바치기는 해도 향은 피우지 않았다.

그런 탓인지 지금도 어머니의 죽음이 실감 나지 않는다. 아직도 요양원에 그대로 있는 것만 같다.

어렸을 때, 아버지는 돌아가신 게 아니라 사정이 있어서 생이별한 게 아닐까 생각했다. 망상이긴 했지만 언젠가 다시 만날 날을 꿈꾸기도 했다. 여섯 살의 자신이 그런 식으로 아버지의 죽음을 거부한 것처럼, 예순 살의 자신도 어머니의 죽음을 받아들이지 못하고 있다.

"엄마……."

상인방을 올려다보고 어머니를 불렀다.

"와?"

냄비 안을 천천히 휘저으면서 어머니가 대답했다.

"이 군인이요."

"아아, 후미야 씨 말이냐? 아부지의 성님이구마."

홈타운 서비스의 스토리에 따르면 자신은 모르는 큰아버지일 것이다. 현실에서도 친척이 별로 없어서 그런지 친근감이 느껴졌다.

"후미야요? 어떤 한자를 써요?"

"'글월 문文' 자에 '어조사 야也' 자."

후미야. 성은 모른다. 갸름한 얼굴과 다정한 표정에 잘 어울리는 이름이다. 피부가 하얘 보이는 건 흑백 사진으로 수정했기 때문이리라.

"니 큰아부지는 겁나게 미남이셨구마."

어머니는 크게 소리 내어 웃었다.

"어머니는 보셨어요?"

"그라믄, 똑똑히 기억허고 있제. 나도 이 마을서 태어났응께. 큰아부지는 마을서 제일 인기 있는 사람이었구마. 어짜믄 나가 큰아부지헌티 시집왔을지도 모리제. 옛날부텀 메느리 삼는다, 사우 삼는다 그런 말이 많았그든."

'어짜믄'이라는 것은 '전사하지 않았으면'이라는 뜻이다. 그랬다면 '큰아버지'가 이 집을 이어받고 '아버지'는 도쿄로 나갔을지도 모른다.

평화란 죽음이 삶을 지배할 수 없는 시대를 말한다. 지금은 삶을 다한 후에 죽음을 맞이하는 세상이다. '큰아버지'의 죽음은 필경 많은 사람의 인생을 바꿔버렸음을 것이다.

"히로사키서 입영혔는디, 필리핀에 가는 도중에 수송선이 침몰혔다더구마. 이런 산골 마을 출신 중에는 헤엄칠 수 있는 사램이 읎응께, 아마 쪼께도 버티들 못혔을 거여."

백열등의 희미한 빛이 한층 어두워진 듯했다.

"죄송해요. 안 좋은 기억을 떠올리게 해서요."

"죄송허긴 머. 이미 옛날이야그잉께."

나쁜 상상을 했다. 바다에 가라앉은 후미야 씨의 뼈는 이 마을로 돌아올 수 없었을 것이다. 아마 텅 빈 유골함만 돌아오지 않았을까?

"죄송해요."

사진 앞에 무릎을 꿇고 다시 한번 사과했다.

"아이구마, 나쓰오, 머 허는 거냐? 으째 니가 울고 그려냐?"

눈물을 흘리는 이유를 말할 수는 없었다. 마음속의 깊은 쓸쓸함을 감추기 위해서 어머니의 유골을 그대로 가지고 있다는 말은.

"음식이 끓고 있구마, 이영차."

고가 나쓰오는 후회했다. 평화로운 시대를 살아온 자신은 오만방자한 도시 사람의 시선으로 인구가 줄어드는 마을과 한계부락을 관찰하고 있었다.

가령 '큰아버지'도 그 초등학교에 다녔을 것이다. 마을의 역사를 기억 속에 간직하거나 핏줄을 통해 전하는 사람들이, 필요가 없어졌다고 그 학교를 황폐하게 만들 리는 없었다. 그렇다면 황폐해지고 있는 것은 이 마을이 아니라 자신이 태어나고 자란 대도시가 아닐까?

나도팽나무버섯. 졸참나무버섯. 달걀버섯. 산의 은혜를 토종닭과 다시마 육수로 조리고 파와 미나리, 잘게 썬 우엉을 곁들인 음식.

어머니가 숯불로 구운 송이버섯을 젓가락으로 집어 가져다주었다.

"나쓰오. 아, 하래이."

"아아."

뒷집 영감님은 버섯 채취의 달인이지만, 송이버섯이 있는 곳만은 가르쳐주지 않는 모양이다.

"아덜헌티도 갈체주들 않는다더구마. 다리와 허리가 약혀지기 전에 갈체달라고 사정혀도, 뭐시라드라, 산신님이 주시는 거라서 자기가 함부로 갈체줘서는 안 된다, 니가 직접 산에 들어가서 산신님헌티 받어라 함든서 말이시."

"아하!"

고가의 입에서 탄성이 흘러나왔다. 뒷집 영감님은 편협한 게 아니다. 인공 재배를 할 수 없는 귀한 송이버섯을 보호하기 위해서는 그 정도의 마음가짐이 필요한 것이다.

삼키긴커녕 씹는 것조차 아까울 만큼 진한 향기가 코로 빠져나갔다.

"송이버섯에는 역시 이거제."

따끈하게 데운 술이 온몸에 퍼진다. 그렇다, 송이버섯에는 역시 이거다.

"엄마, 같이 먹어요."

게스트가 권해야 비로소 젓가락을 대는 것은 역시 자신의 처지를 알고 있기 때문이겠지만, 그렇게 생각하게 만들지 않는 것은 정말 대단한 일이다.

이 사람처럼 음식을 맛있게 먹는 사람은 본 적이 없다. 더구나 자기 손으로 직접 만든 요리를.

버섯 국물을 마셨다. 북쪽 지역의 간이 센 것은 눈에 파묻히는 겨울을 염장 식품으로 견뎌온 탓인 듯하다. 시대가 변해도 미각은 쉽게 달라지지 않는다.

고령자의 염분 과다 섭취는 혈압을 높이지만, 그래도 도시 사람들의 식생활보다는 훨씬 나을 것이다.

"엄마, 혈압은 재고 있어요?"

에둘러 물었다.

"아무시렁 안혀."

"아무시렁 않다니, 어느 정도예요?"

"글씨, 신경 쓸 안혀도 될 정도여. 덕분에 의사가 필요 읎는 몸이제."

어머니는 하하하, 하고 치아가 없는 입을 벌리고 웃었다.

"정기 검진은 받아요?"

"받다마다. 이런 촌구석에도 가끔 큰 병원의 검진 차량이 오그든. 몸이 안 좋으믄 고마카노의 병원에 가기도 허고. 걱정헐 거 하나도 읎구마."

덧문을 닫은 마가리야는 상자 속 같은 적막함에 감싸여 있었다.

날이 저물자 뒷집 영감님이 와서 툇마루 주변을 에워싼 덧문을 닫아 주었다. 두터운 두껍집에서 문을 한 장씩 꺼내 동쪽과 남쪽의 기다란 툇마루를 닫는 것은 여간 힘든 일이 아니었다. 알루미늄 새시로 바꾸면 상당히 편리하고 무엇보다 겨울에 따뜻하게 지낼 수 있겠지만, 그러면 이 마가리야의 모습을 망치게 된다.

"아까 초등학교에서 뒷집 며느리를 만났어요. 아주 부지런한 사람이더군요."

어머니는 술을 홀짝홀짝 마시면서 응, 응, 하고 고개를 끄덕였다.

"뒷집은 메누리를 참말로 잘 얻었시야. 아침 일찍 덜판에 나와서 아래짝에 있는 양어장서 일허고, 돌아오는 길에는 핵교의 뒷정리도 혀주고 말이시. 참말이제, 토요일도 일요일도 없구마."

"아이는요?"

"자석이 너머 똑똑헌 것도 문제여. 고등핵교를 졸업허고 도쿄에 있는 대핵에 가불었구마. 인자 돌아오지 않을 거여."

무거운 한마디였다. 더는 묻지 말라는 듯한 느낌도 들었다.

덧문은 자연의 기척을 전해준다. 벌레 소리가 끊어졌고 바람도 없으며 나무들의 속삭임도 없는데, 거대한 무엇인가가 존재하는 듯했다. 혹시 신의 기척이 아닐까?

"사당의 경내에 커다란 비석이 있었어요."

어머니는 늙은 사람치고는 동그란 눈을 크게 떴다.

"시상에, 용케 알아채렸구로. 빙사님이구만."

빙사님. 아마 '병사님'이라는 뜻이리라. 그 충혼비는 이 마을에서 그렇게 불리고 있는 모양이다.

"그래서 그 사진이 생각났어요."

"큰아부지?"

"네. 큰아버지 생각이 나서 조금 슬펐어요."

두 사람은 불단방을 가로막고 있는 널문에 시선을 향했다.

"하도 자세히 물어서 이상허다고 생각혔는디, 빙사님을 알어채렸구마. 큰아부지도 좋아허셨을 거여."

어머니는 송이버섯을 천천히 오물거리면서 잠시 생각에 잠긴 표정을 지었다.

"우울헌 야그는 인자 그만허자꾸나. 늙은이의 신세타령이 될 텡께."

"엄마, 말씀해 주세요."

"니가 빙사님이 있다는 걸 알어채리서 다행이여. 아까 나갈 때 하치만 님을 기냥 지나치지 말라고 헌 건 신의 존재를 고마워허라는 게 아니었구마. 참말로 고마운 건 빙사님이제."

어머니는 홈타운 서비스의 접대에 어두운 화제는 어울리지 않는다고 생각한 모양이다. 이 마을이 안고 있는 심각한 현상도 결코 화제에 올리지 않는다. 어쩌면 그렇게 지시 받았을지도 모른다.

"있잖아요, 엄마."

"와?"

"난 내가 하는 일을 잘 모르겠어요. 이 나이가 되어서도 대학에서 맨 먼저 배운 생명의 존엄이라는 게 뭔지. 물론 일 자체는 알고 있어요. 하지만 사명감이란 걸 아직도 잘 모르겠어요."

"있잖여, 나쓰오. 이건 고로콤 대단헌 야그가 아니라 늙은이의 신세타령이라고 생각허믄서 들어주겄냐?"

그렇게 말하면서도 어머니는 신세타령을 하는 게 아니라 게스트의 요구에 부응하려는 것처럼 기억을 끄집어내 주었다.

"생각하고 싶지 않다면 말씀하실 필요는 없어요."

"아녀, 이것도 명복을 비는 일이 될 거여."

기세를 붙이듯 술을 들이켠 어머니는 화롯가에서 몸을 구부린 채 이야기를 시작했다.

옛날 옛날에 이런 이야그가 있었구마.

그려, 겁나게 오래된 옛날이야그제. 이런 할마씨가 아이카와 핵교에 댕기든 시절의 이야그니까 머나먼 옛날이고말고.

어느 여름날, 교정서 아침 체조를 허고 있었더니, 자전거를 타고 황급히 오는 사램이 있었제. 그 사램은 고마카노의 빙사 담당자라서, 머스매들 사이선 큰 소동이 벌어졌구마.

군대의 소집영장인 빨간 종이를 갖다주는 사램이니께, 행여나 우덜 아부지나 오라비헌티 오는 게 아닐까 생각허믄 뉘기라도 안절부절못헐 수밖에 읎제.

푹푹 찌는 무더운 여름날이었시야. 모다 맴이 불안혀서 공부
에 신경을 쓸 때가 아니었구마. 그란디 핵교 수업을 마치고 집
으로 돌아가니 아부지와 오라비가 덜판에 있어서 가심을 씰어
내렸구마.

그란디 얼마 후, 마을의 위짝이고 아래짝이고 온통 난리가 났
구마. 워찌된 일인지 그날 하루에 빨간 종이가 일곱 장이나 도
착혔지 뭐냐. 몸이 약혀서 징빙검사도 통과허들 못혔던 사램도
있고, 편부모 가정의 외동아덜도 있고, 개중에는 군대에 갔다가
돌아왔는디 또 빨간 종이를 받은 사램도 있고, 이번에 세 번째
소집을 받은 자식을 둔 남정네까지 있었제. 전쟁터는 이미 워디
든 지고 있었고, 농부를 죄다 디꼬가믄 워디든 농사를 지을 수
읎어서 곤란혔구마.

후미야 씨헌티도 빨간 종이가 나왔다는 말을 듣자마자 우덜
은 앞뒤 생각허들 않고 무작정 이 집으로 뛰어왔제. 허지만 군
대에 소집되는 건 명예로운 일잉께 울어선 안 되는구마. 그토록
좋아허는 오라비가 죽을지도 모리는디, 기쁨의 눈물을 흘리믄
서 "축하혀요"라고 말혀야 혔제.

그날 밤에 기묘헌 일이 일어났단다.

시집도 가들 않고 하치만 님의 무녀 노릇을 허는 촌장님의

막내딸이 있었제. 반대편이 투명허게 보일 만치 피부가 허였고, 너머나 아름답게 생겨서 하치만 님의 아내가 된 거구마.

그 무녀님이 밤이 으슥혀지자 방울을 흔들고 온 마을을 뛰어댕김서 소리쳤제.

"신이 오싰다, 신이 오싰다!"

"하치만 님께서 오싰다."

"같이 오신 신은 신메이 님, 오이나리 님, 난부의 오토노 님! 그들이 앞장서서 길을 열고 계시노라."

"신이 오싰다, 신이 오싰다. 전쟁을 준비혀야 헌다!"

하치만타로 요시이에* 공이 훌륭헌 갑옷을 입고 투구를 쓴 모습으로 꿈에 나타나싰다는구마. 근처에 사는 수호신과 무사인 난부의 조상들까장 잔뜩 거느리고, 촌장님 저택에 출동혔다고 허더구마.

마침내 하치만 님께서 출진혔다고 허니, 마을 사람들은 몹시 당황혀서 전쟁 준비를 시작혔제.

신들이 타시는 말을 끌어내고, 안장과 고삐를 비단으로 장식혔지. 딸랑딸랑 우는 방울을 겁나게 매달고, 등에 제물도 겁나게 싣고 말이시. 그런 말이 열 필이나 되었으까.

---

* 일본 헤이안 시대의 무장인 미나모토노 요시이에의 통칭. 이와시미즈 하치만궁에서 관례를 올린 것에서 연유함.

그라고 신이 오신 아침에 하치만 님의 경내서 신께 술을 올리고, 모다 고마카노의 역까장 배웅혔제.

뱅기가 하늘을 날어댕김서 전쟁허는 시상에, 고로콤 어리석은 이야그가 또 있으까? 그 정도는 어린아그들도 알고 있시야. 허지만 우덜이 그것 말고 뭣을 헐 수 있으까? 우덜은 신도 부처도 아닝께, 그런 이야그를 지어내서 억지로 아부지나 오라비를 빼앗기는 억울함을 호소허는 것뻬이는 방법이 읎었제.

고마카노의 승강장서 나 혼차만 만세도 불르들 않고, 후미야 씨의 한짝 소매를 잡어끌었제. 소매에 매달려서 가들 말라고, 요로코롬 툭툭 잡으댕겼구마.

기차는 히로사키로 가는 거였시야. 그 후론 모든 마을에 여자애와 늙은이뻬이 안 남었제. 그란디 히로사키 연대는 만주에 갔다고 들었는디, 그러지 않었구마. 산골 마을서 자란 빙사들을 태운 배가 필리핀 바다에 가라앉그서 한 명도 살어서 돌아오들 못혔제.

일곱 개의 유골 상자를 받은 순간, 선대 자은사 스님은 인사도 지대로 허지 않고 옷소매로 얼굴을 개린 채 하염읎이 눈물을 흘림서 이리 말씀하셨제.

"소승은 재수 읎게도 신이 오신 아침에 절의 문을 닫고 몰래 배웅을 나갔제만, 지금은 문을 활짝 열고 맞이했어라. 부끄롭기

한이 읎구만요. 부디 용서혀 주시랑께요."

전쟁은 모든 사람을 알몸으로 맹그는 거구마.

당시 어린아그였든 지금의 스님도 그날의 일은 똑똑히 기억하고 있을 거여. 아부지의 눈물을 본 건 그 전에도 그 후에도 그때 한 번뿐이었응께.

고것은 참말로 슬픈 이야그였제. 그란디 조카가 들어주문 그걸로 저 시상서 편히 쉴 수 있을 거여.

있잖여, 나쓰오. 넌 니가 허는 일이 뭐신지 잘 모리겄다고 말혔제만 그건 나쁜 일이 아니구마. 모든 사람이 의사를 만나서 여그가 아프다는 둥 워디가 이상허다는 둥 말헐 수 있는 시상에선 생명의 무게를 알 수 있으까? 그렇께 니는 고민헐 게 한나도 없구마.

나쓰오, 알았냐?

신도 부처도 없는 시상에도 사람은 있잖여? 하물며 니는 신이시여, 부처님이시여, 라고 환자들이 모다 매달리는 의사님이 아니더냐? 훌쩍훌쩍 우는 소리를 허믄 못써.

자아, 오늘은 실컷 마시자꾸나. 내일은 여그서 편히 쉬었다가 가그라.

이 이야그는 이걸로다 끝이란다.

보름달이 뜬 날 밤

"세이이치. 니, 더 살찌지 않았냐?"

차를 따라 주면서 어머니가 말했다.

"몸무게는 똑같아요. 살이 축 늘어진 것뿐이에요."

사실 요즘 체중계에 올라가지 않았다. 결과는 이미 알고 있기에 몸무게를 잴 마음이 들지 않는 것이다.

"닌 안즉 젊어야. 예순둘이믄 나 눈엔 안즉 햇병아리여. 안즉 팔팔한 청춘이랑께!"

난방용 탁자인 고타쓰에 들어가 뒹굴면서 무로타는 응, 응, 하고 고개를 끄덕였다. 누가 무슨 말을 해도 귓등으로도 듣지 않지만 여든일곱 살의 어머니가 하는 잔소리는 순순히 받아들일 수 있었다.

어머니가 무로타의 머리를 받치고 있던 그의 팔베개를 풀고 반으로 접은 방석을 넣어주었다.

"나이를 묵어도 어쩌믄 요로코롬 손이 많이 가는지 원."

그야 그렇겠죠, 어머니. 1박에 50만 엔의 거금을 내고 고향에 오는 다른 자식들은 손이 많이 가지 않을 거예요.

거실에 놓여 있는 것은 평범한 전기 고타쓰였다. 하지만 손발이 따뜻해지자 몸이 버터처럼 흐물흐물 녹아서 곧바로 누워버렸다.

장지문 너머로 부드러운 햇살이 들어왔다. 화로에서는 불티가 탁탁 튀고, 토방에서는 그윽한 연기가 떠다녔다.

이런 시간에 잠드는 것은 너무나 아깝다. 하지만 깨어 있어도 딱히 할 일이 없다. 이런 풍요로운 시간을 올바르게 사용하는 방법은 잠도 자지 않고 깨어 있지도 않고, 그저 몽롱하게 있는 게 아닐까?

"딱 좋을 때 왔구로. 마치 노린 것맹키로."

부엌에서 쌀을 씻으면서 어머니가 말했다. 여전히 크고 탄력 있는 목소리였다.

"네, 노려서 왔어요. 신칸센은 시간이 남아도는 할머니, 할아버지로 꽉 들어찼지만, 도중에 다 내리고 여기까지는 혼자

독차지했죠."

"하하, 니도 시간이 남어도는 할아부지잖여?"

"에이, 난 멀었어요. 아직 햇병아리거든요. 아직 한창 청춘
이죠 뭐."

어머니는 결코 말이 많은 사람이 아니다. 하지만 입에서 나
오는 말은 특별히 선택한 것처럼 여겨진다. 연극적인 부분이
조금도 없다. 하나에서 열까지 진짜 '어머니'이니까 이쪽도 쓸
데없는 신경을 쓰지 않아도 된다. 그저 '손이 많이 가는 아이'
가 되면 되는 것이다.

단풍이 물든 아름다운 고향에 오고 싶었다.

근처 관광지의 단풍 정보를 확인한 뒤 이때쯤이면 단풍이
아름다울 것 같아서 와봤더니 멋지게 적중했다. 고마카노역에
서 이미 확신했지만, 버스가 산등성이를 올라갈수록 산들의
색은 더욱 깊어지고 더욱 선명해졌다.

아이카와 다리의 버스 정류장에서 내린 순간, 입을 떡하니
벌린 채 그 자리에서 꼼짝도 할 수 없었다. 자연에는 빨간색이
너무도 많다는 사실을 깨달았다. 다홍색, 비색緋色, 붉은색, 주
황색, 연지색, 꼭두서니색, 무한한 빨간색의 그러데이션.

그는 도로를 왔다 갔다 하면서 가을의 풍경을 가슴에 새겼
다. 사진을 찍는 것조차 잊어버렸다.

눈꺼풀 안쪽에는 지금 막 보고 온 산들의 색깔이 또렷하게 새겨졌다. 앨범을 펼치듯 언제라도, 언제까지라도 이렇게 떠올릴 수 있으면 된다.

일 년 중에 가장 아름다운 고향의 경치를 보고 싶었다. 하지만 이렇게 돈이 많이 드는 귀향은 없을 것이다.

원래 돈 계산은 서툴지만, 더는 미룰 수 없어서 예금통장을 확인했다. 그동안 가정 경제는 모두 아내에게 맡겨두었던 탓에 자기 명의의 통장도 낯설기만 했다.

전자계산기를 두들기며 계산해 보았다. 아내와 절반으로 나눈 예금. 앞으로의 수입은 경비원 아르바이트라도 하지 않는 한 연금뿐. 그러니 남은 인생을 유유자적하게 지낼 수 있다고 생각한 것은 완전한 착각이었다.

평균수명까지는 앞으로 20년. 하지만 육체가 건강하고 성격이 느긋한 자신이 평균수명을 다 누리자마자 죽는다곤 생각할 수 없다. 더구나 의학은 비약적으로 발전하고 있다.

100세가 넘는 고령자가 전국에 4만 명이 있다는 사실을 알고 경악한 게 10년 전인데, 오늘날에는 8만 명이 넘는다고 한다. 그러면 20년 후, 30년 후에는 어떻게 될까 생각하니 38년 후에 100세를 맞이하는 자신의 모습이 떠올랐다.

딸들에게 몸을 의탁하는 건 도리에 맞지 않는다. 헤어진 아내는 더더욱 말도 되지 않는다. 돈이 떨어지면 집을 팔까 했지만 신문 사이에 있는 전단지를 보니 주변의 집값은 입이 다물어지지 않을 정도로 떨어졌다.

그렇다면 되도록 낭비하지 말고 조금씩 아껴 먹으며 목숨을 유지해야 하리라. 그것밖에는 방법이 없다. 그리고 낭비의 일번 타자는 동생이나 친구의 말을 떠올릴 것까지도 없이 연회비 35만 엔의 '유나이티드 카드 프리미엄 클럽'이다.

이제 스테이터스 같은 건 똥이나 먹으라고 해야 한다. 매력적인 특전은 하나도 없다. 있다고 해도 그것 자체가 낭비로 이어진다.

예금통장의 기록에 따르면 작년 12월 10일 결제일에 연회비가 빠져나갔다. 그렇다면 지금 당장 계약을 해지해야 하지만, 그 전에 마지막으로 한 번만 더 낭비를 하자. 산들이 울긋불긋한 비단옷을 입는 그 날을 목표로, 어머니가 기다리는 고향에 가는 것이다.

예약은 쉽게 할 수 있었다. 1박 2일에 50만 엔 하는 최고급 리조트에는 성수기 같은 게 없는 모양이다. 애초에 경치나 제철 음식 같은 목적을 가지고 여행하는 것 자체가 경박한 것 아닌가. 부자들은 시간과 돈뿐 아니라 영혼까지 자유로운 것이다.

"세이이치, 저녁엔 맛난 괴기를 먹여주꾸마."

"흐음, 고기요? 그거 좋죠."

"이 지역이 쇠괴기와 돼야지괴기가 유명하구마. 마에사와 쇠괴기에 백금돈 고기여. 입에서 살살 녹는당께."

배에서 꼬르륵 소리가 났다. 화롯가에서 브랜드 고기의 바비큐 파티를 하는 것이다. 그렇군, 이 가격을 지불한 재구매자에게 똑같은 시골 요리를 줄 수는 없으리라. 그렇게 나온단 말이지?

"어머니, 무리하지 말아요."

"무리는 무신. 아덜이 일 년에 한 번 고향에 오는디, 이 정도 갖고 멀 그려?"

"하지만 비싸잖아요."

"비싸긴 멀."

아아, 틀렸다. 완전히 어머니 페이스에 말리고 말았다. 하긴 1박에 50만 엔이나 내면서 비싸니 싸니 할 필요는 없는데.

고타쓰 안에 발을 넣고 누워서 등을 돌린 채, 그는 어머니에게 말했다.

"어머니, 있잖아요. 나도 이제 연금으로 살아야 해서 돈을 펑펑 쓸 수는 없어요."

물소리가 멎었다. 부엌을 돌아보니 고개 숙인 어머니의 뒷모습이 보였다.

"아니, 여기가 마음에 들지 않은 건 아니에요. 내 분수에 맞지 않는 것뿐이에요. 정말로 단지 그것뿐이에요."

금기를 깨뜨렸다. 가짜 어머니와 아들은 넓은 집 안에서 몸을 웅크렸다.

잠시 생각에 잠긴 표정을 짓고 나서 어머니는 등을 돌린 채 말했다.

"난 일 년에 한 번이라도 좋응께 니 얼굴을 보고 잪구로. 그런 가심 아픈 야그는 허지 말그라."

만약에 영업용 화술이라면 이보다 더 매혹적인 말은 없으리라.

그리고 만약 영업용 화술이 아니라면……이라고 생각한 순간, 무로타 세이이치는 말을 이을 수 없었다.

지나친 생각이다. 하지만 회사에게도 가족에게도 버림받은 남자를 어머니가 버릴 리가 있겠는가.

그는 똑바로 누워서 천장을 올려다보았다. 토방은 얼기설기 엮은 나무와 띠지붕이 그대로 드러나서 휑하지만, 다다미 방에는 새까매진 나무판이 가로놓여 있었다. 대들보 높이에는 신을 모시는 감실이 있고, 키 작은 어머니가 어떻게 올렸는지 그 앞에는 아직 시들지 않은 비쭈기나무 가지가 놓여 있었다.

돌연 부모님의 얼굴이 떠올랐다. 옆의 불단 방에 있는 아버지와 부엌에 있는 어머니가 아니라 진짜 부모님이다.

그들을 제쳐두고 온 낯선 고향에서 불단에 향을 올리고 생판 남을 어머니라고 부르는 것에는 저항감이 들지 않았다. 세심하게 연출해 놓은 리조트 호텔이나 어른도 즐길 수 있는 유원지의 공연처럼 비일상적인 체험이란 걸 알고 있는 것이다. 더구나 이곳의 정밀도나 완성도는 자신도 모르게 푹 빠질 만큼 뛰어났다.

그리고 무로타 세이이치는 아들로서 부모님의 인생을 받아들였다. 그래서 이것이 분수에 맞지 않는 도락일지라도 천벌을 받는다거나 윤리에 어긋난다는 생각은 하지 않았다.

하지만 그을음으로 찌든 천장의 나무판을 멍하니 바라보는 사이, 자신의 부모가 정말로 행복했는지 의심스러워졌다.

아버지는 군대에 끌려가진 않았지만 공장에 근로 동원된 세대다. 나름대로 고생은 했겠지만 전쟁이 끝나고 나서 대학에도 다니고 대형 금속회사에서 정년까지 일했다.

고도경제성장기에 회사를 다닌 이른바 '맹렬 샐러리맨'이다. 그사이에 월급은 20배에서 30배는 올랐다. 더구나 정년은 60세로 연장되었으니, 거품 경제의 절정기에 엄청난 퇴직금을 받았을 것이다.

'것이다'라고 불확실하게 말한 이유는 그 이후의 15년 동안을 부부가 같이 일 년에 두 번의 해외여행과 한 달에 한 번의 호화 온천여행, 그리고 그 밖의 여기저기에 재산을 탕진한 결과, 거의 예술적으로, 도대체 어떻게 하면 이렇게까지 절묘하게 썼을까 감탄할 만큼 부동산 상속세 정도만 남겼기 때문이다.

자손을 위해 재산을 남기지 않았다고 하면 그럴듯하게 들리지만, 경리 분야에서 외길을 걸어온 아버지다운 깔끔한 행동이었다. 어머니는 아버지를 보내고 2년 후에 세상을 떠났다. 부창부수란 말을 철저하게 실천한 옛날 방식의 부부였다.

그가 부모의 인생을 받아들인 것은 자신이 생각하기에 완벽한 인생이었기 때문이다. 물론 세상의 다른 집들처럼 부모님과 옥신각신한 적도 있었지만, 모범답안이 될 만한 그들의 인생 앞에서 그런 다툼은 특별할 것이 없는 사소한 엇갈림에 불과했다.

그런데 정말 그랬을까? 어쩌면 그의 부모는 '옛날 방식의 샐러리맨 가정'이라는 모형 정원 같은 세계를 완벽하게 연기해 낸 게 아닐까? 노후의 15년 동안을 아무리 멋지고 우아하게 지냈어도 여행지에서는 항상 이방인이었고 이것저것 즐기는 것처럼 보여도 결코 틀에서 벗어나지 않는, 모형 정원 안에 있는 주민이 아니었을까?

"세이이치."

"네?"

"나가 갠히 씰디읎는 말을 혔는디, 신경 쓰지 말그라."

그는 대답이 궁해서 "갠찬혀요, 갠찬혀요"라고 장난스럽게 말했다. 일상의 말로는 대답할 도리가 없는데, 하루하루 생활이 키워온 사투리는 마치 퍼즐의 조각처럼 딱 들어맞는다.

"그려그려. 갠찬혀, 갠찬혀."

"갠찬혀요, 갠찬혀요."

부모님은 정말 행복했을까? 아니면 모형 정원의 행복을 행복이라고 믿은 걸까?

자신에게 이혼신고서를 들이밀었던 아내의 차가운 얼굴이 불쑥 떠올랐다.

혹시 아내는 앞날이 뻔한 모형 정원 같은 여생을 거부한 게 아닐까? 잘못이 없는 남편을, 그 존재 자체가 잘못이라는 식으로밖에 말할 수 없었던 건 그런 이유 때문이 아니었을까?

아내는 모형 정원의 울타리를 넘어서 다른 세계로 나갔다. 그리고 생각지도 못한 반란으로 남편도 또한 건강하고 우아한 여생을 잃어버렸다.

한마디로 말해 그의 아내는 시부모와 똑같은 인생을 거부한 것이다.

고기.

숯불 위에 있는 석쇠 위에서 고기가 구워지고 있다.

마에사와 소고기의 등심과 안심. 새하얀 지방을 두른 고급 돼지고기. 합쳐서 1킬로그램은 될까. 둘이 다 먹을 수 있는 양은 아니다.

곁들인 채소는 송이버섯과 잎새버섯. 모두 뒷집 영감님이 산에서 따왔다고 한다.

그 이상은 아무것도 더하지 않는 것이 좋다. 이것만이라면 결코 바비큐라고는 부를 수 없으리라. 더구나 맛을 더하는 건 소금과 후추뿐.

"어머니, 이제 먹어도 돼요?"

"이런! 참을성 읎는 녀석 겉으니."

"그게 아니라 난 레어를 좋아한단 말이에요."

"그런 건 좋들 안혀. 난 속까장 완전히 꾸워야 혀."

"웰던이에요?"

"그려, 그려. 맛난 괴기를 멕여줄 텡께 쬐께만 더 기달리래이."

"……어머니, 이제 먹어도 돼요?"

"그려, 됐어야. 쇠괴기부텀 묵겠냐?"

어머니는 숯불이 속까지 통과한 두툼한 소고기 두 조각을 접시에 올린 뒤, 소금과 후추를 뿌렸다.

굉장하다! 일단 숯 향기가 코와 입을 동시에 공략했다. 그런 다음에 고기가 부드럽게 녹아내렸고, 소금은 달콤했으며 후추는 코로 빠져나갔다.

"세이이치, 워쩌냐?"

어떻고 뭐고, 배의 밑바닥에서 웃음이 솟구쳤다. 인간은 살기 위해서 먹고 기뻐하는 법이란 걸 깨달았다.

"맛있어요."

어떻게 표현해야 할지 알 수 없었다. 이 기막힌 맛이 고기와 불과 소금 때문만이 아니란 걸 알았으니까.

어머니는 만족스럽게 미소를 지으며 고개를 끄덕였다.

"니, 뱁은 지대로 묵고 있냐?"

사생활에 관해서는 말하지 않았다. 하지만 어머니는 모든 걸 꿰뚫어 보고 있는 것처럼 물었다.

"네, 걱정하지 않으셔도 돼요."

"혼차 있어도 뱁은 지대로 묵어야 혀."

"걱정하지 말라니까요. 이제 돼지고기 주세요."

신청서에 쓸데없는 걸 썼던가? 담당자에게 말하지 않아도 될 신세타령을 했던가? 아니, 그런 일은 없다. 설마 카드회사가 호적까지 확인하진 않았을 테고…….

돼지고기. 플래티넘 포크라고도 하는 백금돈白金豚. 소문으론 들었지만 실제로 먹어보는 건 처음이다.

무심결에 "와아!" 하는 소리가 튀어나왔다. 그리고 역시 기쁨의 웃음이 솟구쳤다.

"이거, 아무것도 안 한 거죠?"

"그려, 암것도 안 혔어. 소굼과 후추뿐이여."

"밑간은요?"

"안 혔당께."

어머니는 송이버섯과 잎새버섯을 접시에 담아서 소금을 뿌렸다. 아아, 산이다. 산이 다가온다.

"있잖여, 세이이치."

"왜요?"

"요새는 말이시, 전자레인지에다 넣고 땡, 허믄 된다든지, 끓는 물에 넣기만 허믄 된다든지, 겁나게 편리헌 게 있다든디……."

한순간 등줄기가 서늘했지만 설마 카드회사가 그의 냉장고 안에 있는 내용물까지 알고 있을 리는 없다.

"그기 또 어이가 읎을 만치 맛있응께 참 골치가 아푸구로. 그런 게 있어서 고맙긴 허제만 그려도 그런 것만 묵으믄 못쓴다."

어머니 말씀이 맞아요. '로마의 휴일'은 매일 먹어도 질리지 않아요. 레토르트식품은 혼자 사는 사람의 편이에요.

"그런가요? 난 나쁜 것 같지 않아요. 맛있고 간단하고 칼로리 표시도 있으니까 외식하는 것보다 건강에 좋지 않을까요?"

"그거야 그렇제. 허제만 뱁은 그런 것만이 아녀."

어머니는 살짝 슬픈 표정을 지으며 안쪽에 있는 불단으로 시선을 돌렸다.

"뱁을 묵을 수 있는 건 살어 있는 동안뿐잉께 암만 구찮드라도 손수 맹글어 묵지 않으믄 안 되야. 돌아가신 분헌티 뱁을 올리는 건 드시라는 게 아니라 전 이로코롬 뱁을 지어서 묵고 있응께 안심허시씨요, 라는 뜻이제. 세이이치, 잘 들으래이. 뱁을 묵을 수 있는 건 살어 있는 동안뿐이구마잉."

어머니는 매우 중요한 사실을 가르쳐주었다. 인간은 살기 위해서 먹는 게 아니다. 먹는다는 건 생명 그 자체인 것이다.

돌아가신 남편을 떠올렸는지 어머니는 솜옷 소매로 눈가를 닦더니, "미안하구마" 하고 말하며 고개를 숙였다.

그날 밤 어머니와 아들은 밤이 이슥해질 때까지 술잔을 나누었다. 술을 깨기 위해 덧문을 열자 맑고 서늘한 가을 하늘에 보름달이 걸려 있었다.

하지만 무로타 세이이치가 이렇게 말한 것은 술기운 때문도, 보름달이 시켰기 때문도 아니었다.

"저기…… 어머니, 나하고 같이 살지 않을래요?"

마치 사랑 고백을 받은 소녀처럼 어머니의 몸이 딱딱하게 굳었다.

"세이이치, 고맙구로."

가까스로 그렇게 대답한 후, 어머니는 남쪽 하늘에 걸려 있는 보름달을 바라보며 하염없이 눈물을 흘렸다.

"허지만 세이이치. 그라고 헐 수는 읎시야. 마음만 고맙게 받어들일 거구마."

이파리를 모두 떨어뜨린 감나무가 군청색 밤하늘을 가로질렀다. 달빛을 떠받치고 있는 자은사의 커다란 지붕 너머로 내륙 분지의 메마른 논밭이 한 조각의 그림자도 없이 펼쳐져 있었다.

그는 툇마루에 나란히 앉은 어머니의 어깨를 껴안았다.

"난 자유로운 몸이에요. 도쿄의 집을 처분하고 이쪽으로 올게요. 나랑 같이 살기 싫다면 빈집을 얻을게요. 마을 사람들과도 잘 지낼 자신이 있어요. 그런 건 내 특기거든요."

그게 아녀, 라고 말하면서 어머니는 머리를 가로저었다.

"널 못 믿어서 허는 말이 아녀. 허지만 암만 생각혀도 그건 좋지 않구로."

"왜요? 도쿄에 상경했던 아들내미가 정년퇴직하고 태어난 고향으로 돌아왔다……. 그러면 되잖아요?"

이 거짓말을 10년이라도, 20년이라도 계속하면 된다. 그러는 사이에 그도, 어머니도, 마을 사람들도 거짓말이란 사실은 까맣게 잊어버리리라.

"있잖여, 세이이치. 이건 우덜찌리 허는 말인디."

"네, 비밀로 할게요."

"난 회사서 돈을 받고 있구마. 나만이 아니라 마을 사램들도 돈을 받고 있제."

"당연하죠. 그건 정당한 대가잖아요?"

"그란디 우덜 멋대로 회사 손님을 가로채선 안 되잖여?"

"그러면 안 된다고 계약했어요?"

"아녀. 계약이고 뭐시고, 구찮은 건 한나도 허지 않었어. 어려운 말을 혀도 우덜은 모리고 말이시."

그런가. 이 홈타운 서비스는 아직 정식으로 시스템화한 건 아니다. 미국에서 성공한 사업 아이템을 일본에 정착시키기 위해 시험하는 중이다. 그렇다, 약품으로 말하면 임상실험 단계인 것이다. 그래서 마을 사람들과 계약 같은 건 하지 않고 이런저런 데이터를 모으고 있다.

그렇다면 이런 결과도 중요한 데이터 중 하나가 아닌가.

하지만 그렇게 설명해도 어머니는 이해할 수 없을 것이다.

"계약서가 없다면 회사에 얽매일 필요가 없어요."

"그려도 그건 안 되야. 그려도 그러믄 못 쓰는 거여. 은혜를 원수로 갚는 일은 좋덜 안혀."

"그런 게 아니라니까요. 어머니, 내 말 잘 들으세요. 회사라는 건 그렇게 훌륭한 곳이 아니에요. 이익을 얻기 위해서 사람을 혹사하고, 쓸모가 없어지면 그냥 쓰레기통에 던져버리죠. 어머니도 이 마을도, 진심으로 생각하지 않아요. 진심으로 생각할 리가 없어요. 하지만 나는 인정사정이 없는 회사가 아니에요. 보시다시피 이렇게 피가 통하는 인간이니까요."

아들의 어깨에 기대어 고개를 끄덕이던 어머니는 그의 말을 들으면서 콧물을 훌쩍이더니, 마침내 입을 막고 소리를 죽여 서럽게 울었다. 어머니를 울려 버렸다.

무로타의 친부모는 완벽했다. 완벽하게 뒤처리를 한 덕분에 간병이나 돌봄의 고생을 하지 않은 대신, 아들의 가슴에 그만큼의 후회를 남겼다. 아마 동생 마사미의 가슴에도.

하지만 이 어머니가 사는 고향은 친부모가 살던 모형 정원이 아니다. 한정된 울타리 안에서 인생의 진정한 행복을 누리는 일이 가능할 리가 없지 않은가.

어떤 사정이 있었는지 모르겠지만 '세계 최고의 스테이터스'를 자랑하는 카드회사가 기획한 상품을 신의 은총이라고 믿을 만큼 이 마을의 미래는 위험하다.

　고향을 떠난 자식들에게 돌아와 달라고 말할 수는 없다. 그렇다고 자식에게 얹혀살기 위해 고향을 떠날 마음도 들지 않는다. 고향을 떠나 다른 곳에 사는 것은 상상도 할 수 없을 테니까.

　도쿄의 집을 처분하고 묘지도 자은사로 이장하고 고향으로 내려와 친부모님에게 하지 못했던 효도를 이 어머니에게 하는 게 뭐가 나쁘단 말인가.

　"니, 많이 취했는갑다."

　어머니가 아들의 어깨에서 얼굴을 들었다.

　"오늘은 유난히 달님이 아름답구로. 참말로 아름다와. 그려서 술이 잘 받았는갑다."

　"난 취하지 않았어요."

　"그려, 취헌 사램은 다들 고로콤 말허제."

　"취하지 않았다니까요."

　"그라믄 한잔 더 허자꾸나."

　어머니는 "이영차" 하고 소리를 내며 일어나서 아들의 손을 끌었다.

주름이 깊게 패고 마디가 굵은, 메마른 손이었다.

"있잖여, 세이이치. 넌 잘못헌 게 읎다고 말혔제만, 그건 니 머리가 고로코롬 생각허는 것뿐이여. 니 처 입장서 생각해 보래이. 당최 참을 수 읎는 일이 있었을랑가도 몰러."

한참을 마시고 잠자리에 들고 나서 어머니가 널문 너머로 말했다.

술기운을 빌려서 늘어놓은 아들의 신세타령을 하나도 빼놓지 않고 들어준 것이다.

"그려도 자포자기혀서 모든 걸 내던지는 건 좋덜 안혀."

"자포자기한 거 아니에요. 나름대로 깊이 생각하고 한 말이에요."

"하아, 그러냐? 나가 보기엔 깊이 생각헌 것 겉진 않제만."

자신의 처지를 알면 같이 살자는 말을 받아주리라고 생각했다. 하지만 어머니는 뜻밖에도 완고했다.

"좋아요. 그럼 내 멋대로 이사 올 거예요."

"니가 생각허는 것만치 여그 생활은 만만치 안혀."

그것은 이미 각오하고 있다. 하지만 황폐해진 낡은 집에서 돌아오지 않는 아내를 기다리고 딸들을 신경 쓰게 하며 이웃집 눈을 의식하면서 오직 시간을 죽이고 사는 것은 아무리 생각해도 최악의 여생이다. 그렇다면 아무리 불편해도, 아무리 고생해도 여기서 사는 게 훨씬 낫지 않을까?

"나 나이를 생각혀 보래이. 짐 뗑이가 한나 늘어나는 것뿐이여."

그렇게까지 말하는가. 결코 어머니의 본심은 아닐 것이다. 본심은 역시 돈을 벌게 해준 회사를 배신하고 싶지 않은 것이리라.

"이제 졸음이 쏟아져요. 어머니, 안녕히 주무세요."

"그려, 니도 잘 자래이. 좋은 꿈 꾸그라."

곧 잠든 어머니의 숨소리가 전해졌다. 오늘은 잠자리 이야기를 들을 수 없을 것 같다.

장마가 끝나고 일요일에 동생이 찾아와 생각지도 못한 이야기를 꺼냈다.

그녀는 자신이 태어나고 자란 집을 깨끗이 청소한 뒤, 새삼스레 진지한 얼굴로 오빠와 마주했다. 정년퇴직을 앞둔 국어교사. 분명히 45년 전의 도립고등학교에도 이렇게 생긴 사람이 있었는데, 라고 무로타 세이이치는 마음속으로 생각했다.

"오빠, 내 말 잘 들어. 우리 그이는 이제 완전히 정년퇴직한 느낌이야. 그래서 여기에 청소하러 오는 것만 해도, 더는 홀아

비를 두고 볼 수 없어서만은 아니야. 나도 주말엔 집에 있고
싶지 않아. 할 수만 있다면 계속 이 집에 있고 싶을 정도야."

지금 무슨 말을 하려는 걸까, 설마 남편과 이혼하고 친정으
로 돌아오려는 건 아니겠지, 하며 그는 동생을 노려보았다.

"정신 차려. 매제는 성실한 사람이야. 그런 사람을 가엾게
만들지 마."

마사미는 "뭐?" 하며 살짝 놀라더니, 큰 소리로 깔깔대며 웃
었다. 실수로라도 학생들, 또는 남편이나 자식들에게도 이런
표정을 보이는 일은 없으리라.

"미안하지만 난 올케언니처럼 모진 여자는 아니야. 아니, 선
수를 빼앗긴 건 유감이지만."

그렇게 말하면서 그녀는 오빠의 눈앞에서 손을 흔들었다.

동생의 수업 내용은 이해하기 쉬울 것 같지 않다. 열등생은
그냥 내버려 두고 잘하는 학생들만 이끌고 가는 타입이리라.

"지난주 일요일에 오빠를 사로잡은 고향에 다녀왔어."

"뭐야?" 하고 깜짝 놀라며 소리를 질렀지만, 동생처럼 웃을
수는 없었다.

"왜 네 멋대로 그런 짓을 해? 넌 관계없잖아?"

"성묘를 가야 하니까 관계는 있어. 1박에 50만 엔이란 거금
을 내진 않았으니까 걱정하지 마."

"뭐 하러 갔지?"

"그걸 몰라서 물어? 현지에 있는 묘지를 보러 간 거야. 마을 사람들을 곤란하게 만들진 않았으니까 걱정 붙들어 매."

동생은 얼굴에서 웃음기를 지우고 잠시 말을 찾는 것처럼 손가락 끝으로 이마를 눌렀다.

"오빠가 하고 싶은 대로 해. 응원은 할 수 없지만 반대하진 않을게."

그다음의 논의를 거부하듯 동생은 황급히 돌아갔다.

모든 면에서 우유부단한 무로타 세이이치였기에 그길로 결심을 굳힌 것은 아니었다. 다만 예전에 없던 고립감이 그를 괴롭혔다.

이 집에 살았던 많은 사람이 사라지고, 결국 유일한 아군이었던 동생까지도 자신을 버리고 떠난 듯했다. 그것은 엄연한 사실이다. 무로타 집안의 호적에는 이미 '무로타 세이이치'라는 호주밖에 존재하지 않는다. 응원은 할 수 없지만 반대하진 않겠다는 동생의 결론은 단적이고 명쾌했다.

"어머니."

그는 어둠 속에서 몸을 뒤척이며 작은 목소리로 어머니를 불렀다. 건강한 잠소리가 들릴 뿐 대답은 돌아오지 않았다.

좋은 꿈 꾸그라, 라고 어머니는 말했다. 그런데 생각해 보면 지금의 현실보다 더 좋은 꿈이 어디 있겠는가.

"안녕히 주무셨소? 날씨가 참말로 좋구만요. 어? 세이 짱, 안즉 자고 있었당가?"

뒷집 영감님이 툇마루의 덧문을 열자 장지문이 새벽빛에 물들었다.

"네, 안녕히 주무셨어요?"

이 마가리야의 덧문을 여닫는 일은 뒷집 영감님의 임무인 듯하다. 동쪽과 서쪽의 덧문 10여 개를 아침저녁으로 접어서 두껍집에 넣어야 하니까 생각보다 꽤 힘든 일이리라.

홈타운 서비스의 일상은 매우 자연스러워야 한다. 그러니 아침에 해가 뜨자마자 뒷집 영감님이 부랴부랴 찾아와서 스스럼없이 덧문을 여는 것이다.

"항상 고맙습니다."

장지문 너머로 무로타가 그렇게 말하자 영감님은 곤혹스러운 얼굴로 덧문을 집어넣던 손을 멈추고서 "갠찬혀, 갠찬혀" 하고 대답했다. 아무리 생각해도 편리한 말이다.

"어머니, 잘 주무셨어요?"

짧은 카디건을 걸치고 거실로 들어가 화로에 손을 쪼였다. 화롯가에는 딱 좋은 온도의 차가 놓여 있었다. 뒷집 영감님이 덧문을 열고 게스트가 눈을 뜨면 차를 내놓는 것이다.

"그려, 잘 잤냐?"

"네, 누가 업어가도 모를 만큼 푹 잤어요."

"뱁은 금방 다 될 거여."

가전제품이 아침의 냄새를 빼앗아 갔지만 어린 시절에는 도쿄 집에도 이와 똑같은 냄새가 가득 차 있었다.

차를 마시면서 장지문을 연 순간, 아침 햇살에 빛나는 산들이 펼쳐졌다.

뒷집 영감님은 보이지 않았다. 엑스트라는 최소한으로 필요한 장면에만 나오는 걸까?

"세이이치, 춥지 않냐? 감기 들믄 어쩔라고."

"아니에요. 아무리 추워도 이 풍경은 보지 않을 수 없어요."

무로타 세이이치는 장지문을 활짝 열고 화롯가에 앉았다. 문턱과 상인방을 액자 삼아 아름다운 그림이 들어 있었다. 일본의 가옥에는 의자가 맞지 않는다는 사실을 새삼 깨달았다.

밝아오는 황홀한 색깔을 멍하니 보는 사이에 한 가지 의문이 떠올랐다.

이 서비스가 아직 시험 단계라고는 해도 마을 사람들만으로 운영할 수 있을까? 만에 하나 게스트와의 관계에 문제가 발생하거나 게스트가 갑자기 아프거나 다쳤을 경우에는 신속

하고 적절하게 대처해야 할 텐데.

이 마을에는 자치회관도 보이지 않고 파출소도 없으며 의사도 없는 것 같다. 이런 상황에서 마을 사람들이 모두 농사일을 내던지고 이 일에만 몰두하는 것은 너무나 위험했다. 그 전에 기업의 윤리경영에 위배될 수도 있다.

유나이티드 카드에서 보낸 관리자나 연출자 같은 사람이 어딘가에 있지 않을까?

뒷집 영감님인가? 설마 그럴 리가…….

부지런한 아들 부부가 번갈아 상황을 살펴보러 온다. 아무래도 냄새가 난다.

버스 정류장에서 친절하게 말을 걸어온 주류점 여주인. 문을 연 가게는 그곳 말고 없으니까 수상하다고 하면 수상하다.

아니, 어쩌면 길가에 있는 2층 주택에 사무실이 있어서 뒤쪽 창문으로 마가리야의 모습을 살펴보고 있지는 않을까?

감시 카메라나 집음 마이크는 없을 것이다. 그것은 윤리경영에 위반될 뿐만 아니라 사생활 침해에 해당하니까.

"세이이치, 으째 고로코롬 멍허니 있냐?"

화롯가에 장아찌가 놓였다. 어머니가 손수 만든 장아찌다. 무장아찌, 배추장아찌, 참마장아찌.

"해장술 헐 테냐?"

"아니요, 차가 좋아요."

찻잔에 차를 더 따르면서 어머니는 아들의 옆얼굴을 보고 미소를 지었다.

"넌 옛날부텀 참말로 태평헌 아였제."

어머니는 마치 본 것처럼 말했다. 그는 결코 사려 깊은 편은 아니다. 천성이 태평하고 느긋한 사람이다. 성격만 보면 영업직에 어울리지 않는다.

하지만 신청서에 그런 걸 쓴 기억은 없다. 전화로 말했을 리도 없다. 그러면 어머니가 지켜본 결과일 것이다.

"허지만 세이이치. 사램은 태평허게 사는 게 좋구마. 도쿄서는 조바심내등가 움찔거리지 않으믄 살어갈 수 읎잖냐?"

어머니는 이 집에 오는 게스트들에게서 도시 생활의 스트레스를 느꼈을 것이다. 그리고 딱딱하게 응어리진 마음을 풀어주는 게 어머니 나름의 대접이다.

그런 게스트들 중에서 자신은 이질적인 존재일지도 모른다. 어머니가 말하는 '태평한 녀석'은 한 명도 없을 테니까.

어머니, 그야 당연하죠. 나 혼자만 분수에 맞지 않는 블랙카드를 가지고 있으니까요.

작은 새가 지저귄다. 귀에 들어오는 소리는 그것뿐인데, 새의 이름은 모른다.

장아찌의 깊은 맛과 떫은 차가 입 안에서 서로 어우러져 녹아내린다. 자신은 왜 그토록 잡다한 세계에서 살았을까? 색도 형태도 냄새도 소리도 맛도, 무엇 하나 구별할 수 없는 삶을 살아왔다.

　무로타 세이이치는 노인네처럼 허리춤에 있는 주머니를 열고, 직책이 없는 명함을 꺼냈다.

　"어머니, 이거 내 전화번호예요. 무슨 일이 있으면 연락하세요. 무슨 일이 없어도 외로울 때마다 전화하세요."

　어머니는 명함을 받고서 손등을 마냥 문지르기만 했다.

　"우덜 집 전화번호는 갈체줄 수 읎어."

　"네, 괜찮아요. 외로울 때는 언제든지 전화하세요."

　"외롭지 않어."

　"그럴 리가 없잖아요? 난 언제든 어머니 편이에요."

　또 어머니를 울려버렸다. 스스로를 어머니라고 믿고, 낯선 남자를 친아들이라고 믿지 않는다면 이렇게 눈물을 흘릴 수 있을 리가 없다.

　문득 생각이 나서 지갑을 꺼냈다. 1만 엔짜리 지폐만 골라서 어머니 손에 쥐여주었다.

　"필요 읎어, 필요 읎어."

　"어머니, 용돈이에요."

"필요 읎당께."

게스트들은 모두 팁인지 용돈인지 모를 돈을 이런 식으로 쥐여주리라. 그리고 어머니는 그때마다 현실과 허구 사이에서 흔들릴 것이다.

한참을 옥신각신한 끝에 어머니는 겨우 돈을 받았다.

"세이이치, 고맙구로."

어머니가 눈물에 젖은 눈동자로 자신을 바라보았을 때, 무로타 세이이치는 진심으로 아름다운 사람이라고 생각했다.

계절을 앞서가는 꽃

"좀 이르긴 하지만 올 한 해 수고 많았네. 내년에도 계속해서 잘 부탁해."

"초대해 주셔서 고맙습니다."

창밖의 푸른색 조명이 계절에 맞지 않는다는 느낌이 들 만큼 따뜻한 겨울이다.

일단 건배를 했다. 매일 송년회에 쫓겨 정신이 없어지기 전에 비서를 저녁 식사에 초대했다. 공적인지 사적인지 모호해서 조금 거북하긴 했지만, 순수하게 감사의 마음을 전하고 싶었다.

"멋진 곳이네요. 사장님의 은신처인가요?"

"자네에게 예약하라고 하면 초대라고 할 수 없잖나?"

"회식 때 사용해도 될까요?"

"아마 예약할 수 없을 거야."

넓은 별실에는 난로가 있다. 2층 창문은 가로수 높이에 있다. 하지만 조명 이외에 가로등 불빛은 닿지 않고 도시의 소란스러움도 전해지지 않았다.

"딱히 내가 열심히 알아본 건 아니야. 그 프리미엄 클럽 덕분이지."

마쓰나가 도오루가 비밀을 알려 주자 시나가와 미사오는 약간 과장스럽게 놀라는 표정을 지었다. 비서라는 처지를 지나치게 의식하고 있는지, 평소의 그녀는 표정이 부족하다.

"회원을 위해 쉽게 예약할 수 없는 가게의 테이블을 미리 잡아 놓는군요."

"사용하는 일은 별로 없지만……. 시험적으로 전화를 해봤더니 여기를 잡아 주더군."

"굉장해요. 회원의 요구가 있든 없든 일 년 내내 프리미엄 클럽이 계속 저녁 식사 비용을 지불하고 있는 걸까요?"

"글쎄……. 설마 계속 주지는 않겠지만, 서비스 요금을 어느 정도는 보상해 주고 있겠지."

회식 장소를 예약하는 것은 비서의 중요한 일이다. 더구나 시나가와는 같은 장소를 예약하는 일이 거의 없다. 게스트를 접대하는 것도 중요하지만, 그 이상으로 저녁 식사 자리가 많은 보스가 똑같은 음식을 먹지 않도록 배려해 주는 것이다.

웨이터가 전채 요리를 가져왔다. 쓸데없는 설명은 하지 않는다. 입이 고급인 손님만을 맞는다는 사실을 알 수 있다.

"자네는 예정이 없나?"

이야깃거리가 떨어진 마쓰나가가 조심스럽게 물었다. 그런데 성희롱으로 여기면 어떡할까 걱정하다 보니 질문을 너무 많이 생략했다. 어쩌면 오해를 할지도 모르겠다.

"결혼 예정 말이야. 애인은 없나?"라며 재빨리 직접적으로 질문했다. 정말이지, 갑갑한 세상이 되고 말았다.

다시 말을 덧붙였다.

"아니, 자네를 대신할 사람은 쉽게 구할 수 없으니까 만약에 예정이 있으면 미리 알아두고 싶어서 그래."

시나가와가 미소를 지었다. 역시 기묘한 오해를 한 걸까? 아니면 마쓰나가의 말투가 상당히 어색했던 걸까?

"사장님이야말로 예정이 없으신가요?"

그는 냉정하게 대답했다.

"이제 와서 뭘. 주변에서 생각하는 것만큼 불편하지 않네."

이것저것 따지면 끝이 없지만 가족에게 둘러싸여 있는 것보다 귀찮은 면은 오히려 적지 않을까? 아니, 죽음이라는 피할 수 없는 숙명 앞에서는 임종의 환경이나 조건 따위는 생각할 필요도 없을 만큼 사소한 것이다.

하지만 그런 깨달음을 입 밖에 낼 순 없다. 분명히 오기나 고집으로 들릴 테니까.

"저는 '이제 와서 뭘'이라고 생각하진 않지만 그렇게 심각하게 고민하지도 않아요. 결혼이 곧 행복이라고 여기는 시대도 아니고, 각자가 생각하는 이익이나 손실에 따라 선택하는 거니까요."

그녀다운 대답이다. 자신은 마흔 살 전후에 어땠을까? 그 어떤 것도 눈곱만큼도 생각하지 않았다. 상황에 몸을 맡기는 사이에 시간이 지나갔을 뿐이다.

"부모님은 입만 떨어지면 시끄럽게 잔소리를 하지만, 이제 꼭 선을 봐서 가야 할 시대도 아니고요. 아버지가 정년퇴직하고 나서는 잔소리가 더욱 심해지셨어요."

"아버님도 직장 생활을 하셨다면 그런 부분은 이해해 주시지 않을까?"

"아니요. 여성이 결혼하면 회사를 그만두던 시대의 사람이거든요. 실제로 어머니도 결혼하고 직장을 그만두셨고요. 그래서 딸이 계속 직장에 다니는 건 결혼을 못 했기 때문이라고 생각하세요."

"뜻밖이군. 그런 보수적인 가정에서 자란 여성으론 안 보이거든."

"제가 워낙 비뚤어져서 그럴 수도 있어요. 기존의 인생을 거부하는 것일 수도 있고요."

"뭐, 부모님 심정은 모르는 바가 아니야. 나도 그 시대의 사람이니까."

어쩐지 거리가 정해진 듯해서 마음이 편해졌다. 자신도 그 시대의 사람들과 똑같이 살았다면 시나가와와 비슷한 나이대의 자식이 있었을 수도 있다.

"내게 아들이 있다면 며느리로 삼고 싶을 정도야."

"결혼해서 그만두게 하실 건가요?"

"아니, 그만두게 하진 않아. 며느리가 비서라도 딱히 상관없잖아?"

"아드님이 아니면 안 되나요?"

위험한 농담을 알아들을 틈도 없이 다음 음식이 나왔다.

"그런데 사장님……."

실언을 수습하듯 냅킨으로 입을 가린 뒤, 시나가와가 황급히 화제를 바꾸었다.

"그 프리미엄 클럽 말인데요, 좀 마음에 걸리는 부분이 있어서요."

불현듯 연말연시에 홈타운 서비스를 이용하고 싶다는 생각
이 들었다. 이미 누군가가 예약했을지도 모르지만 밑져야 본
전이니까 일단 물어보기라도 하자. 고향에서 새해를 맞이하는
건 처음이 아닌가? 그런데 막상 그때가 되니 전화하기가 쑥스
러워서, 서비스 내용을 간단히 설명한 다음에 시나가와에게
대신 예약해 달라고 말했다.

마쓰나가의 메일 주소로 신청서를 보내자 음성으로 재신청
을 해달라는 답장이 왔다고 한다. 그래서 전화를 걸었더니 회
원 본인의 전화가 아니면 신청을 받아들일 수 없다고 정중하
게 거절당했다는 것이다.

대수롭지 않은 일이다. 그런데 시나가와는 상상도 하지 못
한 말을 꺼냈다.

"프리미엄 클럽의 요시노라는 담당자 말인데요."

"그래, 빠릿빠릿하게 일도 잘하고 느낌이 좋더군."

"혹시 AI가 아닐까요?"

인공지능? 설마! 하지만 그에게는 그 가설을 한마디로 부
정할 만한 지식이 없었다. 그리고 모든 면에서 신중한 시나가
와의 '혹시'는 확신임이 틀림없다는 생각이 들었다.

"보통 사람들과 똑같이 대화하는데……."

"최첨단 AI는 뛰어난 학습기능을 가지고 있어요. 학습한 지식을 자동 축적해서 추론하죠. 우리 회사의 콜센터에서도 비슷한 수준의 AI가 대응하고 있을 거예요."

무슨 말인지 이해할 수 없었다. 하지만 모른다, 알 수 없다는 말은 경영자에겐 금지어다. 물론 그녀는 전부 꿰뚫어 보고 있겠지만.

"한마디로 말해, 고객의 클레임을 로봇이 처리하고 있다는 말인가?"

"네. 이런 식으로 손발을 움직이며 일하는 건 아니겠지만 말하자면 그렇지요."

마쓰나가는 창가의 조명으로 시선을 돌렸다. 자신이 당황했다는 사실을 눈치챘으리라.

"본인을 직접 만나신 적이 있으신가요?"

"아니, 얼굴을 마주하지 않아도 일은 충분히 처리할 수 있으니까."

"하긴 카드회사의 담당자를 만날 필요는 없지요."

대부분의 회원은 목소리를 통해 대화하는 일도 없을 것이다. 전화가 더 빠르고 확실하다는 믿음은 자기 세대까지라고 생각한다. 그리고 1박에 50만 엔의 서비스를 이용하는 회원은 그 세대에 모여 있다.

"도움이 되지 못해서 죄송해요. 그런데 예약은 하셨나요?"

"아니, 아직 안 했어. 딱히 꼭 해야 하는 것도 아니고, 설날에 집에서 느긋하게 늦잠을 자는 것도 나쁘지는 않지. 자네는 어떡할 건가?"

"본가에서 뒹굴뒹굴할 거예요."

"이런저런 잔소리를 들으면서."

"설마 새해부터 잔소리를 하진 않겠지요. 제가 싫은 표정을 짓는다는 건 부모님도 알고 있으니까요."

"공사를 혼동해서 미안하군. 뭐, 이 건은 잊어주게."

구식 2G폰으로 열다섯 자리나 되는 카드번호를 입력하기 귀찮아서, 무심코 비서에게 맡겨 버렸다. 컴퓨터에서 입력하면 간단하리라고 여긴 것이다. 하지만 그러기 위해서는 홈타운 서비스의 내용을 대충이라도 설명해야 했다.

어디까지 이해했는지 모르겠지만, 그녀는 평소의 무표정한 얼굴로 질문도 하지 않은 채 보스의 메일 주소로 프리미엄 클럽의 카운터에 접속했으나 거부당했다.

홈타운 서비스의 체험담은 식사 자리에서 나눌 만한 이야기로 안성맞춤이었다. 마쓰나가 도오루는 가벼운 말투로 재미있게 이야기했고, 시나가와는 자세한 부분을 알수록 일일이 감탄하고 감동했다.

"이건 다른 사람에게 말하면 안 돼. 자칫하면 내 정신 상태를 의심할 수도 있으니까. 혼자 사는 남자의 음침한 취미 같기도 하고."

"물론 일급비밀이에요. 그나저나 정말 굉장한 서비스군요. 역시 유나이티드 카드! 세계 최고답네요!"

와인이 몸속에 스며들었는지, 그녀의 표정이 조금씩 풀렸다. 그 모습을 보고 미국 현지법인에서 근무한 경험이 있는 그녀에게 솔직한 감상을 물어보았다. 언젠가는 꼭 물어보고 싶었다.

"글쎄요. 미국에서 이미 비즈니스 모델로 성공했다고 해도 그걸 그대로 일본에서 응용할 수 있는 프로젝트는 아닌 것 같아요. 매스컴에서 주목하는 것도 아니고, 특별히 홍보하는 것도 아닌 것 같고, 아마 트라이얼trial 단계가 아닐까요?"

트라이얼. 그의 회사에서도 많이 사용하는 단어다. 신제품은 일단 전국의 특정 점포에서 3개월간 판매해 데이터를 수집한다. 그동안은 홍보하지도 않고 매스컴에 발표하지도 않는다. 즉, 예선 단계이다. 기준 판매량을 돌파하지 않으면 생산 라인에 넣지 않는다.

"하지만 레토르트 제품과는 차원이 달라. 잘 팔리지 않을 것 같으니까 그만두겠습니다, 라는 말로 끝낼 수는 없잖아?"

시나가와가 즉시 대답했다.

"상품 단가가 높을수록 소비자의 숫자는 줄어들게 되죠. 이 단가로 기준 목표를 돌파할 수 없다면 소비자에게는 개별적으로 대응하면 돼요. 더구나 처음부터 상품이 아니라 서비스란 명칭을 붙였으니까 클레임을 제기하기도 어려울 거예요. 프리미엄 클럽의 회원이라면 오히려 이런 트라이얼을 즐기지 않을까요?"

아하, 듣고 보니 그렇다. 지금까지도 기억나는 매우 독특한 안내문이 있었다.

일류 디자이너 숍에서 폐점 이후에 쇼핑하기. 자가용 비행기로 떠나는 해외여행. 폐관 후의 박물관이나 미술관 감상. 가부키*나 스모 대회장의 무대 뒤쪽까지 볼 수 있는 특별 투어.

하지만 그것은 모두 '상품'이 아니라 회원 한정의 기획, 즉 '서비스'라고 강조했다.

"그리고 유나이티드 카드의 의도가 한 가지 더 숨어 있는 것 같은데요?"

"그래? 무슨 의도지?"

"도시와 지방의 극단적인 격차 문제예요. 지금 일본은 전

---

* 歌舞伎. 음악과 무용, 기예가 어우러진 일본의 전통연극.

세계에서 유례를 찾아볼 수 없는 상황에 빠져 있어요. 자본과 인구가 대도시에 집중되면서 지방은 점점 침체되고 있는데, 의료나 복지는 어디나 균등해야 하죠. 그런 상황에서 데이터를 바탕으로 이 서비스 시스템을 상품화하면 정부나 지방 자치단체에서 보조금도 받을 수 있고, 유나이티드 카드의 이미지도 좋아질 수 있어요. 다른 카드회사의 하이클래스와 차별화한다는 점에서 결정타가 될 가능성을 감추고 있는 거죠."

역시 비서실에 두기에는 아까운 인재다. 하지만 그렇기 때문에라도 놓아주고 싶지 않다.

그런데 아까부터 계속 마음에 걸리는 문제가 하나 있다. 담당자가 AI라는 의혹이다.

프리미엄 클래스에 가입하고 나서, 즉 유나이티드의 블랙 카드로 업그레이드하고 나서 10년이나 지났다. 그동안 요시노라는 담당자는 바뀌지 않았다. 우편물에는 거의 항상 명함이 들어 있었는데 분명히 풀 네임은 요시노 도모코였다. 물론 만날 필요는 없어서 얼굴은 모른다.

그리고 시나가와의 말을 듣고 보니 이게 가장 수상쩍은 점인데 접수 시간 중에 전화를 걸었을 때 부재중이었던 적이 한 번도 없었다. 그렇게 자주 연락하지는 않더라도 골프장에서 라운딩을 하다가 당일 저녁 식사를 예약한 적도 있다. 홈타운

336

서비스도 주말에 이용했다. 우연히 근무 일정이 맞았다고 할 수도 있지만, 로봇에게는 휴일이 필요 없으리라.

AI. 인공지능. 아무리 들어도 기분 나쁜 말이다. 어린 시절부터 컴퓨터에 친숙한 세대와 달리 마쓰나가 도오루는 도저히 지금의 현실에서 공상과학소설의 이미지를 씻어낼 수 없었다. 따라갈 수 없는 건 아니지만 기분 나쁜 의혹과 불쾌함이라는 부정적인 감정이 따라다니는 것이다.

메인 요리가 나왔을 때, 휴대전화가 울렸다.

그는 "잠깐 실례" 하고 말한 뒤, 테이블에 앉은 채 휴대전화를 꺼냈다. 별실에서 비서와 식사하는 자리니 전화를 받아도 문제 없으리라.

"밤늦게 죄송합니다. 유나이티드 카드 프리미엄 클럽의 요시노입니다. 마쓰나가 도오루 님은 지금 식사 중이라고 알고 있습니다만, 잠시만 시간을 내주실 수 있을까요?"

절묘한 타이밍이다. 그는 시나가와에게 눈짓을 하고 입을 열었다.

"전화해 줘서 고맙습니다. 덕분에 좋은 시간을 보내고 있습니다."

감이 작동한 것인지, 시나가와가 포크와 나이프를 내려놓았다. 마쓰나가는 고개를 끄덕였다.

"마침 잘됐습니다. 안 그래도 빌리지를 예약하고 싶던 참입니다. 연말연시를 그곳에서 보내고 싶은데, 지금 신청하면 너무 늦었을까요?"

1초인가 2초, 기묘한 시간이 흘렀다. 그런 느긋한 말투가 프리미엄 클럽의 예의라고 여겨서 신경도 쓰지 않았지만, 어쩌면 그 한순간에 AI가 적절한 대응을 선택하고 있을지도 모른다.

"마쓰나가 도오루 님. 다른 빌리지와 다른 페어런츠라면 준비할 수 있습니다만."

어? 이 제안은 이상하다. 빌리지나 페어런츠는 변경할 수 없다고 하지 않았던가? 아니면 연말연시는 예외일까?

"가능하면 지금까지 이용했던 곳으로 하고 싶은데요. 만약 연말연시의 일정이 어렵다면 내년 7일까지 가능한 날이 있나요?"

몇 초의 침묵이 있었다. 전에 없던 공백이다.

"여보세요."

"마쓰나가 도오루 님, 실례했습니다. 이쪽에서 전화를 드린 건 오늘 저녁 식사를 확인하기 위해서가 아닙니다. 지금까지 2회에 걸쳐 이용하신 홈타운 서비스의 변경 내용을 안내해 드리기 위해서입니다. 잠시 말씀드려도 괜찮겠습니까?"

그는 무의식중에 자리에서 일어나 창가로 다가가, 겨울의 길거리를 채색하는 창백한 빛을 멍하니 바라보았다.

"오늘 아이카와 마을의 페어런츠께서 돌아가셨습니다. 이제 같은 빌리지는 이용할 수 없게 된 점 양해해 주시기 바랍니다. 또한 저희 홈타운 서비스는 그 밖에도 고객님께서 만족하실 수 있는 무대를 준비하였으므로 계속해서 애용해 주시기 바랍니다. 마쓰나가 도오루 님, 다른 질문은 없으십니까?"

착잡한 감정이 한숨으로 바뀌었다. 고개를 떨구는 마쓰나가의 옆으로 시나가와가 다가왔다.

"아니, 특별히 물어볼 건 없습니다. 소식 전해주셔서 감사합니다."

"저희야말로 감사드립니다. 그러면 또 이용해 주실 날을 기다리고 있겠습니다. 유나이티드 카드 프리미엄 클럽의 요시노였습니다."

정중한 말투와 달리 전화는 차갑게 끊겼다.

"자네 가설이 맞는 것 같아. AI는 아무리 진화해도 어차피 기계에 불과하군."

창문 앞에 나란히 서니 뜻밖에도 시나가와의 체구는 몹시 작았다.

예순이 되고도 당직 근무를 하는 의사는 없으리라.

적어도 고가 나쓰오가 근무하는 순환기 전문병원에는 없다. 야간에 긴급 이송되는 심장병 환자에 대응하려면 의사에게도 체력이 필요하기 때문이다.

그래도 고가 나쓰오가 야간 근무를 하는 데에는 이유가 있다. 우선 어머니가 시설에 있던 지난 몇 년 동안 병원에 종종 폐를 끼쳤다. 그리고 또 한 가지, 세상 사람들과 똑같은 정년을 스스로 정했기에 내년 여름의 생일 전날까지 최대한 일하기로 마음먹은 것이다.

12월에 접어들어도 따뜻한 날이 이어졌다. 앞마당 언덕에 있는 처진올벚나무가 느닷없이 꽃을 피운 걸 보고 깜짝 놀랐다. 이렇게나 지구 온난화가 심각하지만 순환기과 의사에게는 기쁜 일이다. 심장발작과 기온의 관계는 확실하기 때문이다.

당직 근무는 오후 5시부터 다음 날 아침 9시까지 이어진다. 오후 4시 30분에는 병동에 들어가 주간 근무 의사에게 인계를 받는다. 그때 특히 중점을 두는 것은 집중치료실에 있는 환자의 용태다.

5시 30분에 저녁 식사를 한다. 직원이 당직의에게 병원 식사를 가져다준다. 환자보다 먼저 음식을 먹어보는 것도 업무 중 하나다.

밤 9시에 소등. 광량이 절반으로 줄어드는 것뿐이지만, 어느 시대나 환자는 규칙을 잘 따라서 그 순간부터 병동은 조용해진다.

고가 나쓰오는 간호사실 컴퓨터 앞에 앉아 진료기록부를 검색하기 시작했다. 당직할 때는 오전 0시가 지날 때까지 잠을 자지 않는다. 긴급 이송이 그 시간대에 가장 많기 때문이다. 입원 환자가 혈압이 내려가는 수면 도중에 상태가 나빠지는 일은 그렇게 많지 않다.

구급차가 가장 많이 도착하는 시간은 이른 아침부터 11시경까지 활동을 시작하는 시간대고, 다음으로 잦은 것은 오후 8시 이후 입욕할 때다.

인계를 받을 때 오늘은 환자 두 명이 사망했다는 이야기를 들었다. 한 명은 긴급 이송된 심근경색 환자로 도착할 때에는 이미 활력 징후가 없었다. 또 한 사람은 집중치료실에 있던 고령의 남성으로, 의식이 돌아오지 않은 상태였지만 가족의 요청도 있어서 적극적인 연명 조치는 하지 않았다고 한다.

진료기록부를 봐선 양쪽 모두 어쩔 수 없는 경우였다. 담당 의도 신뢰할 수 있는 의사다.

"오늘은 바빴던 것 같네."

고가는 혼잣말처럼 작게 말했다.

"그랬나 봐요. 날씨는 꽤 따뜻했는데요."

평소에 그녀와 친하게 지내는 간호부장이 대답했다. 이혼 경험이 있는 싱글 여성이었다. 고가와 나이 차이도 그렇게 많지 않았다. 외동딸을 시집보낸 후에는 일손이 부족하면 야간 근무도 맡아준다.

"두 사람이라……. 그럼 방심해선 안 되겠군."

"그러게요. 병동 쪽은 괜찮을 것 같지만요."

젊은 간호사가 의자를 돌려서 뒤를 돌아보고 물었다.

"그게 무슨 말씀이세요?"

"선생님, 모르는 것 같으니까 말해줄까요?"

간호부장이 쓴웃음을 지으며 말했다.

"그래, 다들 알아두는 편이 좋겠지. 이런 것도 일종의 문화니까. 자기가 말해줘."

고가가 간호부장에게 눈짓을 했다.

"왠지 무서워요."

젊은 간호사가 과장스럽게 몸을 떨었다.

"그럼 급한 일이 없는 사람은 잠시 이리 와봐. 오늘은 왜 방심해선 안 되는지 말해줄게."

야간 근무 간호사들이 모였다. 간호부장은 쾌활한 성격으로 간호사들의 존경을 받는 인물이다. 훌륭한 커리어를 갖고

도 앞에 나서기 싫어하는 고가 나쓰오의 귀중한 조언자이기
도 하다.

"잘 들어. 이건 꼰대 짓을 하려고 하는 말이 아니니까."

기묘한 말로 운을 떼고, 간호부장은 옛날 세대의 의사나 간
호사라면 누구나 알고 있는 전설을 말하기 시작했다.

이건 큰 소리론 말할 수 없으니까 좀 더 가까이 와봐.

그럼 짧게 말할게. 아! 자기는 모니터에서 눈을 떼지 말고 귀
만 이쪽으로 열어둬.

잘 들어. 이 병원뿐 아니라 일본에 있는 모든 병원에는 한 가
지 전설이 내려오고 있어.

삼도천이라고 알지? 이 세상과 저세상의 경계선에 있는 강이
지. 거기엔 나룻배가 하나 있는데, 3인승이야.

그래. 3인승. 반드시 세 사람씩 건너편 기슭으로 가기로 정해
져 있대. 한 명이 먼저 타면 나머지 두 명을 기다려야 하는 거지.
두 명이 타면 나머지 한 명을 기다려야 하고.

그렇다면 병원에선 환자 두 명이 사망하면 또 한 명이 사망
할지도 모른다고 생각할 수밖에 없잖아? 여기처럼 큰 병원이라
면, 다른 병동은 잘 모르겠지만 이 3층에서 두 명이라면 또 한
명이 가는 게 아닐까 생각하게 되지.

아이참, 그렇게 무서워하라고 하는 말이 아니야. 이런 전설에는 다 의미가 있으니까. 한마디로 말해 긴장의 끈을 놓지 말라는 거지. 또한 병원 안에서 공용으로 사용하는 공간이나 병원 내 감염 등, 항상 그런 부분을 잊지 말고 세심한 주의를 기울여라, 하는 뜻이야.

다들 알았지? 좋아, 대답 한번 시원해서 좋군. 그러면 세 명째 환자를 그 배에 태우지 않도록 순회와 점검을 게을리하지 말도록.

이상, 꼰대 짓이 아니라 오늘의 교훈이었습니다!

"고가 선생님, 보셨어요? 현관에 벚꽃이 피었어요."

"그래, 안 그래도 깜짝 놀랐어. 뭐, 따뜻한 건 고맙지만."

밤 11시가 되어도 구급차는 오지 않았다. 밤이 따뜻한 덕분이다.

"이번 새해맞이는 어떻게 하실 거예요?"

간호부장이 그녀를 신경 써주고 있다. 어머니를 잃은 그녀도, 외동딸을 시집보낸 간호부장도 새해를 쓸쓸하게 맞이하는 건 마찬가지였다.

"아직 상중이니까. 일단 섣달그믐날의 당직은 내가 맡을게."

"그렇다면 저도 같이할까요? 병원에서 새해를 맞이하는 거,

오랜만이네요."

설달그믐날의 야간 근무는 의사도, 간호사도 혼자 사는 사
람이 맡는다. 이건 어느 병원에서나 암묵적으로 양해하는 사
항이다.

"하지만 딸이 집에 올 거잖아?"

"시집간 지 얼마 되지 않아서 안 올 거예요. 새해가 되고 나
서 인사하러 오든지, 이쪽에서 쳐들어가든지 하겠죠 뭐."

"교대 근무 일정도 아직 정해지지 않았고……."

"일손이 적은 곳을 메우는 것뿐이에요. 휴가는 설날이 지나
고 나서 쓰면 돼요."

"나도 마찬가지야. 생각하기에 따라서는 그러는 편이 오히
려 마음 편해."

어머니가 없는 설날은 상상도 해본 적이 없다. 혼자 새해를
맞이한 기억이 없는 것은 지금까지 간호사들이 배려해 주었
기 때문이다.

"그럼 선생님, 저랑 같이 설날을 보내지 않겠어요? 당직이
끝나고 뒹굴뒹굴하는 설날."

좋은 방법이다. 고가는 목소리를 낮추었다.

"우리 집에는 아직 유골이 있어."

"그런 건 상관없어요. 근데 유골 앞에서 축하하긴 좀 그런

가요? 그럼 저희 집으로 오세요."

"딸은?"

"이제는 제 즐거움이 먼저죠. 어디 보자, 1월 1일에 당직이 끝나고 그대로 저희 집으로 직행. 고타쓰에 발을 넣고 술에 취해 2일도 뒹굴뒹굴하다가 3일에 신사에 참배하러 가는 거예요. 대충 이렇게 하는 게 어때요?"

간호부장이 달력을 넘기면서 말했다. '대충'이라는 건 연말연시의 교대 근무 일정이 정해지지 않아서지만, 예정대로 휴가를 낸다고 해도 베테랑 의사와 간호사 중 어느 쪽도 호출을 받지 않는 평온한 날들이 계속되리라곤 생각할 수 없어서이기도 하다.

하지만 대충 그것으로 좋다. 신사에 가 참배한 다음에는 자신의 아파트에 같이 가서 유골 앞에서 다시 한잔하자. 이런 식으로 생각하니 분명히 마음 편한 인생이 시작되었다고 고가 나쓰오는 고개를 끄덕였다.

하얀 가운의 주머니 안에서 메시지의 알림음이 들렸다. 밤 11시 15분. 요즘 이상한 메시지가 자주 오지만 아무리 그래도 비상식적인 시각이다. 메시지를 보낸 사람은 '유나이티드 프리미엄 클럽, 요시노 도모코'. 홈타운 서비스의 담당자다.

메시지를 읽은 순간, 그녀는 숨을 멈추었다.

고가 나쓰오 님.

밤늦게 연락 드려서 죄송합니다.

오늘 오전 10시 32분, 고가 님의 홈타운 페어런츠께서 갑자기 사망하셨습니다.

따라서 죄송하지만 이 빌리지의 서비스는 중지하게 되었으므로 양해해 주시기 바랍니다.

또한 다른 홈타운은 종전대로 이용하실 수 있으므로, 자세한 사항은 프리미엄 클럽 담당자에게 문의해 주시기 바랍니다.

당신에게, 고향을.

유나이티드 카드 프리미엄 클럽
홈타운 서비스 요시노 도모코

손이 떨려서 스마트폰을 떨어뜨렸다.

"선생님, 왜 그러세요?"

고가 나쓰오는 두 손으로 얼굴을 덮었다. 어머니를 보낸 마지막 병실, 창밖에서 흘러넘치듯 흐드러지게 핀 벚꽃이 눈꺼풀에 되살아났다.

왜 진작 알아차리지 못했을까? 봄과 가을에 고향에 가서 이불을 나란히 깔고 잤는데.

왜 자신의 고민에만 눈길을 주고, 그분의 고통이나 괴로움은 보려고 하지 않았을까. 어머니를 잃은 자식의 어머니가 되려고 해준 사람의 생명을, 어머니 때와 마찬가지로 죽음이 자연의 섭리라고 여기며 무관심하게 지나쳐 버렸다.

그것은 의사가 아니라 몇 살이 되어도 자기만 아는 괴물의 소행이다.

새로운 인생에 접어들고 두 번째 세밑을 맞이한다.

그렇다. 상상조차 한 적이 없었던 제2의 인생. 자유스럽기도 하고 부자유스럽기도 하지만 이미 정해진 인생이다. '새로운'이라든지 '제2의'이라는 말이라도 붙이지 않으면 너무나 비극적이지 않는가.

오랜만에 불단을 청소하고 있으니 곧바로 복을 받았는지 두 딸에게서 잇따라 전화가 걸려 왔다. 양쪽 모두 가끔 메시지를 주고받지만 내용은 생존 확인이라고 할 만큼 간단하다. 목소리를 듣는 건 몇 달 만일까.

큰딸의 용건은 손자의 선물 요구였다. 얼굴도 보여주지 않으면서 세발자전거를 사달라고 하다니, 갑자기 울화통이 치밀었다. 하지만 화를 내는 것도 어른답지 않아서 평소의 무소식을 야단치지 않고 "가끔은 집에 오너라"라고 말했을 뿐이다.

도대체 무슨 생각을 하면서 사는 걸까. 집도 가깝지 않고 일과 육아에 쫓겨서 바쁜 건 알지만 거의 모르는 척을 하고 있지 않는가. 아버지가 아직 젊다고 생각하는지, 아니면 이미 죽었다고 생각하는지.

세상에서 말하는 것만큼 귀엽지는 않은 손자와 한심한 대화를 나눈 뒤, 30분도 지나기 전에 작은딸에게서 전화가 걸려왔다.

12월 말일에는 설날 음식을 가져갈 테니까 사지 말라고 기특한 말을 한다. 뭐, 그것은 나름대로 고마운 일이다.

쇼 짱도 같이 갈게요.

쇼 짱이 누구더라? 아아, 생각났다. 번듯한 회사를 2년 만에 그만두고 이름도 모르는 벤처 회사로 전직한 얼간이. 장래의 목표는 창업가라고 한다. 얼굴을 보면 확실히 말해주자. "이보게, 창업가라는 직업은 없어"라고.

무로타 세이이치는 어머니가 생활했던 3평짜리 방에서 정원으로 나와, 요즘 루틴으로 하고 있는 체조와 스쿼트에 열을 올렸다.

그나저나 올겨울은 참 따뜻하다. 양지에는 노란색 수선화가 피어 있다. 봄을 앞지르는 꽃이란 건 알고 있지만 아무리 그래도 너무 이르다. 더구나 아내가 앞뒤를 가리지 않고 집을 나가버린 후에도 얄미우리만큼 계속 꽃을 피운다.

나지막한 신음을 흘리며 천천히 허리를 내리면서 생각에

잠겼다. 마치 약속이라도 한 듯 딸들이 전화를 했군, 하고.

30분 차이. 더구나 큰딸은 휴대전화로, 작은딸은 집 전화로 한 것도 수상쩍다.

어릴 때부터 쌍둥이처럼 사이가 좋은 자매였다. 뭔가 일을 꾸미고 있다는 의심이 들었다.

가령 크리스마스이브에 세발자전거를 들고 큰딸 집에 갔더니 헤어진 아내가 와 있다면 어떨까? 손자 앞에서 보기 흉하게 말다툼할 수는 없어서 행복한 할아버지와 할머니를 연기하고 있을 때 쇼 짱보다 조금은 나은, 중견기업에서 그럭저럭 출세할 것 같은 큰사위가 말을 꺼낸다.

아버님, 어머님. 혼자 사는 것보다 두 분이 같이 사는 편이 좋지 않을까요…….

아니, 있을 수 없는 일이다.

역시 스캇은 힘들다. 그러면 이번에는 둘째 딸의 음모를 생각해 보자.

30일. 또는 섣달그믐날. 부부가 함께 황급히 나타난다. 쇼 짱은 찬합을 싼 보자기를 들고 있다.

아버님, 이 음식들 좀 보세요. 많이 그리우셨죠?

이렇게 말하면서 창업가 쇼 짱이 찬합의 뚜껑을 연다. 그렇다. 그리웠다. 3단짜리 찬합에 가득 들어 있는 것은 어묵을 제외하면 전부 손수 만든, 무로타 집안의 전통 설날 음식이다.

어머님이 아버님께 갖다드리래요. 괜찮으시면 같이 새해를 보내지 않겠냐면서…….

아니, 있을 수 없는 일이다.

하지만 일단 크리스마스이브와 섣달그믐의 예정이 생겼다. 그래, '예정'이다.

운동을 마치고 다다미방으로 가서 불단에 향을 올렸다.

햇살을 받고 있는 수선화를 바치려고 했지만, 제철에 피지 않은 꽃을 꺾는 건 마음이 내키지 않았다.

아버지는 우유부단하고 태평해 보이는 사람이었지만 경리 분야에서 외길을 걸어온 사람답게 계산에는 뛰어났다. 부부 사이에서는 오히려 어머니가 결정권을 쥐고 있었다. 아버지는 실수 없이 완벽하게 계획을 세우는 쪽이었다. 옛날 방식의 '부창부수'까지는 아니더라도 서로의 성격을 잘 아는 좋은 부부 관계였다.

"아 참!"

불단 앞에서 손을 모으고 있는데 마치 아버지의 영혼이 지적이라도 한 듯 문득 생각이 났다. 프리미엄 클럽의 탈퇴, 그러니까 블랙카드의 해약을 까맣게 잊고 있었다. 결제일은 이미 지났다. 그렇다면 35만 엔의 연회비가 은행 계좌에서 빠져나갔을 것이다.

정확히 말하면 잊고 있었던 것은 아니다. 시간이 남아도는데도 절차가 귀찮아서, 특히 열다섯 자리 카드번호를 입력하지 않으면 담당자에게 연결되지 않는 게 짜증 나서, 우유부단한 그답게 결제일을 지나쳐 버린 것이었다.

물론 카드를 손에서 놓으면 고향과 인연이 끊길 듯한 생각이 들어서 망설인 것도 분명하지만.

35만 엔이나 되는 비용을 낸 이상 내년에도 거금을 내고 고향에 가겠군, 하는 생각이 들었다.

어머니에게 같이 살자고 허세를 부렸지만, 한편으로는 미련스럽게 아내와의 재결합을 바라고 있다. 그런 성격을 감안하면 자신은 앞으로도 계속 분수에 어울리지 않게 고향에 가지 않을까?

1박 2일에 50만 엔의 귀향. 소비세와 교통비를 포함하면 60만 엔. 아마 전 세계 어느 고향에라도 갈 수 있으리라. 1년에 두 번이면 120만 엔. 거기에 연회비를 추가하면 155만 엔. 그정도 계산은 할 수 있다. 만약 그 돈으로 생명보험에 가입해 두면, 자신이 사망한 후 딸들의 눈에서 반성의 눈물을 흘리게 만들 수도 있을 것이다. 그럴 마음은 눈곱만큼도 없지만.

그래도 고향과의 인연이 끊어지지 않았다고 생각하니, 무로타 세이이치는 그것만으로 마음이 편안해졌다.

회사는 정년퇴직한 직원 따위는 한 번도 돌아보지 않는다. 예전의 동료들을 만날 기회도 이미 끊어졌다. 특별히 만나고 싶지도 않았다. 언젠가 건강이 안 좋아져서 입원이라도 하게 되면 양복 옷깃에 눈에 익은 배지를 단 영업사원과 복도에서 지나치지는 않을까.

핏줄이라는 게 있는 이상, 딸들은 아내가 그랬던 것처럼 아버지를 버리진 않을 것이다. 하지만 어차피 다른 집안으로 시집간 사람이다.

그렇게 생각하면 고향은 역시 고마운 존재다. 유사체험이라는 걸 알고 있어도 돌아갈 곳이 있다는 것만으로도 마음이 안정되었다.

그런데 그 가짜 고향을 진짜 고향으로 만들 수 있을까? 여기가 중요한 점이었다. 그 결심을 촉구하기 위해서 돌아가신 부모님이 딸들을 만나도록 해준 것 같다는 생각이 들었다.

커피를 내리고 테라스에 나가 오후의 햇살을 받았다. 새하얀 정원용 테이블 세트는 법랑 재질만큼 고급품은 아니지만, 시간이 지나도 낡은 느낌이 나지 않는다.

그는 담배에 불을 붙이고 잠시 생각에 잠겼다. 아마 딸들은 아버지의 이사 계획을 반대하지 않을 것이다. 지금은 각자 가정이 안정돼 있기 때문에 부모에게도 무관심으로 일관할 수 있다. 그렇다면 의외로 순순히 찬성할지도 모른다. '시골이 생긴다'고 기뻐할 것 같은 생각도 들었다.

커피가 맛있다. 특히 담배와의 궁합은 절묘해서, 담배를 끊고 커피를 마시는 녀석의 심정을 이해할 수 없다.

그런데 동생은 어떤가? 아니, 그 애는 괜찮다. 현지에 직접 가본 모양이니까. 오히려 최근의 가정 분위기로 볼 때 "나도 갈게"라고 말할지도 모르지만 그것만은 사양이다. 이혼한 오빠와 동생이 속세를 떠나서 시골에서 늙어가는 그림은 상상만 해도 얼굴이 찌푸려진다. 물론 재미있지도 않고 이상하지도 않은 남편과 자식들이 '시골이 생긴다'고 좋아하리라곤 상상도 할 수 없지만.

오후의 화창한 햇빛을 받고 눈을 가늘게 뜬 순간, 스마트폰이 울렸다.

이 시각이라면 가와사키 시게루에게서 한잔하자는 연락 아닐까? 하지만 발신자의 이름도 없고, 전화번호도 처음 보는 번호였다.

이상한 전화를 받아서는 안 된다. 어떤 함정이 있을 수도 있으니까.

전화는 아직 낡지 않은 테이블 위에서 잠시 소리를 내며 커피잔을 떨게 만들다가 겨우 끊겼다.

다음 순간, 불현듯 '0198'이라는 지역 번호가 어디인지 떠올라 무로타 세이이치는 당황했다. 어머니 전화다. 갑자기 쓸쓸해져서 자신에게 연락한 것이다.

두근거리는 가슴을 진정시키며 다시 담배를 한 대 피우고 난 뒤에 전화를 걸었다.

전파가 하늘을 달려간다. 고향은 눈으로 뒤덮였을까? 화롯가에 솜옷을 입은 몸을 둥글게 말고 앉아서, 직책이 없는 명함을 바라보는 어머니의 모습이 눈꺼풀에 떠올랐다.

"여보세요, 저예요, 세이이치. 보이스 피싱이 아니니까 안심하세요. 하하하."

하지만 그것은 어머니 집의 전화번호가 아니었다.

어디선가 들어본 남자의 목소리가 "사토 간지여요"라고 자기 이름을 말했다. 한순간 함정에 빠진 건가, 하고 생각했지만 차라리 그런 편이 나았다.

"아아, 무로타 씨구만요. 갑자기 전화를 드려서 죄송헙니다. 아이카와 마을의 뒷집 아들이라고 허믄 아실려나요?"

그는 살짝 사투리가 있는 표준어로 말했다. 홈타운 서비스의 배우, 아니, 평소에 어머니를 돌봐주던 뒷집 아들이다.

"실은 말이지라……."

한순간의 정적이 무서웠다.

"후지와라 씨가 쪼까 전에 돌아가셔서요."

무로타는 자기도 모르게 벌떡 일어나서 남자의 목소리를 가로막았다.

"후지와라 씨가 누구죠?"

"아, 죄송허요. 후지와라 치요 씨 말이여요. 그려서 이짝도 지금 정신이 하나도 없지만, 치요 씨가……."

남자는 돌연 울먹이면서 중얼거리더니 말을 이었다.

"무로타 씨 명함을 쥐고 시상을 떠났당께요. 그려서 아부지와 처와 의논혔는디, 폐가 될지도 모르지만 일단 알려드리야 헐 것 같아서……."

어머니가 돌아가셨다. 무로타 세이이치는 하늘을 올려다보았다. 해가 구름에 가렸는지, 그렇게 보이는 것뿐인지 알 수 없었다.

"한 가지 묻겠는데, 이건 사실인가요? 아니면 홈타운 서비스의 스토리인가요?"

사실이라면 상당히 무례한 질문임이 틀림없다. 무로타 세이이치는 어두운 하늘을 올려다본 채 조용히 눈을 감았다.

"이건 진짜로 거짓이 아니랑께요. 우덜은 치요 씨를 잃어버렸구만요."

　토해내듯 그렇게 말한 뒷집 아들은 거리낌도 없이 울음을
터트렸다.

　어머니가 돌아가셨다.

　너무나 막연한 그 사실이 머릿속에서 소용돌이치자 무로타
세이이치는 아무 생각도 할 수 없었다.

때 이른 눈

고향에는 얼굴이 없었다.

산도 숲도 역 앞의 풍경도, 눈의 장막 너머에 있는 실루엣에 불과했다. 모든 것이…… 감정을 잃은 채 새하얀 김만 토해내는 자신의 존재조차도 이야기 속의 인물처럼 여겨질 따름이었다.

버스 운전기사가 목적지를 물어서 "아이카와 다리요"라고 대답했다.

"갈 수 있나요?"

"아이카와 다리라믄 괜찮지라. 그 너메의 고개는 제설차도 들어가지 못허제만요."

운전기사의 말에 따르면 추위는 심하지만 폭설이 내리는 지역은 아니라고 한다. 더구나 12월에 이만큼 쌓이는 일은 한 번도 없었다고 한다.

그래도 아이카와 다리까지 갈 수 있으니까 운이 좋은 거라고, 고가 나쓰오는 생각하기로 했다. 어머니의 부고를 접한 후에 병원 일이 바빠졌다. 한밤중과 새벽에 응급 이송이 있어서 잠깐 눈을 붙일 틈도 없었다. 오전 9시에 인계를 마치고 집에 가서 옷만 갈아입은 다음 도쿄역으로 향했다.

당직이 일요일에 끝나고 월요일 오후에 외래를 담당하는 근무 일정이니까, 1박을 해도 근무에 지장을 주지는 않는다. 마치 어머니가 배려해 준 듯한 느낌이었다.

주제넘은 짓은 아니다. 비록 한때일지라도 어머니라고 믿은 사람이 세상을 떠났으니까. 물론 그분도 한순간 자신을 딸이라고 믿었을 것이다.

버스 안이 따뜻했다. 목적지를 지나칠 걱정도 없어서 그런지 자리에 앉자마자 졸음이 쏟아졌다. 눈꺼풀 사이로 눈 덮인 역의 풍경을 멍하니 바라보았다. 버스가 출발할 때까지의 몇 분간이, 마치 시간조차 얼어붙은 양 길게 느껴졌다.

고마카노역은 고향의 현관이다. 처음 왔을 때는 꽃이란 꽃이 모두 한꺼번에 피는 계절이었고, 두 번째 방문했을 때는 산들이 아름다운 옷으로 갈아입은 가을이었다. 하지만 그녀에게는 그런 체험이 카드회사가 기획한 홈타운 서비스라고 여겨지진 않았다. 가슴에 남는 것은, 아무리 자기 멋대로 살아도 너그럽게 받아들여 주는 낯선 고향과 또 한 명의 고마운 어머니였다.

"인자 출발허겄소."

운전기사가 문을 열고 말했다. 버스 정류장의 처마 밑에서 담배를 피우던 남자가 황급히 올라탔다.

"손님, 워디 가신다요?"

"아이카와 다리까지 갑니다."

"아아, 일행이시당가요?"

아니라고 답하며 남자가 차 안을 쳐다보았다. 검은색 넥타이와 하얀색 와이셔츠. 조문객일까? 고가는 등받이에서 등을 떼고 인사를 했다. 남자는 코트 어깨의 눈을 털면서 통로를 사이에 두고 옆자리에 앉았다. 둘뿐인 승객을 태우고 버스는 타이어체인 소리를 덜거덕거리면서 움직이기 시작했다. 얼굴 없는 고마카노 마을이 지나간다.

학교는 일찌감치 겨울방학에 들어간 모양이다. 이렇게까지 눈에 파묻히면 병원에 가는 사람도 없으리라.

상점의 처마도, 옛집의 지붕도 위험해 보일 만큼 두꺼운 솜모자를 쓰고 있었다. 며칠동안 계속 눈이 내린 것처럼 보였다. 12월로서는 기록적인 폭설이라고 듣기는 했지만 뉴스에 나온 것은 동해와 조신에쓰의 산간부뿐이었다. 도호쿠 지방인 이 부근까지 그런 줄은 몰랐다.

초로의 운전기사조차 한 번도 본 적이 없을 만큼 많이 온 눈이 어머니의 생명을 빼앗은 걸까. 만약 심장질환이 있었다면 병원에 가지 못한 채 약이 끊어지는 건 위험한 일이다. 항혈전제를 먹지 않으면 혈전이 생기기 쉽고, 질산제가 없으면 발작이 가라앉지 않는다.

어쩌면 매우 건강해 보였던 어머니는 감춰진 심장질환을 알아차리지 못했을지도 모른다. 심근경색으로 목숨을 잃는 사례의 40퍼센트는 당사자도 생각지 못한 첫 번째 발작으로 일어나는 것이다. 급격히 추워지는 날씨도 조심해야 하며, 하물며 그럴 때 눈을 쓸거나 해서 갑자기 몸을 움직이면 위험하다.

중심지를 빠져나가자 온통 평평한 하얀색 말고는 주변에 아무것도 보이지 않았다.

"저기…… 실례지만 한 가지 여쭤봐도 될까요?"

검은색 양복을 입은 남자가 가볍게 손을 들고 말을 걸었다.

"후지와라 씨의 조문인가요?"

순간적으로 어떻게 대답해야 할지 몰라서 고가 나쓰오는

의미 없는 미소를 지었다. 후지와라라는 사람이 누군지는 모른다. 다만 어머니의 성이 문패 그대로 '고가'가 아닌 것만은 분명했다.

"아아" 하며 신음하듯 중얼거리더니, 남자는 섣부른 질문을 부끄러워하듯 침묵했다.

그 한순간의 공백으로 알았다. 이 남자는 어머니의 친척도, 지인도 아니라는 것을.

후지와라 치요. 안정감 있는 이름을 마음의 종이에 쓰고, 고가는 눈을 감았다.

"죄송해요. 원래 성姓이 후지와라라는 걸 몰랐거든요."

남자는 한 번 고개를 끄덕이고는 앞을 향한 채 말했다.

"실은 저도 몰랐습니다. 이웃분으로부터 연락을 받고……."

안경 안쪽의 눈은 매우 다정하고 성실해 보였다. 머리숱이 거의 없는데 춥지는 않을까?

이웃분이란 건 누구일까. 게스트와 접촉하는 마을 사람이라면 홈타운 서비스의 등장인물일 테니까 자신도 아는 사람이라는 생각이 들었다.

사사키 주류점의 사치코 씨. 자은사의 스님. 그리고 뒷집 영감님과 아들, 며느리. 두 번의 고향 방문으로 친해지고 말도 나눈 '이웃분'은 그 정도다. 그런 이웃 사람에게 연락을 받았다는 걸 보면 이 남자는 상당히 자주 다녀서 마을 사람들과도 친해졌나 보다.

"저는 프리미엄 클럽에서 메시지를 받았어요. 이렇게 찾아온 건 주제넘은 짓일까요?"

아뇨, 아뇨. 남자는 머리를 가로저었다.

"저도 메시지를 받았습니다. 다만 그 전에 이웃분으로부터 전화를 받았지요. 후지와라 씨에게 명함을 드려서……."

남자는 돌연 말꼬리를 끊고 얼굴을 돌렸다. 어머니를 잃은 아들의 얼굴이다. 남에게는 어머니라고 말할 수 없는 어머니를…….

"제 오빠……겠군요."

슬픔을 위로할 생각으로 고가는 미소를 지었다. 아마 동생은 아닐 것이다.

"미안해요. 나이를 먹으면 작은 일에도 감정이 예민해져서요. 무로타라고 합니다. 반갑습니다."

이 사람이 고향에 올 때, 어머니는 '무로타 치요'였으리라. 질투는 느껴지지 않았다. 다만 낯선 사람들의 어머니가 되려고 했던 분의 마음을 생각하니 가슴이 먹먹해졌다. 아무런 대가가 없어도 그분은 똑같이 행동했을 것이다.

"인사가 늦었네요. 전 고가라고 해요."

"제 동생이시군요."

"글쎄요, 누나일지도……."

두 사람은 잠시 오른쪽과 왼쪽의 차창 밖으로 시선을 돌려 눈 내리는 풍경을 바라보았다. 녹음된 여성의 목소리가 일일이 정류장의 이름을 말했지만 버스를 기다리는 사람은 아무도 없었다.

"저기, 무로타 씨……."

고가가 말을 걸었다. 신칸센 안에서 불쑥 떠오른 가설이 머릿속을 떠나지 않았다.

"설마 그럴 리는 없겠지만 혹시 우리가 속은 건 아닐까요?"

어머니는 죽지 않았다. 혹시 말도 안 되는 황당한 결말을 날조해서, 채산이 맞지 않는 홈타운 서비스를 정리하려는 게 아닐까? 메시지를 다시 읽을 때마다 바스락거리는 소리가 날 만큼 메마른 문장이 수상쩍게 여겨졌다.

"속다뇨……?"

무로타가 부드러운 얼굴을 고가에게 향했다. 천성적으로 의심할 줄 모르는 사람처럼 보였다.

"어머니는 아직 건강하게 살아 있지 않을까 하는 생각이 들어요. 만약 그렇다면 우리는 당치도 않은, 초대받지 않은 손님이 될 거예요."

무로타는 팔짱을 끼고 잠시 생각에 잠기더니 이윽고 단호하게 말했다.

"아니, 그렇진 않을 겁니다. 전화로 확인했거든요. 이건 사실입니까 아니면 홈타운 서비스의 스토리입니까, 하고요. 이 것만은 거짓이 아니라고 확실히 말하더군요. 아시죠? 뒷집에 사시는 사토 간지 씨요."

"아아, 뒷집에 사는 간지 씨 말이군요."

성실한 얼굴이 생생하게 떠올랐다. 센다이에 있는 대학을 졸업하고 아내와 같이 귀농한 심지 있는 사람이다. 마을의 번영을 위해 할 수 없이 역할을 맡았다고 해도, 사람의 생사를 두고 거짓말을 할 사람으론 보이지 않았다.

"만에 하나 그렇다면 얼마나 기쁠까요? 초대받지 않은 손님이라도 상관없습니다."

"죄송해요. 저도 그랬으면 좋겠다고 생각했을 뿐이에요."

의심한 게 아니라 그런 희망을 품은 것이다. 일 년 사이에 어머니를 둘이나 잃는 것은 견디기 힘든 일이다.

눈은 끊임없이 내렸다. 그래도 가끔 앞에서 차가 와서 스쳐 지나갔다. 버스를 추월해 가는 차도 있었다. 타이어체인의 덜 컹거리는 소리도, 피리 같은 바람 소리도, 소리란 소리는 모두 흐릿했다. 무로타의 목소리도 그런 식으로 들렸다.

"올해 여든일곱이시니까요. 무슨 일이 있어도 이상할 게 없지요. 그런 걱정을 하지 않았던 건 역시 남이었기 때문이라고……."

상대에게 말을 하는 게 아니라 혼잣말 같은 무로타의 후회가 고가의 가슴에 날카로운 칼날처럼 박혔다.

"전 의사예요……."

그녀는 힘없이 말했다. 입술이 떨렸다.

"……그래서 알아차리지 못했다는 말로는 끝나지 않지요."

"그렇지 않아요. 당신이 책임을 느낄 필요는 없어요. 지나친 생각입니다."

대화는 이어지지 않았다. 두 사람은 다시 한동안 입을 꼭 다물고 차창 밖으로 눈을 돌렸다.

도시로 나가서 각각 자신의 인생을 살아온 오빠와 여동생이 어머니의 부고를 듣고 고향으로 내려왔다. 적어도 그런 이야기라고 생각하고 싶었다. 거금을 내고 가공의 고향을 산 고객이 이렇게 한걸음에 달려올 이유는 없으니까.

"그쪽은 어디에서 오셨나요?"

공백을 힘겨워하듯 무로타가 물었다.

"도쿄에서요."

"그러세요? 저도 도쿄에서 왔어요. 고향이 없는 사람이죠."

"저도 마찬가지예요. 도쿄에서 태어나고 자란 사람은 고향이 없으니까요."

가령 시골에 부모의 생가가 있다고 해도 이 나이가 되면 아는 사람이 한 명도 없으리라. 도쿄는 인간관계에 담백해서 혈연을 소중히 여기기는커녕 굴레라고 여기는 경우가 더 많다. 각자 자신의 생활이 있는 오빠와 여동생이 몇 년에 한 번 친척 결혼식이나 장례식에서 얼굴을 마주했다고 해도 특별히 사이가 나쁜 건 아니다.

깊은 관계를 피해온 만큼 그들의 앞에는 고독한 노후가 기다리고 있다. 병원에도 시설에도 그런 노인이 넘치고, 자신들도 그 길을 걸어가고 있다.

그래서 이 마을을 동경했다. 마을 사람들은 하나같이 아무것도 없는 곳이라고 말하지만, 도쿄에서 태어나고 자란 사람의 눈으로 보면 이곳은 모든 것을 다 가지고 있다.

"전 도쿄의 집을 처분하고 아예 이쪽으로 이사 오려고 했는데……."

무로타가 안타까운 얼굴로 말했다.

"좋은 아이디어라고 생각했지요."

그는 고개를 한 번 끄덕인 뒤, 머리를 숙인 채 덧붙였다.

"하지만 어머니가 없어선……."

이사할 의미가 없다는 말처럼 들렸다.

그가 홈타운 서비스의 게스트임은 의심할 여지가 없다. 몇 번을 다닌 끝에 이사 오기로 마음을 굳힌 걸까?

비만 기미가 있지만 건강해 보였다. 피부에도 윤기가 감돌았고 목소리에도 탄력이 있다. 경제적인 여유가 있다면 도시에서 지방으로 이사하는 것도 결코 늦지 않다. 아니, 아이카와 마을에서는 노인 축에도 끼지 못하고 한창 일할 때가 아닐까?

다음은 아이카와 다리입니다, 라는 녹음된 목소리에 이어서 운전기사가 똑같이 말했다. 고가 나쓰오는 깜빡 졸다가 황급히 눈을 떴다.

"손님, 죄송허제만 버스 정류장서는 유턴헐 수 읎응께 쪼까 앞짝서 내려드려도 되실랑가요?"

평소에는 고마카노와 연안 도시를 순환하는 장거리 버스지만, 통행금지 고개를 넘어갈 수 없기 때문에 아이카와 마을에서 되돌아가는 것이다. 도로 옆의 초등학교 앞쪽에 눈을 쓸어서 굳혀 놓은 공간이 있었다.

"여기라면 버스 정류장보다 오히려 가깝겠군요."

폐교 후에 다른 공간으로 활용되고 있는 초등학교에 무로타도 가본 적이 있는 모양이다. 넓은 교정을 뒤덮은 새하얀 눈

너머에 동화책에 나오는 듯한 교사가 보였다.

"전 아무 생각도 없이 뛰어와서 어떻게 해야 좋을지 모르겠어요."

버스에서 내릴 때, 무로타가 손을 잡아주었다.

"오늘 밤이 쓰야*고 내일이 장례식이라더군요. 어머니께서 당신도 부르셨겠지요."

그럴지도 모른다. 친한 사람의 장례식은 느낌으로 알게 되는 법이니까.

폐교는 눈에 파묻혀 어둠 속으로 가라앉고 있었다. 뺨을 가르는 바람이 어머니의 목소리를 가져왔다.

왔구마, 왔구마, 드디어 왔구마!

마가리야에 도착한 순간, 고가 나쓰오의 마음속으로 품고 있었던 약간의 희망은 물거품처럼 사라졌다. 맹장지도 널문도 떼어내서 휑하니 넓어진 다다미방에는 하얀색과 연두색 휘장이 걸려 있었고, 안쪽 방에는 나무 관이 놓여 있었다. 폭설 때문인지 쓰야의 풍습 때문인지 참석자는 모두 평상복 차림으로 앉아 있었다.

* 通夜. 죽은 사람의 유해를 지키며 하룻밤을 새는 일.

입구의 문패는 '후지와라'로 되어 있겠지만 확인할 마음은
들지 않았다. 도로에서 오솔길을 따라 올라간 곳에 있는 '어머
니가 기다리는 집'이라면 문패에 적힌 성 같은 것은 아무래도
상관없었다.

집 안에는 아궁이의 연기와 화로의 숯불과 향의 연기가 떠
다니고 있어서, 슬픔을 느끼기도 전에 눈물부터 나왔다.

자은사 스님의 청아한 목소리에 맞춰 마을 사람들은 제각
기 경을 읊고 있었다. 개중에는 긴 경문을 외우고 있는지, 손
에 있는 책을 보지도 않고 합장한 채 낭랑하게 읊조리는 노인
도 있었다. 그런 소박하고 진지한 쓰야의 모습은 아득한 옛날
부터 바뀌지도 않고 생략되지도 않은 채 계속 이어지고 있는
것처럼 보였다.

"시상에······."

사사키 주류점의 여주인이 두 사람을 알아보고 무릎걸음으
로 다가왔다. 뒷자리의 몇 명이 쳐다보았지만 독경은 끊이지
않고 계속되었다.

"간지 씨에게 연락을 받았습니다. 늦어서 죄송합니다."

무로타가 작은 목소리로 말했다.

"갠찬혀요. 요코롬 눈이 쏟아지는디, 잘 오셨소. 치요 아줌
씨가 분명히 기뻐허실 거여라. 고맙구만요."

고개를 숙이고 나서 사치코는 거북한 얼굴로 '동급생 나짱'을 올려다보았다.

"주제넘은 줄 알면서도 가만히 있을 수 없어서요."

사치코는 대답하지 않고 앞치마 자락으로 얼굴을 덮었다. 거짓말이 이런 형태로 무너진다면 말을 잃어버리는 것도 당연하다.

한차례 눈물을 흘린 끝에 사치코는 말했다.

"밤새워 술 마시는 사람도 있어서 편히 계실 수 없을 거여라우."

"상관없습니다. 제가 멋대로 온 것이니까 신경 쓰지 마세요."

"그라믄 앞짝으로 가씨요."

"아뇨, 전 그냥 뒤쪽에 있을게요."

그러자 사치코는 다시 흐느끼다가 가까스로 말을 짜냈다.

"기왕에 오셨응께 지금은 치요 아줌씨의 자식으로 있어 주시지 않을랑가요? 부디 관 앞짝으로 가주씨쇼."

무로타가 어머니와 상당히 친했던 것이라고 고가는 짐작했다. 하지만 홈타운 서비스의 게스트를 차별해서는 안 되니까 자신도 친척 자리에 앉히려는 게 아닐까?

관 앞에 검은색 양복을 입은 남자의 등이 보였다. 친아들이라면 어떤 식으로 인사를 해야 할까?

"배려해주셔서 고맙습니다. 말씀대로 하지요."

무로타가 말했다. 하지만 고가는 정중하게 사양했다.

"전 여기에 있을게요."

"아녀라, 두 분 다 앞짝으로 가주쑈."

차분하게 독경을 하는 사람들 사이에서 간지 씨가 돌아보며 소리를 내지 않고 두 사람을 재촉했다.

고가 나쓰오는 거짓과 사실이 기묘하게 뒤얽힌 이 시간에 말없이 몸을 맡기기로 마음먹었다. 자신이 초대받지 않은 손님이라는 건 분명하지만, 정이 깊고 얕고의 차이는 있더라도 같은 처지인 무로타가 있어서 마음이 든든했다.

"실례하겠습니다."

관 앞의 가족 자리에는 백발의 신사 한 명만이 무릎을 꿇고 오도카니 앉아 있었다.

영정 사진 속의 어머니는 젊었다. 최소한 10년이나 15년 전의 얼굴이다. 이런 산골에 살면 사진 찍을 기회도 많이 없으리라. 매일 똑같은 사람들과 같이 살고 사계절은 끊임없이 돌아오니까 기록할 필요가 없는 것이다.

10년이나 15년 전의 단체 사진 일부를 확대한 걸로 보이는 어머니의 얼굴은, 어렴풋하지만 따뜻한 행복으로 가득 차 있었다.

어머니의 인생에 관해서는 아무것도 모른다. 고향에 온 날 밤에 넌지시 물어도 대답해 주지 않았다. 하지만 사진 속의 웃는 얼굴만 보자면, 행복하게 살았으리라고 고가는 생각하기로 했다.

그나저나…….

등을 쭉 펴고 경을 읊조리고 있는 옆자리의 신사는 친아들일까? 그 사람 말고 다른 가족의 모습은 보이지 않는다.

신사는 익숙지 않은 경을 더듬더듬, 하지만 진지한 얼굴로 계속 읊조렸다. 돌아가신 어머니의 영혼을 위로해서 편하게 해주려는 것처럼.

고가는 무릎 앞에 놓인 경전을 펼쳤다. 한자 밑에 읽는 방법이 달려 있지만 어디를 읽고 있는지는 알 수 없었다.

"여기입니다"라며 무로타가 손으로 가리켜 주었다.

"무무명, 역무무명진, 내지무노사, 역무노사진."

그녀도 소리 내어 읽었다. 뜻은 알 수 없다. 하지만 마음이 편해졌다.

"원리전도몽상, 구경열반, 삼세제불."

경을 읊조리는 신사의 목소리가 가늘게 떨렸다. 깜짝 놀라 쳐다보니 신사는 손수건을 눈에 대고 눈물을 흘리고 있었다.

역시 자신은 초대받지 않은 손님이었다는 사실을 고가 나쓰오는 새삼 깨달았다.

분향을 마친 마을 사람들은 삼삼오오 모여 마가리야를 뒤로하고 돌아갔다.

바람은 그쳤지만 눈은 끊임없이 내리고 있었다. 한 사람이 돌아가면 한 사람만큼의 공간이 생겼다. 그 정도로 모든 사람이 진심으로 어머니의 죽음을 애도했다.

"가족이 계신데도 무례함을 범했습니다. 생전에 어머님과 친하게 지냈던 마쓰나가라고 합니다."

백발의 신사가 두 사람을 향해 정중하게 고개를 숙였다.

"아뇨, 저희는 가족이 아닙니다."

무로타가 어정쩡하게 부정했다. 붙임성이 있는 좋은 사람이지만 아무래도 요령은 좋지 않은 모양이다.

"저기, 혹시……."

요령이 좋지 않은 것은 고가 나쓰오도 마찬가지였다. 뒷말을 잇지 못한 채 세 사람은 상대의 정체를 탐색하듯 서로를 바라보았다.

"……그렇군요" 하고 마쓰나가 역시 요령이 없는 말을 했다. 정확하게 말하면 "홈타운 서비스의 게스트군요"라고 해야 하지만, 쓰야 자리에서 노골적으로 말할 수는 없었으리라.

하지만 모두 마음이 가벼워진 것만은 분명하다. 그들은 조용히 뒤로 물러나서 고개를 숙인 뒤 서로의 이름을 말했다.

젊은 시절에 이 집을 떠나 자유롭게 살다 돌아온 오빠들과 여동생이 어머니의 장례식에 모였다……. 그것으로 충분하지 않은가.

"자제분은 없으신가요?"

영정 사진을 돌아보면서 마쓰나가가 물었다. 말투는 조용했지만 행동에서는 당당한 관록이 느껴졌다. 검은색 양복 차림도 세련된 것으로 보면 어쩌면 대기업의 사장일지도 모른다고 고가는 생각했다. 예를 들면 일 년에 한 번, 주주총회가 끝난 초여름쯤에 3박 4일로 최고급 건강검진을 받을 듯한 사람이라고나 할까?

"그런 것 같군요. 그런 말은 못 들었지만요."

뭐? 무로타 씨도 모른다고?

"쓸쓸한 분이셨군요."

고가는 상인방에 나란히 걸려 있는 가족사진을 올려다보았다. 시아버지와 시어머니. 남편은 일흔 전후. 그리고 전사한 시숙인 후미야 씨. 하지만 제단에 있는 어머니의 영정 사진을 그곳에 걸 사람은 없다. 후지와라 집안의 사람들이 계속 살아온 이 마가리야는 앞으로 어떻게 되는 걸까?

"일단 차라도 드세요. 식사는 곧 갖고 올랑께요. 아무쪼록
편히 계씨쇼."

사치코가 차를 가져왔다. 초대받지 않은 손님이 세 명이나
오리라곤 예상치 못했으리라. 어떻게 대해야 할지 난감한 것
처럼 보였다.

"어디가 아프셨나요? 조금도 눈치를 못 챘어요."

"참, 그라고 봉께 나 짱은 의사 선상님이셨지라? 아녀요, 즈
그도 몰렀어요. 을매나 건강허셨다고요. 치요 아줌씨가 돌아
가실 거라곤 상상도 혀본 적이 읎어서……."

사치코는 어제 있었던 일을 더듬더듬 말하기 시작했다.

"아침에 뒷집 메누리가 덧문을 열고 들어왔더니, 저짝 화로
옆에서 엎어져 계셨다요. 그래서 치요 아줌씨가 화롯가서 잠
들었는갑다고 생각혔는갑소."

안색도 좋고 기분도 좋은지 미소를 짓고 있었다고 한다. 하
지만 아무리 불러도, 아무리 흔들어도 어머니는 눈을 뜨지 않
았다. 황급히 껴안았더니 이미 숨이 끊어져 있었다.

뒷집 영감님과 간지 씨가 눈을 헤치고 달려왔다. 다 같이
애썼지만 어머니는 다시 눈을 뜨지 않았다.

구급차가 도착했다. 순찰차도 달려왔다. 아무도 '죽음'이란

말을 입에 담지 않았지만 다들 이미 알고 있었다.

이야기를 들으면서 고가 나쓰오는 눈을 꼭 감았다. 전후 상황으로 볼 때 뇌혈전이나 심장질환일 것이다.

"그라믄 곧 상을 갖고 오겠구만요. 치요 아줌씨 솜씨엔 택도 읎제만 드시주씨요."

사치코가 다음 상황을 말하지 않았어도 고가는 알고 있다.

구급차와 함께 순찰차가 온 것은 통화 내용으로 볼 때 이미 사망을 확신했기 때문이다. 하지만 사망 선고는 의사의 역할이다. 그래서 어머니는 구급차에 실려 고마카노의 병원으로 이송되었고 당직 의사로부터 사망 선고를 받았다. 뒷집 며느리는 경찰의 참고인 조사를 받아야 하니까 구급차에 동승한 사람은 간지 씨였으리라.

폭설이 내린 날 아침, 긴급 연락이 들어온다. 당직 의사와 간호사는 밖으로 나와 대기한다. 구급차가 도착한다. 이동침대를 내리고 구급대원이 말한다. "호흡이 없습니다", "심박이 없습니다", "의식이 없습니다." 하지만 활력 징후가 없어도 살아 있다고 믿고 서두른다.

"모니터에 연결해요."

심전도. 산소포화도. 혈압. 심폐정지를 확인한다. 가족을 응급실로 불러서 괴로운 선언을 해야 한다.

"회복될 전망이 없습니다. 사망을 확인해도 되겠습니까?"

의사에 따라서 표현 방식은 다르지만 경험을 쌓는 사이에 냉정한 표현이 되어버렸다.

사망선고를 한 다음에는 다시 가족의 양해를 얻어 사망원인을 특정해야 한다. 채혈과 CT 촬영. 대부분의 사인은 그것으로 밝혀진다.

아마 허혈성 심질환에서 비롯된 심부전. 즉, 심근경색이었으리라.

징조가 없었을 리는 없다. 하지만 늙은 어머니는 최초의 공격을 피할 수 없었다.

배의 밑바닥에서 슬픔과는 다른 성격의 눈물이 솟구쳤다. 최선을 다하지 못한 자신에 대한 후회와 분노의 눈물이었다.

"편안한 죽음이었습니다. 그렇게 생각해 주세요."

마쓰나가가 그렇게 말했다. 고가 나쓰오는 두 손으로 얼굴을 가린 채 머리를 가로저었다. 의사에게 '편안한 죽음'이란 말은 있을 수 없다.

뒷집 부부와 사치코가 상을 세 개 가져왔다. 어머니가 만들어둔 게 아닐까 싶을 만큼 소박하고 정갈한 메뉴였다.

젓가락을 들기 전에 세 명의 자식은 각자 관으로 다가가 어머니에게 말을 걸었다. 어머니의 얼굴에는 미소가 감돌고 있었다.

술잔을 들어도 이야깃거리는 없었다. 고가는 잠시 낯선 오빠들과 침묵 속에서 술잔을 나누었다. 그리고 띄엄띄엄 어머니의 추억 이야기가 시작되었다. 놀랍게도 마쓰나가와 무로타 모두 어머니와 깊은 인연이 있었던 것은 아니었다.

무로타는 정년퇴직한 직장인이고, 마쓰나가는 자신의 말에 따르면 '아직 매달려 있다'고 한다. 개인적인 부분은 말하지 않았지만, 묻지도 않았으니까 서로 비슷한 사람이리라. 그녀처럼 도쿄에서 태어나 고향도 없고, 고독하게 늙어가는 사람들이라고나 할까? 특별한 상황은 아니다. 오히려 전형적인 도시생활자임이 틀림없다.

"카드회사 분들은 안 오나 보군요."

고가가 마음에 걸리는 말을 입에 담았다. 조화는 촌장과 마을 사람들 명의였고, 유나이티드 카드의 이름은 어디에도 보이지 않았다.

"다른 날에 보내겠지요."

마쓰나가가 침착하게 말했다.

"없는 편이 낫습니다."

무로타가 맞장구를 쳤다.

양쪽 모두 정답이리라. 외국 기업에 조문하는 관습이 없는 게 아니라, 이 장례식에 회사 이름을 내걸거나 사람을 보내는 건 오히려 부적절하다고 판단했을 것이다.

그러고 보면 홈타운 서비스의 게스트 세 명이 모인 게 오히려 신기한 일이었다. 마쓰나가와 무로타 모두 부고를 들은 순간 도저히 가만히 있을 수 없어서 달려왔다고 한다. 그만큼 어머니를 사랑한 것이다.

화롯가에서 조용한 술자리가 이어졌다. 뒷집 영감님과 간지 씨. 어머니와 오랜 친분이 있는 노인들. 자은사 스님은 승복 입은 등을 쭉 펴고서 차를 마시고 있었다. 사치코 씨와 뒷집 며느리는 귀틀에 등을 대고 나란히 앉아 이야기를 나누고 있었다.

이런 식으로 향 연기가 끊기지 않도록 하면서 밤새 술을 마시며 고인을 애도하는 게 이 마을의 관습이리라.

간지 씨가 어느 정도 술이 들어가 불그스레한 얼굴로 기듯이 다가와 술을 따라 주었다.

"안짝 방에 잠자리를 마련혀놨응께 사양치 말고 가서 주무씨요. 내일은 10시에 화장터에 가서 뼈를 줏어야 허요. 이렇게 훌륭한 자슥들의 배웅을 받으며 주무시듯 돌아가시다니, 치요 아줌씨는 참말로 행복헌 분이싰어라우."

그때 눈이 깊이 쌓인 밤의 밑바닥에서 커다란 목소리가 들려왔다.

"엄니, 엄니!"

잘못 들은 게 아니다.

토방으로 뛰어들자마자 사내는 장승처럼 우뚝 선 채, 한동안 망연히 제단을 바라보았다.

"우째 이런 일이."

흘러넘칠 듯한 한마디를 내뱉은 뒤, 사내는 온몸을 떨면서 외쳤다.

"우째 이런 일이. 우째서. 엄니!"

급한 마음으로 언덕길을 구르고 넘어지며 올라온 걸까. 모자도 코트도 눈으로 뒤범벅이 되어 있었다. 만약 어두운 밤에 만났다면 곰으로 착각했을 수도 있는 거구의 남자였다.

화롯가에서 무릎으로 걸어간 스님이 마루방에 단정히 앉아 사내를 올려다보았다.

"이러코롬 꽁꽁 얼어붙는 날씨에, 용케 여그까장 와주셨구마. 어매도 솔찬히 기뻐허싰을 거네이. 일단 올라오시게라."

사내는 의심스러운 눈길로 주변을 둘러보았다.

"거짓부렁이지예? 그카면 글타고 말해주이소. 이보소, 스님요. 이리 말도 안 되는 거짓부렁을 해도 되는교?"

대답하는 목소리는 없었다. 사내는 토방에 털모자를 내동
댕이치고, 등에 짊어진 눈을 떨구면서 어린애처럼 발을 동동
거렸다.

"거짓부렁이데이. 거짓부렁이 틀림없데이! 이리 복잡시런
거짓부렁을 하다니! 이보래, 누가 뭐라꼬 말 쫌 해보소!"

고가 나쓰오의 귓가에서 어머니의 목소리가 되살아났다.

'간사이 지역서 오는 손님은 건진 뱅기를 타고 오그든.'

지방 공항의 출발 로비였다. 교토의 학회에 참석하는 딸을
위해 어머니가 차를 직접 운전해서 배웅해 주었다.

등에 눈을 짊어지고 날아온 사내는 그 간사이에서 온 손님
임이 분명하다. 자신들처럼 부고를 듣자마자 앞뒤도 가리지
않고 무작정 달려온 또 한 명의 자식.

험상궂은 생김새에 말투도 거칠지만 결코 나쁜 사람이 아
닐 거라는 생각이 들었다.

다독거려 줄까 싶어 일어선 순간, 마쓰나가의 손이 그녀의
어깨를 잡았다.

"주제넘은 일인 줄 알지만 여기는 저에게 맡겨주십시오."

마쓰나가는 모두에게 들릴 만큼 큰 목소리로 말하더니, 큰
키를 숙이고 화롯가를 지나 토방에 서 있는 사내에게 다가갔다.

"당신은 누꼬?"

사내가 험악하게 물었다. 마쓰나가는 주눅 들지 않고 무릎을 꿇고선 사내를 향해 가볍게 미소를 지었다.

"당신의 형입니다."

한순간 눈을 동그랗게 뜨고 나서 사내가 캐물었다.

"엄니의…… 치요 아지매의 아드님인교?"

"그건 아닙니다."

마쓰나가는 머리를 옆으로 흔들었다. 다음 순간, 사내의 험악한 얼굴이 무너졌다.

"그카면 거짓부렁이 아닌교? 아아, 진짜로 엄니가 돌아가신 기라예? 아아……."

그 자리에 주저앉아 마루방에 머리를 찧는 사내의 등을 마쓰나가가 토닥거렸다. 사내는 목이 터져라 통곡하며 말했다.

"여서 연말을 보내며 엄니랑 새해를 맞이할라꼬 했어예. 전화 한 통으로 끝날 얘기가 아니라꼬예. 그래가꼬 직접 날아왔심더. 아니, 눈 땜시 비행기가 뜨지 않아가 신칸센을 갈아타고 왔어예. 이보소, 행님. 그케 간단히 끝낼 얘기가 아니잖심니꺼?"

고가 나쓰오는 연기가 똬리를 틀고 있는 천장을 올려다보았다. 가슴에 쌓여 있던 응어리가 내려간 듯한 느낌이 들었다. 뒤늦게 찾아온 동생이 형과 누나의 속마음을 대변해 주었다.

그렇다. 이것은 간단히 끝낼 이야기가 아니다. 고독한 도시 생활자에게 고향을 체험하게 한다는 둥, 마을의 번영을 위한다는 둥, 이렇게 얄팍한 이야기가 아닌 것이다.

거기까지 생각하고 고가는 눈꺼풀을 감았다. 그러자 덧문 너머로 눈 쌓이는 소리가 들렸다.

어머니가 이토록 사랑받은 이유는 무엇일까. 자연스러웠으니까. 자식들이 이토록 어머니를 사랑한 이유는 무엇일까. 각자가 부자연스러웠으니까.

인구의 지역적 편재와 부의 지역 격차라는 사회적 문제는 현상이다. 번영이 곧 행복이라고 규정한 것이 먼저다. 그 과오로 인해 수많은 사람이 자연스러움을 잃어버리고 부자연스러운 생활을 하게 되었다.

이것은 그런 이야기였음을 고가 나쓰오는 겨우 깨달았다.

다음 날에는 눈이 그치고 눈부신 아침이 열렸다.

"다른 빌리지를 이용하실 생각이 있으신가요?"

버스가 달리기 시작하자 마쓰나가가 물었다. 심술궂은 질문으로 들렸다. 대답은 이미 알고 있으면서 왜 묻는 걸까?

"아니요"라고만 대답하고, 고가 나쓰오는 창밖으로 지나가는 고향의 풍경으로 시선을 돌렸다.

어머니의 뼈를 주울 시간은 없었다. 첫 버스를 타야 오후의 외래 진료에 아슬아슬하게 도착한다. 병원에 피해를 주고 싶지는 않았다.

마쓰나가도 꼭 참석해야 할 회의가 있다고 해서 같이 돌아가기로 했다.

도쿄의 일류 대학에 합격해 일찌감치 집을 떠난 큰오빠. 이미지는 딱 맞는다.

"마쓰나가 씨는요?"

"그럴 리가요. 적당히 대충 사는 사람이지만 그 정도의 도리는 알고 있습니다."

폐교가 아침 햇살을 받고 있다. 눈에 파묻혀 꼼짝도 하지 못한 채로 두 사람을 배웅하고 있었다.

"저 초등학교를 아세요?"

고가가 장갑을 낀 손등으로 창문을 닦고 나서 폐교를 가리켰다.

"네, 꼭 그림 같군요."

"지금은 어르신들의 놀이터가 됐어요. 너무 넓긴 하지만요."

그렇게 말한 순간 좋은 아이디어가 떠올랐다. 남은 교실 하나를 진료소로 이용하면 어떨까?

이 나이에 산간벽지에서의 의료봉사 같은 미담은 딱 질색이지만 정년퇴직하고 빈둥빈둥 지내는 것보다는 좋은 선택이 아닐까? 어깨의 힘을 빼고 느긋하게, 가까운 빈집에 살면서 진료소에 다닌다. 이런저런 상상을 하는 사이에 둘도 없는 최고의 묘안처럼 여겨졌다.

두 사람은 약속이라도 한 듯이 뒷유리창을 돌아보았다. 햇빛에 감싸인 고향이 조금씩 멀어져 간다.

"마쓰나가 씨는 이제 이걸로 끝인가요?"

잠시 생각하던 그는 노인네처럼 한숨을 쉬었다.

"아직 자유롭지 못한 몸이라서요."

"자유로워지면 돌아오실 건가요?"

언뜻 보기에도 높은 자리에 있는 사람처럼 보인다. 그는 아마 지금쯤 자유와 부자유, 행복과 불행에 관해 깊이 고민하고 있으리라.

"돌아오고 싶습니다. 일할 만큼 일한 다음에는 쓸모가 없을지 모르지만, 1년이나 2년이라도……."

마쓰나가가 말을 할수록 조금씩 늙어가는 것 같아서, 고가는 가볍게 미소를 지었다.

"어머니만큼 잘하지는 못해도, 엑스트라라면 쓸모가 있을거예요."

마쓰나가가 소리 높여 웃었다.

"그것도 나쁘지 않군요."

그렇다. 멋진 가공의 이야기 속 인물이 되는 것도 좋지 않은가.

"스님이 금연이라데예. 기기 차서……. 향도 연기 아입니꺼?"

독경을 마친 뒤 본당의 툇마루에서 담배를 물었더니 스님이 호통을 쳤다. 공양간의 처마 밑으로 가니 선명한 붓글씨로 '흡연소'라고 쓰인 곳이 있었다.

"아이고야! 전화하는 걸 깜빡해뿟네!"

남동생의 이름은 다무라 겐타로라고 했다. 형과 여동생이 잠든 후에도 두 사람은 밤새 술잔을 나누었다.

"그래, 내다. 진짜였데이. 아아, 우째 이런 일이 있는지 몰래."

간단하게 말하고 다무라는 전화를 끊었다.

"마누라는 엄니를 억수로 좋아해가꼬 지금 통곡하고 있어예. 작년 설날에는 하와이보다 여기에 가자꼬 먼저 말할 정도 였거든예."

다무라 겐타로는 전국에 점포가 있는 이자카야 프랜차이즈의 경영자였다. 도쿄와 교토에도 점포가 있어서 무로타 세이이치도 종종 손님으로 가곤 하던 곳이었다.

보기와 달리 가정을 소중히 여기는 사람으로, 술에 취할수록 아내와 자식 이야기를 했다. 40대 초반에 자식이 여섯 명. 정말 대단하다! 지난 2년 동안 아이카와 마을에는 계절이 바뀔 때마다 한 번씩, 더구나 반드시 아내와 같이 왔다고 한다. 알면 알수록 더욱 대단하다!

"시시한 질문이지만, 그런 경우에는 요금이 2배인가요?"

묻지 않을 수 없었다. 엄청난 부자는 웃음으로 넘길 줄 알았는데, 의외로 제대로 대답해 주었다.

"글치 않더라꼬예. 내도 명세서를 보고 첨 알았는데 부부 할인이 있어예. 2배가 아니고 1.5배던가? 뭐, 건강검진에도 부부 할인이 있잖심니꺼? 그런 거나 마찬가지지예 뭐. 그걸 보니까네 둘이 안 가면 왠지 손해라는 생각이 드는 기라예. 그래가꼬 하와이보다 이쪽에 가자고 얘기가 돼가꼬……."

말을 하면서 무슨 기억이 떠올랐는지, 다무라는 말을 잇지 못하고 울먹였다.

하늘에는 햇빛이 넘치고 있지만 본당의 커다란 지붕에서 불어오는 바람은 뺨을 할퀼 만큼 차가웠다.

"마누라한테 전화하는 걸 잊어뿐 건 아니라예. 대성통곡할 게 뻔하니까네 미적거린 것뿐이지예. 내가 열여덟, 마누라가

열일곱에 호적을 합쳤는 기라예. 부모 복이 없는 사람은 일찍 가정을 꾸리지 않으면 있을 곳이 없거든예."

다무라는 거기까지 말하고, 따뜻한 햇볕 속에서 몸을 웅크렸다. 입에 문 담배 끝이 가늘게 떨렸다. 간사이 지방 사람은 원래 말이 많지만, 중요한 이야기는 하지 않는다는 걸 무로타는 처음 알았다.

"내도 마누라도, 부모가 지어 준 밥을 무본 적이 없습니다. 근데 남들 흉내를 내면서 얼라 여섯을 가까스로 키웠지예. 그카면 역시 하와이보다 이쪽이잖심니꺼?"

남동생의 하소연에서 눈을 돌리고 무로타는 손바닥을 내려다보았다. 어머니의 가벼운 뼈 무게와 유골함의 차가운 감촉이 떠오른 것이다. 화장터에서 두 사람이 제일 먼저 뼈를 주웠고 무로타가 유골함을, 다무라가 위패를 안았다.

그 순간 무로타 세이이치는 결심했다. 아무래도 집안을 이을 사람은 자기밖에 없는 것 같다.

조용헌 밤이구마.

느그들 덕분에 오랜만에 즐거운 설날이 되었구로, 고맙다, 정말 고맙구마.

이리 눈 오는 소리를 듣고 있자니 봄 겉은 건 오덜 안혀도 좋다는 생각이 드는구로.

겐 짱도 에미 짱도, 그동안의 고상은 떠올리고 잪지도 않을
텐디 용케 야그혀 줬구로.

그라믄 나도 맴속에 있는 야그를 한 가지 들려주께.

옛날 옛날에 이런 이야그가 있었구마.

아이카와 마을에 할아부지와 할마니가 살고 있었제. 훌륭헌
아덜도 있었제만 여그에 있으믄 지대로 효도를 헐 수 읎응께 산
너메로 가서 돈을 잘 버는 어부가 되었구마. 처음에는 돈을 겁
나게 벌어서 금방 돌아오려고 혔제만, 선주의 딸을 각시로 맞이
하믄서 거그서 정착혀 불었제.

허지만 말이시, 고개 한나만 넘어가믄 되는 디라서 추석이나
연말에는 메누리와 손자를 디꼬오곤 혔구마. 이렇께 꼭 외아덜
을 데릴사우로 보낸 것 겉제만, 선주의 집안도 외동딸이라서 어
쩔 수 읎었제.

그라는 사이에 아부지가 돌아가시고, 아덜은 어매헌티 즈그
집에 가서 같이 살자고 말혔제만, 아이카와 마을서 태어나고 자
란 할무니는 그럴 수 읎었제.

겐 짱도 에미 짱도 일부러 들을 필요는 읎어. 기억도 나지 않
을 만치 옛날이야긍께 졸리믄 자도 되는구마.

아이카와 마을의 어귀에는 온통 이끼를 뒤집어쓴 지장보살님이 있구마. 영험이 있는지 읊는지는 모르제만 옛날부텀 불길함을 알려준다는 전설이 내려오고 있어서, 그 앞에서 손을 모으고 기도를 올리긴커녕 암도 채다보덜 안혔제. 그러는 사이에 온통 이끼를 뒤집어쓰게 된 거여.

그란디 원체 신심이 짚은 할무니는 하루도 빼놓들 않고 지장보살님헌티, 귀여운 손자들이 아푸들 않고 잘 크게 혀달라고 기도혔제. 이끼를 빗겨낼 배짱은 읊었제만 지장보살님은 어린아그를 지켜주는 부처잉께 말이시.

나에즈 지장보살님.

그 지장보살님의 이름이구마. '나에'는 이 지방서 지진을 가리키는 말이제.

3월이라곤 허지만 이 지역은 안즉 눈 속에 파묻혀 있는, 겁나게 추운 날이었제. 그란디 할무니가 기도를 드리러 갔더니 워찌된 일인지 지장보살님께서 피눈물을 흘리고 있는 게 아니겠냐?

시상에! 이기 워찌케 된 일이까! 그러코롬 생각허는 사이에 산이 울부짖고 숲이 물구나무를 서믄서 지진이 왔구마. 그제야 할무니는 나에즈 지장보살님께서 피눈물을 흘린 이유를 알었제.

할무니는 이리저리 흔들리는 도로를 기고, 그야말로 미끄러지고 뒹굴믄서 갠신이 집에 도착혔제.

커다란 지진이 온 다음엔 쓰나미가 오는 벱이제. 할무니 아덜은 어부라서 메누리와 손자들이 사는 집 앞은 바로 바다구마.

전화는 되덜 안혔어. 할무니는 마당에 나와서 목이 터져라 아덜과 메누리, 손자들의 이름을 불렀구마. 백 번이나 불러서 목소리가 쉬고 갈라져도 계속 불렀구마.

고것 말고는 헐 수 있는 게 암것도 없었응께.

겐 짱과 에미 짱이 떠올리고 짢지도 않은 지독헌 고상 이야그를 들려줬응께 나도 맴속에 있는 야그를 쪼까 혔구마.

인자 이걸 끝으로 나쁜 기억은 다 잊어불자구나. 그려도 잊을 수 읎다믄 나가 몽땅 저시상에 갖고 갈 텡께. 고상을 잊지 않으믄 복을 받을 수 읎어야.

10년이 지낭께 인자 옛날이야그가 돼불었구로.

그라믄 편히 자래이.

이 이야그는 이걸로다 끝이란다.

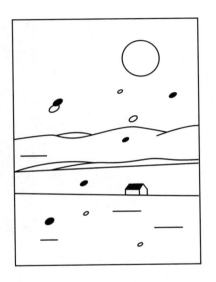

옮긴이의 말

가상 세계를 통해
진짜 눈물과 진짜 감동을 만들어내는 작가, 아사다 지로

아사다 지로. 그는 한국인에게 세 가지 얼굴을 가지고 있는 작가다. 어떤 사람은 『칼에 지다』와 『창궁의 묘성』처럼 깊은 깨달음을 주는 중후한 역사소설을 쓰는 작가로 알고 있고, 어떤 사람은 『번쩍번쩍 의리통신』처럼 즐거움을 주는 가벼운 터치의 야쿠자물을 내놓는 작가로 알고 있으며, 어떤 사람은 『철도원』이나 『겨울이 지나간 세계』처럼 인간의 가장 깊은 곳에 있는 감성을 자극해 눈물과 감동을 안겨주는 작가로 알고 있다. 나는 그의 세 가지 얼굴을 모두 좋아하지만, 역시 가장 좋아하는 것은 세 번째 얼굴이다. 그렇다, 나는 소설이라는 가상 세계를 통해 그가 만들어내는 진짜 눈물과 진짜 감동을 가

슴 시리도록 좋아한다.

그런 그가 이번에 『나의 마지막 엄마』란 새로운 작품을 내놓았다. 원제가 『어머니가 기다리는 고향母の待つ里』인 이 책은 고향이 없는 도시 생활자와 고향을 잃어버린 현대인의 이야기다. 즉 나를 비롯한 우리 모두의 이야기인 것이다.

대형 식품회사 사장인 마쓰나가 도오루. 그는 결혼도 하지 않고 어머니의 손맛과 최대한 비슷한 레토르트 식품을 만들기 위해 노력한다. 출세하고 싶은 야심은 털끝만큼도 없었지만 어느 날 그에게 사장 자리가 돌아온다. 고향도 버리고 어머니도 버린 채 오직 앞만 보고 달려온 지 40여 년. 그는 40여 년 만에 잃어버린 고향을 찾는다.

정년퇴직을 코앞에 둔 무로타 세이이치. 중견 제약회사의 영업부장으로 일하며 임원의 자리를 꿈꾸었지만 회사는 그를 차갑게 내팽개친다. 이제 그에게 남은 것은 부모님에게서 물려받은 집에서 아내와 함께 편안한 노후를 보내는 것뿐. 그런데 정년퇴직 당일에 이해할 수 없는 이유로 아내로부터 이혼을 통보받는다. 회사에게도, 아내에게도 버림받은 그에게 남은 곳은 어머니가 기다리는 고향뿐이다.

간호사인 홀어머니 밑에서 자라면서 아버지처럼 의사가 되고 싶다는 꿈을 가진 고가 나쓰오. 그녀는 결국 의사가 되지만 혼자 사는 어머니에게 살가운 딸은 아니었다. 정년퇴직을 한 어머니는 치매에 걸려 요양원에 있지만, 너무도 바쁜 의사란 직업 탓에 어머니를 제대로 돌보지도 못한다. 어머니가 세상을 떠난 후, 그녀는 딸이란 자리를 잃어버렸음을 깨닫고 어머니의 머리칼과 함께 고향을 찾는다.

텅 빈 도시에서 쓸쓸함이 온몸으로 파고들 때, 힘들고 지친 마음에 위로가 필요할 때, 정신적인 편안함을 얻고 싶을 때, 가장 먼저 떠오르는 단어가 있다. 바로 '고향'이란 단어다. 고향이란 말만 들어도 왠지 마음이 편안해지고 가슴이 따뜻해지며, 온몸을 옥죄고 있던 굴레가 조금씩 풀리는 듯한 기분이 드는 것이다. 더구나 어머니가 기다리는 고향이라면 말해서 무엇하랴. 고향에 발을 디딘 순간 외로움도, 쓸쓸함도, 서글픔도 다 씻겨 내려가지 않을까?

고향이란 말을 들으면 사람들의 머릿속에는 몇 가지 장면이 떠오르곤 한다. 마을 어귀에서 사람들을 지켜주고 있는 커다란 나무, 소꿉친구들과 즐겁게 뛰어놀던 냇가와 언덕, 할머니가 만들어주시는 향토 음식, 밤하늘을 수놓는 빼곡한 별들.

그런데 현대의 도시인들 중에서 그런 모습의 고향을 가지고 있는 사람들은 몇 명이나 될까? 오히려 하늘 높이 솟아 있는 아파트 숲과 차들이 쌩쌩 달리는 넓은 도로, 지역의 특색을 잃어버린 평범한 음식들, 별들을 찾아볼 수 없는 뿌연 하늘을 보면서 자란 사람들이 더 많지 않을까? 그럼에도 불구하고 우리는 왜 고향이란 단어에서 그리움과 편안함을 느끼며 있지도 않은 판타지를 떠올리는 것일까?

이런 의문에 아사다 지로가 내놓은 답은 놀라울 만큼 환상적이고 입이 다물어지지 않을 만큼 현실적이다. 고향이 없는 사람. 고향을 그리워하는 사람. 고향에 돌아갈 수 없는 사람. 그런 사람들에게 그는 고향을 만들어준 것이다.

원제 『어머니가 기다리는 고향』에서 알 수 있듯이, 이 책에는 노골적인 반칙이 세 가지나 들어 있다. 어머니, 기다림, 고향이다. 아사다 지로가 독자의 메마른 가슴에서 눈물을 빼내기로 작정한 게 아닐까 할 정도로 이 작품의 곳곳에는 눈물 버튼이 숨어 있다. 그리하여 독자는 자신도 모르는 사이에 그 버튼을 누르고, 기꺼이 아름다운 눈물 속으로 뛰어들어 마음의 쌓였던 독毒을 씻어내게 된다.

그렇다. 이 작품은 아사다 지로가 고향을 잃어버린 현대인에게 주는 특별한 선물이자 '해독제'다. 앞만 보고 열심히 달려오느라 쌓인 마음의 독, 뒤를 돌아볼 여유도 없이 살아서 쌓인 정신의 독, 가장 소중한 사람들도 돌보지 못했다는 후회의 독. 그런 독들을 떨쳐내고 속이 후련하게 웃을 수 있기를 바라

면서……. 이제 당신의 마음속에 있는 그런 독들을 씻어낼 차
례다.

이선희

옮긴이 이선희

부산대학교 일어일문학과를 졸업하고 한국외국어대학교 일본어교육대학원에서 수학했다. 부산대학교 외국어학당 한국어 강사를 거쳐 삼성물산, 숭실대학교 등에서 일본어를 강의했다. 현재 나카타니 아키히로 한국사무소 소장을 맡고 있으면서 방송 및 출판 번역 작가로 활동하고 있다.

나의 마지막 엄마

초판 1쇄 발행 2023년 3월 16일
초판 3쇄 발행 2023년 5월 23일

지은이 아사다 지로
옮긴이 이선희
펴낸이 김선식

경영총괄 김은영
콘텐츠사업본부장 임보윤
책임편집 김한솔 **디자인** 권예진 **책임마케터** 이고은
콘텐츠사업3팀장 이승환 **콘텐츠사업3팀** 김한솔, 김정택, 권예진, 이한나
편집관리팀 조세현, 백설희 **저작권팀** 한승빈, 이슬
마케팅본부장 권장규 **마케팅2팀** 이고은, 김지우
미디어홍보본부장 정명찬 **디자인파트** 김은지, 이소영 **유튜브파트** 송현석, 박장미
브랜드관리팀 안지혜, 오수미 **지식교양팀** 이수인, 염아라, 석찬미, 김혜원, 백지은
크리에이티브팀 임유나, 박지수, 변승주, 김화정 **뉴미디어팀** 김민정, 이지은, 홍수경, 서가을
재무관리팀 하미선, 윤이경, 김재경, 안혜선, 이보람
인사총무팀 강미숙, 김혜진, 지석배, 박예찬, 황종원
제작관리팀 이소현, 최완규, 이지우, 김소영, 김진경, 양지환
물류관리팀 김형기, 김선진, 한유현, 전태환, 전태연, 양문현, 최창우
외부스태프 일러스트 정다은

펴낸곳 다산북스 **출판등록** 2005년 12월 23일 제313-2005-00277호
주소 경기도 파주시 회동길 490
전화 02-704-1724 **팩스** 02-703-2219 **이메일** dasanbooks@dasanbooks.com
홈페이지 www.dasan.group **블로그** blog.naver.com/dasan_books
종이 신승지류유통 **인쇄** 민언프린텍 **후가공** 제이오엘앤피 **제본** 국일문화사

ISBN 979-11-306-9781-9 03830